KB021049

나는 평생 일만하다 가고 싶지 않다

나는 평생 일만하다 가고 싶지 않다

초판 1쇄 발행 | 2017년 1월 23일

지은이 | 김우태
펴낸이 | 공상숙
펴낸곳 | 마음세상

주 소 | 경기도 파주시 한빛로 70 507-204

신고번호 | 제406-2011-000024호
신고일자 | 2011년 3월 7일

ISBN | 979-11-5636-067-4 (03810)

문의 및 원고 투고 | maumsesang@naver.com
홈페이지 | http://maumsesang.blog.me

* 값 13,000원

*이 도서의 국립중앙도서관 출판예정도서목록(CIP)은 서지정보유통지원시스템 홈페이지(http://seoji.nl.go.kr)와 국가자료공동목록시스템(http://www.nl.go.kr/kolisnet)에서 이용하실 수 있습니다. (CIP제어번호 : CIP2016031580)

나는 평생 일만하다 가고 싶지 않다

김우태 지음

마음세상

여는글

재미있게 삽시다

저는 〈꿈 잃은 직딩들의 꿈찾기 프로젝트〉 라는 책을 통해 꿈을 찾는 방법과 꿈을 이루는 방법에 대해 말했습니다. 희망을 주고 싶었습니다. 그런데 현실적으로 너무 늦어버린, 돌아가기에 너무 늦은, 돌아갈 힘조차 없는 이들에게 제 책이 고통을 줄 수 있음을 알게 되었습니다.

모든 사람이 꿈을 찾고, 꿈을 이룰 수는 없는 것입니다. 꿈이 없는 사람도 있고, 꿈을 알지만 못 이룬 사람들의 수가 더 많은 것이 사실입니다. 그렇다면 이런 이들을 위해서 제가 해줄 수 있는 말이 무엇일지 고민하게 되었습니다.

꿈을 찾고 꿈을 이루는 것이 가장 이상적이지만, 그렇지 못할 수도 있는 환경을 인정하게 됩니다. 그러면 어떻게 살면 될까요?

"할 일은 태산인데, 무슨 꿈을 찾고, 꿈을 이룬단 말인가?"

항변하는 독자들이 많을 줄 압니다. 그러면 이런 사람들은 어떻게 하면 될까요?

재미있게 살면 됩니다. 그게 답입니다.

재미를 추구합시다. 재미를 찾아봅시다. 재미난 일을 해봅시다. 물론 일에 치여 바쁠 것입니다. 그러니 틈새시간을 노려 재미난 일을 해보는 겁니다. 저는 그것을 '틈새재미'라고 명명합니다. 삶은 고해입니다. 힘듭니다. 꿈을 이루고 성공한 사람은 극소수입니다. 대다수의 사람은 꿈조차 모르고 그냥 삽니다. 꿈을 이룰 수 있다면 얼마나 좋겠습니까? 정 힘들다면 그냥 재미나 추구하면서 사는 것도 한 방법일 것으로 믿습니다.

낚시를 좋아하나요? 일주일간 열심히 회사를 다니고 주말에 낚시터에 가는 것을 낙으로 삼고 있나요? 좋은 겁니다. 매일 매대 앞에서 손님을 맞는 일을 하다가 잠시 손님이 뜸한 시간을 이용해서 명심보감을 필사하는 것을 낙으로 삼는 사람이 있는가요? 그도 잘하고 있는 것입니다. 틈새시간을 이용해서 자기가 재미난 일을 하는 것이 결국 우리에게 행복을 가져다줍니다. 사람은 행복해지려고 사는 존재이기 때문입니다.

저도 틈새재미를 누리고 있습니다. 저는 책을 읽고 글 쓰는 것을 매우 좋아합니다. 그냥 그것에 행복감을 느낍니다. 저의 틈새재미는 그래서 매일 할 수 있습니다. 따라서 매일 행복해질 수 있습니다. 저의 원대한 꿈은 세계적인 베스트셀러 작가가 되는 것이지만, 꿈에 매몰되지 않으려고 노력합니다. 꿈에 매몰되다 보면 '왜 꿈이 빨리 이루어지지 않지? 빨리 되었으면 좋겠다'라는 조바심만 앞서기 때문입니다. 그러다보면 오히려 책 읽고 글 쓰는데 싫증을 느끼게 됩니다. 이건 뭔가 이상한 겁니다.

꿈을 찾고 꿈을 이루는 것이 좋지만 방법적으로 반드시 '재미'가 있어야 합니다. 재미가 없으면 그것은 진정한 꿈이 아닌 것입니다. 사실 꿈을 몰라도 되고, 꿈을 이루지 않아도 됩니다. 그래도 잘 살고 있는 겁니다. 대신 재미를 추구합시다. 자신이 좋아하는 일, 하면 재미를 느끼는 일을 해보는 겁니다. 그 속에 행복이 숨어서 우리를 기다리고 있습니다.

틈새재미 1
인생을 '살아내지' 말자

'인생은 팔십 세' 라는 말이 있다. 요즘은 그것도 모자라 구 십, 백을 논한다. 뭐, 다 좋다. 오래 살면 좋은 거니까. 그런데 문제가 있다. 삶은 자기가 하고 싶은 것만 하면서 살 수 없다는데 비극이 숨어있다. 꼭 해야만 하는 것들이 늘 상재해있고, 시간이 흐르면 흐를수록 가짓수가 점점 늘게 된다. 이건 마치 인생을 사는 것이 아니라 살아내고 있는 느낌이다. 태어났으니까 밥 먹고, 똥 싸고, 출근하고, 퇴근하고, 뭐 그러다가 쌩하니 가는 것이다.

그래서 뭔가 답답하다. 나는 점점 늘어나는 해야만 할 것들에 짓눌려 그야말로 몇 년을 살았다. 이게 뭔가? 이건 아닌 것 같았다. 그러면 어떻게 한다? 돈을 많이 벌어 펑펑 쓰면서 살고도 싶고, 명예를 드높여 어깨에 힘주고 살고도 싶지만 현실은 그렇지 못하다. 꿈이 있고, 그 꿈을 이루는 과정 중에 있지만 난 아직도 그저 그런 존재일 뿐이다.

어쩐다? 재미라는 단어가 이불속에 파묻혀있던 내게 문득 찾아왔다. 똑똑똑. "이 보슈? 뭘 그리 힘들게 사슈?" 내가 할 수 있는 범위 내에서 재미를 찾기로 했다. 해야 될 일을 하면서 그 속에서 '틈새재미'를 찾자고 마음을 먹었더니 너무 행복한 기분에 빠져버렸다.

맞다. 틈새재미를 노려야 한다. **틈틈이 틈 나는 대로 재미를 느끼면 된다.** 그게 다다. 꿈이 이루어지든 안 이루어지든 상관없다. 재미만 찾자. 그래! 그게 답이었다. 가슴이 뻥 뚫렸다.

나는 지난 십년 간 틈새를 많이도 이용했다. 책을 읽었고, 글을 썼다. 내가 좋아하는 것들이었다. 재미있는 일이다. 재미를 찾아 꾸준히 해오고 있다. 거기에서 행복감을 느낀다. 누구나 한 가지 재미난 일이 있을 것이다. 어쩌면 모든 사람은 그 재미를 위하여 산다고 해도 과언이 아닐 것이다. 그거 하나만 믿고 살아가는 사람도 많을 것이다.

생활인으로서 24시간 풀(full)로 재미를 느끼며 살 수는 없다. 그러니까 타협점을 찾자.

틈새재미.

내 재미를 누릴 시간을 먹이를 노리는 포식자처럼 기다리고 있다가 틈새가 생기면 재미를 느끼는 거다. 그게 사는 맛이다. 오늘은 어떻게 재미나게 보낼까?

틈새재미 2

만날 일만 하면서 살려고 태어났는가?

할 일이 많다. 할 일만 하면서 살면 재미없다. 왜 태어났는가? 왜 사는가? 고민해봐야 한다. 행복해지려고 사는 거 아닌가. 만날 일만 하면서 살려고 태어났는가? 노동은 신성한 거라며 일만 하라고 종용하지만, 나는 그렇게 못 살겠다. 재미있게 살고 싶다. 사는 것은 재미가 있어야 한다. 재미 없는 삶은 끔찍하다. 뭔가를 이루기 위해서 2~3년 푹 죽어서 사는 것도 바람직하지 않다. 사법고시 준비생이 2~3년 고시원에 틀여박혀 재미있지도 않은 법전을 공부하면서 검사의 꿈을 키운들 행복할까? 재미가 없기 때문에 검사가 되어도 힘들 것이다. 방황하고 말 것이다. 만약 법 공부가 재미있다면 검사가 못 되어도 좋지 않을까.

생활인으로서 해야 할 일이 많다. 꼭 해야 한다. 그래야 먹고 살 수 있다. 필수다. 그러나 이 필수만 해서는 재미가 없다. 본인이 좋아하는 일을 해야 한다. 먹고 사는 일이 재미있다면 좋은 거다. 금상첨화다. 대만족이다. 가장 행복한 사람이다. 그러나 대부분의 사람은 그렇게 살지 못한다. 나도 그렇다. 나는 내 일이 행복하지 않다. 내가 재미있는 일은 따로 있다.

나는 글쓰는 걸 좋아한다. 책 읽는 것도 좋아한다. 영화를 보는 것도 좋아한다. 여행가는 것도 좋아한다. 커피숍에 가는 것도 좋아한다. 아이와 함께 공원에서 노는 것을 좋아한다. 잠자는 것도 좋아한다. 보통 요정도다. 그러나 출근하는 것은 싫다. 밥상 차리기, 설거지하기도 싫어한다. 청소하기도 싫다. 그러나 아내가 원하면 해야 한다. 안 할 수는 없다. 하긴 하되 내가 좋아하는 일을 꼭 챙긴다. 그래야 내가 살 수 있다. 재미있는 일을 틈새시간에 끼워 넣는다.

재미난 일을 하루종일 할 수도 없다. 시간이 무한정 주어진다해도 재미난 일만 하지 못한다. 곧 질리기 때문이다. 틈새를 노려 해야 제맛이다. 더 재밌다. 5분도 좋고, 10분도 좋다. 나는 짬짬이 틈새를 노려 재미난 일을 한다. 나는 회사에서 5분 독서, 5분 글쓰기, 5분 필사 등을 한다. 아주 스릴 넘치고 재미나다. 물론 집에 가면 충분히 나만의 시간을 갖는다. 그래야 회사에서 쌓였던 분이 풀리고 내가 살 수 있게 된다.

자기계발 시대라서 많은 사람들이 억지로 자신에게 맞지도 않는 일에 자신을 구겨넣고 있다. 참으로 불쌍하다. 그건 자기계발이 아니라 자기

학대다. 진정한 자기계발은 자신이 재미있어하는 일을 하는 것이다. 그래야 계발이 된다. 재미도 없는 일을 하면서 억지로 참으면서 나중을 기약하는 행위는 바람직하지 못하다. 오늘 저녁 급사할 수도 있기 때문이다.

재미있게 살자. 재미없는 것을 하면서 미래를 위하지 말자. 현재 재미가 없으면 미래에도 재미가 없다. 내가 재미없는 일은 내가 잘 안다. 재미없는 일을 아무리 잘해도 절대로 행복해지지 않음을 기억하자. 하지 말라고 말라고 말려도 하고 싶은 일을 해야 인생을 재미나게 살 수 있다.

이 글을 쓰는데 한 번에 죽 쓰지 못했다. 5분씩 잘라서 틈새를 노려서 썼다. 이렇게 한 페이지 글을 완성하니 뿌듯하다. 아, 재미지다. 이렇게 살아야 내가 살 수 있다. 틈새재미를 노려보자.

틈새재미 3

고해의 바다를 버틸 수 있는 그것

오늘 아침 출근하는데 아내가 이런 말을 했다.

"그래도 직장인이 좋데. 자영업 하는 사람들은 아주 힘든가봐."

그럴지도 모르겠다. 월급 따박따박 나오는 샐러리맨에 비해 자영업자들은 퇴근을 하고 나서도 신경이 쓰여 쉬는게 쉬는게 아니라고 한다. 매달 돌아오는 월급날이 나 같은 월급쟁이들에게는 좋지만, 사장의 입장에서는 죽을 맛일 게다. 사는게 다 힘든가 보다.

월급쟁이는 월급쟁이대로 힘들고, 자영업자들은 그들대로 힘들고, 사장님들 또한 별반 다르지 않으니 말이다. 결국 모든 인간은 각자 자기 나름의 고통을 안고 살아간다는 말이 된다. 허, 이런 재미없는 인생이여. 너무 힘들지 아니한가. 돈이 많던 적든 리더이건 아니건 모두 각자의 고민과 번뇌로 살아가니 어쩌면 참 공평하다는 생각도 든다.

결국 인생 자체는 재미가 없다는 얘기다. 인생은 고해다, 라는 말도 있는 것을 보면 참 사는 게 힘들긴 힘든가보다. 이렇게 힘든 세상 어찌 살아야 하는가? 궁금증이 인다. 난 재미나게 살고 싶은데 인생 자체가 고통의 바다라니 어쩌란 말인가. 그래! 틈새를 공략하는 수밖에 없다. 고통 속에서도 틈새재미를 노리자. 그게 내가 살 수 있는 방법이란 것을 또 한번 깨닫게 되었다.

매달 말이면 KPI를 작성해야 한다. 이번 달 실적, 다음 달 계획을 말한다. 직원들 불만도 사장 대신 들어줘야 하고, 동네 민원이 발생하면 거기에도 대처해야 한다. 이런 개 같은 경우들이 즐비하게 나를 덮쳐오더라도 나는 웃으며 털어버릴 수 있다. 왜냐하면, 나에겐 틈새재미가 있기 때문이다. 아무리 고통 속이라도 틈새틈새에 내 재미를 누릴 수 있는 시간은 존재하기 때문이다. 24시간 내내 고통 속에 있지 않다. 분명 틈틈이 재미거리를 누릴 만한 약간의 여유가 있다. 그것을 그냥 흘려보내지 않고 나는 반드시 챙긴다. 내가 좋아하는 5분 글쓰기, 5분 독서, 5분 필사, 5분 기도 등등을 꾸준히 노려서 실행해나간다.

틈새재미를 할 때는 보통 5분을 잡는다. 5분 하고서 여유가 있으면 더 하고, 안 되면 바로 끝낸다. 그리고 다시 고통의 바다로 들어간다. 그러다가 잠시 틈을 보아 틈새를 노려 재미를 추구한다. 나처럼 하루를 기준으로 해서 틈새재미를 누릴 수 있다면 그것만으로도 행운이다.

나처럼 치고 빠지기를 손쉽게 하면 그래도 행복을 더 잘 챙길 수 있는데, 그러지 못하는 사람들이 있다. 낚시가 재미있는데, 일하면서 틈새낚시를 할 수 없기 때문이다. 게임으로나 낚시를 할 수 있을까? 실제로는 하지 못한다. 낚시를 하려면 퇴근 후에나 가능하다. 고로 출근부터 퇴근까지는 고통의 바다에서 허우적거려야 한다. 시간이 너무 길다. 그러나 걱정하지 마시라. 재미있는 일이 꼭 하나만 있는 것은 아니다. 반드시 여러 개 존재한다. 고로, 틈새시간으로 재미를 추구할 만한 것을 선택해서 하면 된다.

뭐가 있을까 찾아보자. 5분 명상? 5분 메모? 5분 제기차기? 이런 식으로 자기 것을 찾아보자. 그래야 이 고통의 바다에서 오래도록 살아남을 수 있다. 군대에서 흔히들 '고통을 피할 수 없으면 즐겨라'라고 말하는데, 고통을 피할 수 있다. 틈새재미를 노리면 된다. 잠시 고통을 잊고 나를 찾아가는 여행, 그게 바로 틈새재미다.

틈새재 미 4

상상놀이라는 틈새재미

내 아들은 틈이 날 때마다 '상상놀이'라는 것을 한다. 영화를 보거나 책을 본 후 상상하는 놀이다. 주인공이 되기도 하고, 상상을 통해 다른 여러 가지를 생각하는 일이다. 재밌다. 나도 가끔 상상놀이를 통해 틈새재미를 노린다.

퇴근할 때 외국인 직원과 함께 나왔다. 로또를 같이 구매했다. 잠시 짬을 내어 상상놀이에 들어갔다. 1등에 당첨되면? 건물을 살 것인가?(여기는 시골이라 살 수 있다) 예금을 통해서 다달이 돈을 받아낼까? 일은 좀 더 쉬운 일로 하는 걸로? 그래, 1등 됐는데 지금처럼 직장을 다니기는 힘들겠지. 건물을 사서 1층에서 장사를 할까? 갖가지 상상의 나래를 펼쳤다. 기분이 좋아졌다.

나의 상상놀이에 맞춰 외국인 친구도 상상놀이를 했다. 1등이 되면 당장 집으로 간다고 한다. 아니, 미안하니까 사람 구할 동안 일주일 더 일해주기로 했다. "야, 그게 되겠냐? 벌써 마음은 집에 있는데, 일할 수 있겠냐?" 그래도 그 친구의 마음이 고마웠다.

상상놀이를 틈새재미로 삼는 것도 한 방법이다. 틈새는 딱 5분이 좋다. 그 이상하면 공상가가 되기 십상이다. 그러니 딱 5분만 하자. 상상놀이가 이렇게 재미있을 줄이야. 왜 아들녀석이 그렇게 재미지게 하는지 이제야 알았다. 나도 내 틈새재미에 상상놀이를 집어넣을 생각이다.

상상놀이는 또 다른 상상놀이를 데리고 온다. 내가 쓴 책이 베스트셀러가 되어서 통장에 인세가 좌르르 들어온다? 그 돈을 가지고 성당에 가서 무기명으로 봉헌을 해볼까? 아니면 어린이 재단을 만들어서 아이들을 위한 일을 본격적으로 해볼까? 아프리카에 죽도 못 먹는 아이들을 위해 정기 후원을 잔뜩 들어놓을까? 좋은 차를 살까? 건물을 올릴까? 출판사를 하나 만들어볼까? 별의별 상상이 꼬리에 꼬리를 물었다. 재밌다.

재밌어야 한다. 재미없는 일은 노 땡큐다. 사는 게 고통인데 틈새재미라도 있어야 하지 않겠는가. 틈새독서도 제법 재미지다.

틈새재미는 딱 5분 치고 빠져야 한다. 그래야 다른 틈새를 노려 할 수 있게 된다. 그러나 만약 시간이 충분하다면 5분이 50분도 되고 다섯 시간도 된다. 몰입하면 그렇게 된다. 삼매경에 빠지면 그렇게 된다. 재미있는 일을 하니까 그런 경험을 하게 된다. 5분만 한 거 같은데 돌아보면 1시간을 잡고 있게 된다. 재미있는 일을 하게 되면 이렇게 된다.

그렇지만 항상 그런 것만은 아니다. 보통은 딱 5분 하고 빠진다. 해야 할 일들이 나를 가만 내버려두지 않기 때문이다. 삶이 단조로웠으면 좋겠다. 삶이 복잡하니까 충분히 재미를 느낄 여유가 없다. 장인이나 선승이나 한 분야의 고수들의 삶이 왜 단순한지 다시 한번 생각하게 된다. 부럽다. 그렇지만 틈새재미도 쏠쏠한 편이다. 오늘도 틈새재미로 두 꼭지의 글을 쓸 수 있었으니 행복하다.

틈새재미 5
일요일을 놓치지 말자

어제는 일요일었다. 아이가 성당에서 수도원 견학을 간다고 해서 아침 8시에 보내고, 8시 미사를 참례했다. 그리고 집에 돌아와 휴식을 취했다. 손가락에 링타투를 했는데, 그게 리터치할 때가 되어서 청주로 향했고, 리터치를 받고, 근처 아울렛에 가서 봄옷을 구매했다. 돌아오는 길에 너무도 졸려서 겨우 성당에 도착해서 아이를 태워 집으로 왔다. 저녁을 뭐 먹을까 고민하다가 라면을 먹기로 결정했다. 문득 전화벨이 울려 대학선배형이 고기 사준다고 하여 가족과 함께 나가 소고기를 포식하고 집으로 돌아와 잤다.

일요일은 쉬는 날이었다. 가만히 되짚어보니 내가 좋아하는 틈새재미를 전혀 하지 못했다. 아뿔싸! 오히려 쉬는 날이 허점이구나. 재미를 노리지 못했구나. 왜일까? 아내와 같이 있는 시간이 좋았던 것이다. 아내와 함께 한 휴식은 그 자체가 내게 최고의 재미였던 것이다. 평소에 내가 틈새재미를 노렸던 것은 최고의 재미가 아닌, 차선의 재미였던 것이다. 나는 아내와 노는 것이 제일 좋았던 것이다.

그렇다면, 그렇다면 말이다. 아내와 항시 같이 있을만한 직업을 택한다면 나는 일을 하는 것인가? 아니면 노는 것인가? 아내와 함께 음식장사를 해볼까? 옷장사를 해볼까? 치킨집을 해볼까? 아내와 항시 같이 있을 수 있다면 뭐든 좋은 거 아닌가? 물론 그렇게 되면 분명 나는 내가 나름 좋아하는, 지금 틈새재미로 삼고 있는 책 읽기, 글쓰기, 필사하기 등등을 영원히 버려야 할 것만 같다.

어찌 보면 내가 아내와 노는 것은 최고의 재미일지 모르겠지만, 그게 매일 반복된다면 과연 끝까지 재미있을까 의구심이 든다. 궁극의 재미는 상대적인 것이 아니다. 나는 이 점에 대해서는 명철한 사고를 박아놓았다. 무슨 말인가 하면, 상대와의 관계를 통한 재미는 오래가지 못한다는 것이다. 실상 피곤해진다. 누구를 만나서 재미를 느끼는 것은 끝이 있다는 얘기다. 관계를 통한 재미는 한계가 있다. **궁극의 재미는 홀로 할 수 있는 일에 있다.** 재미와 나만의 독대래야 죽을 때까지 할 수 있게 된다. 그런 면에서 글쓰기, 책 읽기는 혼자 할 수 있는 일이기에 내가 죽을 때까지 질리지 않고 할 수 있게 된다. 그러나 아내와의 놀이는 예상컨대 한 달을 넘기지 못할 것만 같다. 곧 싸울터.

다시 월요일이 되었다. 나는 또 틈새재미를 꾸미고 있다. 어제를 살펴보면서 이렇게 한 꼭지 적어내려가고 있는 것이다. 어제 못 했기에 더 재미있다. 어제 못했기에 약간의 짜증도 있지만, 어제는 아내와의 행복한 놀이에 만족하기로 했다. 어쩌면 아내와의 놀이는 일주일에 한 번 정도가 적당하지 않을까.

내일은 하루종일 세미나가 있는 날이다. 이런 날을 극도로 싫어한다. 꼼짝없이 묶여 있어야 하니까. 틈새재미를 노릴 수가 없다. 남들과 관계해야 한다. 나만의 시간을 확보할 수 없다. 이런 날은 퇴근하고 나면 파김치가 되어버린다. 관계로 인한 스트레스다. 관계는 힘들다. 혼자가 편하다. 혼자놀기의 진수를 아는 자는 평생 틈새재미를 즐기며 살 수 있을 것이다.

틈새재미 6

재미를 못 본날은 정말 슬프다

매일같이 틈새재미를 노리지만 일이 정말 바쁠 때는 그 생각조차 못하게 된다. 어제가 그랬다. 일을 하나 해결하면 또 다른 일, 그 일을 해결하면 또 다른 일이 줄을 지어 내게로 다가왔다. 일을 처리하는데 바빠 틈새재미 자체를 완전 깜빡 잊고 말았다. 그래서 그런지 퇴근할 때 엄청나게 슬펐다. 슬픔을 이겨내지 못하는 이유가 있었다. 집에 가서라도 틈새재미를 노리면 되는데, 오랜 친구와 저녁 약속을 잡아놨던 것이다. 이런 제길. 분명 나는 그 친구와 술을 마시게 될 것이고, 결국 집에 와서 곯아떨어지겠구나 생각하니 나락으로 떨어지는 기분이었다. 그 친구를 만나러 운전 중에 이 같은 생각을 해서 그런지 만날 장소를 그만 지나치고 말았다. 한참 지나서야 내가 지나친 줄 알고서 차를 돌려 친구를 만나러 갔다. 어제 하루는 완전 버린 날이었다.

얼마 전 대전에 갔다. 화장실을 찾아 한 건물에 들어가다가 수위실 안을 우연히 보게 되었다. 수위아저씨는 없었고, 노트와 파란색 볼펜이 눈에 띄었다. 노트에는 파란색으로 한자가 빼곡이 적혀있었고, 시야를 넓혀보니 옆에 책 한 권이 놓여 있었다. 명심보감이었다. '아, 명심보감을 필사하시는구나!' 수위아저씨 얼굴이 궁금해졌다. 이 분은 일을 하다가 틈이 나면 명심보감을 베끼는 것이 분명했다. 그냥 멍하니 텔레비전을 보거나 스마트폰으로 고스톱을 치는 것이 아니라, 명심보감이라니! 존경스러웠다.

틈새재미의 묘미는 뭐니뭐니해도 **시간이 내 편이 된다**는 점이다. 별것 아닌 5분이 모이고 모이다보면 엄청나게 된다. 틈새재미로 성경필사를 하는데, 몇 달 뒤에 보면 엄청난 양의 필사본이 쌓여있다. 저걸 공들여서 저것만 잡고 있다면야 엄청난 노력과 시간이 필요하겠지만, 그냥 틈새만 노렸을 뿐인데, 돌아보면 엄청난 양이 되어 있다. 이와 같은 묘미를 알게 되면 틈새재미를 끊을 수 없게 된다. 중독이 된다. 뭐든 매일 조금씩만 건들다보면 나중에 엄청난 대가로 돌아오게 된다.

어제를 거울 삼아 나는 오늘 틈새재미를 노렸다. 자칫 일에만 매몰될 뻔했다. 물론 일이 산적해 있지만 나는 틈새재미를 노렸다. '아, 잠깐 어제도 못해서 억울해 죽겠는데, 오늘도 일에 치여 살 뻔했네? 미쳤나봐'라면서 나는 틈새재미를 지금 이 순간 하고 있는 중이다. 시계를 보니 약 10분이 지났다. 고작 10분이다. 그러나 그 시간은 나에게 행복을 충전해준다. 남들 고작 10분 잡담하고 떠들 때 나는 한 꼭지 글을 완성하였다. 오늘은 어제처럼 슬프지 않을 거 같다.

어제 마신 술로 아침부터 화장실을 열 번도 넘게 들락거렸다. 꼼장어가 범인인 듯하다. 그러고 보니 틈새재미를 방해하는 것은 일과 술인 거 같다. 일이야 어쩔 수 없이 해야 되는 거니까 패쓰. 술은? 되도록 안 마셔야 되겠지. 어쩔 수 없이 술을 마셔야 된다면 어떻게 해야할까? 어제 일로 제일 화가 나는 것은 '틈새재미'를 노릴 생각조차 못했다는 점이다. 얼마나 바빴으면 그 생각조차 하지 못했을까. 만약 생각이라도 했더라면 나는 분명 틈새를 노렸을텐데. 그 점이 많이 아쉽다. 핸드폰 알람을 설정해 놓아야겠다. 알람글은 '틈새재미를 노려라!' 그래, 그래야겠다. (이 글을 쓰고 6개월 후 필자는 술을 완전히 끊었다.)

틈새재미 7
한가로운 날을 그린다

나는 한가로운 일상을 꿈꾼다. 군대에서 휴가 나왔을 때의 그 한가로움을 동경한다. 할 것이 없어서 트레이닝복 바람으로 편하게 나와서 걷다가 벤치에 앉아서 봄의 완상을 즐기기도 하고, 먼 하늘을 바라보며 아무 생각하지 않고, 어디 가야할 곳도, 무엇을 해야 할 것도 없이 그저 멍하니 시간을 흘려보내던 그 한가로움을 이 순간 동경해본다.

그렇다. 나에게도 그런 시절이 있었다. 시간이 너무도 풍부하여 시간이 안 가던 시절이 있었다. 절대적으로 나만을 위한 시간을 보냈기에 시간이 그렇게 많았나보다.

그러나 지금은. 오늘은. 너무 바쁘다. 바빴다. 시간이 왜 이리 빨리 흘러가는지 이제야 알았다. 온전히 나만을 위해 시간을 보내게 되면 시간이 멈춘 듯 느리게 흘러가지만, 온전히 남을 위해 시간을 보내게 되면 시간은 쏜살같이 흘러가게 된다는 것을 이제야 알게 되었다. 30대는 30km의 속도로 가고, 40대는 40키로, 60대는 60키로의 속도로 인생이 흐른다고 하는 이유를 완벽하게 깨닫게 되었다. 나이가 들수록 자신보다는 남을 위한 일을 하다보니 그렇게 시간이 빨리 흐르게 됨을 알게 되었다.

온종일 발발거리며 뛰어다녔다. 오늘 걸음수를 체크해보니, 19,101걸음을 걸었다. 사회초년생이었던 10년 전과 업무는 크게 달라진 것이 없지만, 업무량이 늘었다. 물론 봉급도 늘었지만, 그만큼 업무량이 늘었기 때문에 상쇄하고 나면 거기서 거기다. 40대라는 나이, 이제는 41살이 되어 40대를 인정하게 되었다. 작년만 해도 40이라는 나이가 거북했는데, 이제는 나도 40대에 적응되었다. 그러므로 시간이 없는 것이다.

이렇게 하루를 그냥 보낼 수는 없다. 없는 것이다. 너무 허무하지 않은가. 이렇게 바쁘게만 살다가 죽는 거 아닌가. 억울하다. 그렇다고 이 쳇바퀴를 벗어날 용기도 없다. 그렇다면 내가 할 수 있는 일이란 결국 틈새재미일 뿐이다. 어쨌든 나는 오늘 하루가 가기 전에 이러고 앉아서 내 틈새재미를 꾀하고 있다. 단 5분도 좋고, 10분도 좋다. 이 정도의 여유만 허락되어도 감사하다. 감사해야 한다.

하루종일 쉬는 날이라고 재미를 온종일 추구할 수는 없다. 또 다른 일이 몰려오기 때문이다. 결국 틈새재미는 루틴하게 돌아가는 일상에서 찾을 때 그 맛이 더 나게 된다. 바로 오늘처럼 말이다.

5월이 시작되었다. 내가 가장 좋아하는 달이다. 그러나 5월은 바쁘다. 평시보다 더 바빠진다. 병아리가 들어오기 때문이다. 남들은 5월 6일이 임시공휴일로 지정되어 5일부터 8일까지 무려 4일 동안 쉰다고 하는데 나에게는 머나먼 이야기다. 5월 3일 병아리가 들어온다. 4일 온다. 6일 온다. 7일 온다. 고로 나는 무진장 바빠진다.

5월 4일은 아들녀석 운동회다. 올해는 꼭 가서 응원해주고 싶었다. 아들녀석은 올해 꿈에도 그리던 계주 반대표가 되었다고 하는데 그걸 보지 못하게 되었다. 내가 왜 사는지 무엇을 위해 사는지 잘 모르겠다. 정말 조건만 본다면 워커홀릭 최악의 조건이다. 나는 워커홀릭이 싫은데 시스템이 그리 돌아가게 된다. 이런 시스템 안에 갇혀 내가 유일하게 할 수 있는 틈새재미밖에 없다. 이거라도 없으면 어찌 사나 싶다.

틈새재미 8
꿈도 없는 마당에 재밌게나 살자

내가 '틈새영어'라든지 '틈새공부'라는 말을 쓰지 않고 '틈새재미'라고 쓴 이유는 '재미'가 중요하기 때문이다. 틈나는 대로 영어를 해서 외국어 실력을 올리는 것도 좋고, 틈나는 대로 공부를 해서 시사, 교양을 늘리는 것도 좋다. 그런데 이런 것들은 다분히 자기계발이라는 명목으로 자신을 옥쇄는 느낌이 강하다. 즉, 재미가 없다.

우리는 살면서 하고 싶은 일보다는 해야 할 일들에 짓눌린다. 그런 일들이 점점 느는 게 인생이다. 이른바 'must rules'이다. (내가 지은 말이다. 좀 억지스럽더라도 참자) 왜 하기 싫은 일들이 즐비하게 다가오는데 이를 꾹 참고 해야 하는가. 그래 해야 한다. 먹고 살기 위해서는 해야만 한다. 회사를 매일 나가야 한다. 연예인처럼 단기간 일하고 장기간 쉴 수는 없다. 꾸역꾸역 매일 회사라는 곳을 나가야 한다. 참 성실하다. 그러기 때문에 재미가 없다.

꿈을 찾고 그 꿈을 이루기 위해서 열심히 노력하는 것도 좋다. 꿈이 있으면 활력이 돋는다. 꿈을 이루면 극대의 엔돌핀이 뿜어져 나온다. 그런데 꿈이 없는 사람들도 많다. 꿈이 뭔지도 모르는 사람들도 많고, 굳이 꿈을 찾으려 노력하지 않는 사람들도 많다. 그럼 이런 사람들이 잘못 살고 있는 것인가? 그런 것 같지는 않다. **꿈이 있든 없든 삶이란 다 가치있기 때문이다.** 물론 꿈이 있으면 더 좋겠지만 꿈이 없어도 괜찮다.

대신 재미있게 살자. 꿈도 없는 마당에 재미있게라도 살아야하지 않겠는가. 돈을 떠나서, 명예를 떠나서, 순전히 내가 좋아하는 재미를 맛보는 거다. 돈이 들어도 좋다. 시간이 들어도 좋다. 단순히 내가 정말 좋아하는 일을 하는 거다. 틈새를 노려서 재미를 맛보는 거다. 이런 재미라도 없으면 무슨 재미로 인생을 산단 말인가. 평생도록 꿀벌처럼 매일 회사나 들락거니며 받은 돈으로 집 사고 애들 키우는 맛으로 인생을 사는 것으로 만족할 것인가. 멋대가리가 없다.

다시 앞으로 돌아가서 틈틈이 재미만 노려보자. 나의 계발을 위해서 혹은 스펙을 쌓기 위해서 하기 싫은 영어니 공부니 하는 것들 빼고 올곧이 재미만 노리는 거다. 단순쾌락, 말초적 쾌락도 좋다. 틈새담배는 어떨까? 재미있으면 좋은거다. 담배를 펴서 폐암에 걸릴 각오가 되어 있다면 괜찮다. 틈틈이 피우면서 재미를 느끼면 된다. 틈새알코올은? 좋다. 재미만 있다면. 대신 중독자가 되어 수전증이 오거나 알코올성 치매에 걸릴 것을 감안할 용기가 있다면 대찬성이다. 틈새게임은? 좋다. 재밌잖아. 계속 하면 된다. 이걸로 돈을 벌겠나 명예를 드높이겠나 오로지 재미만 추구하는 거니까 좋다. 대신 게임중독자라는 이름에 떳떳해야 한다. 어디 가서 "나 게임중독자요! 나 하루에 스마트폰으로 게임을 몇시간 이상하오! 으하하하하!"라고 자랑할 수 있어야 한다.

자, 이제라도 찾아보자. 정말 나에게 재미를 주는 것이 무엇인지를. 남에게 감추고 싶은 비밀스러운 일이라도 진정 자신에게 재미만 있다면 나는 허락하겠다. 대신 남에게 피해주는 일은 삼가자. 내 재미를 위해 남에게 못되게 굴면 지옥간다. 무엇이, 그 무엇이 나에게 궁극의 재미를 줄지 지금부터 찾아보도록 하자. 멀리서 찾지 말자. 답은 내 안에 있다. 언제나 그랬듯이.

틈새재미 9

내가 시간이 많아서 글을 쓰는 것은 아니다

병아리를 키우는 농장(육성장)에 병아리가 들어왔다. 한 동안 병아리가 들어오지 않아서 공실로 있었다. 오랜만에 병아리가 들어오게 된 것이다. 그러다보니 잔고장이 많았다. 원래 계사를 오래 비워두게 되면 웬만한 기계들이 처음에는 제대로 돌지 않게 된다. 더군다나 육성장에는 담당자가 없었기 때문에 더욱 그랬다. 병아리는 들어왔지, 기계는 계속 속을 썩히지 몸과 마음이 정말 분주했다. 새로 온 담당자에게 일일이 기계에 대해서, 병아리에 대해서 설명하고 기계를 고치느라 정신이 없었다. 이거 고치면 저기서 뻥, 저기 고치면 예서 펑펑 터졌다. 만보기를 체크해보니 하루 평균 3만 보를 발발거렸다.

기계나 사람이나 마찬가지다. 계속 굴려줘야 고장도 없는 법이다. 쉬게 되면 다음 번에 잔고장이 나게 된다. 사람도 오랜 시간 나이롱환자로 오랜 시간 병원에 누워 있으면 진짜 병자가 된다는 얘기가 맞다. 몸도 굴려줘야 하고 머리도 굴려줘야 한다. 그래야 잔고장 없이 계속 쓸 수 있다.

일주일이 진짜 빨리 갔다. 일하고 자고 일하다보니 금세 갔다. 이렇듯 정신없이 일이 돌아갈 때는 정말 틈새재미를 내기 힘들다. 틈새재미도 일단 업무가 안정되어야 가능한 법이다. 이렇게 바쁘게 돌아가는 업무에서 틈새재미를 찾는 것은 허영이다. 직무태만이다. 일단 자신의 업무에 충실한 후에 틈새재미를 꾀해야 한다. 그래야 뒤탈도 없고 틈새재미를 정말 재미있게 즐길 수 있기 때문이다. 본업이 망가지든 말든 무시한 채 자신의 틈새재미만 노린다면 어떻게 되겠는가. 모든 것이 그것으로 인해 다 무너지게 된다.

일주일이 지나가고 약간의 진정세가 보이자 역시나 나는 틈새재미를 꾀한다. 시간이 주어지면 어김없다. 뭐 다른 거 할 게 있는 것도 아니고 틈나면 하는 게 틈새재미다. 독서하고 글쓰는 게 참 좋다. 책을 읽다가 뇌리를 딱하고 쳐주는 문장을 만나면 그 얼마나 판타스틱한가. 로또 3등쯤 당첨된 기분이다. 또한 짬을 내서 한 꼭지의 글을 완성시키는 것은 얼마나 감동있는 일인가. 마른 수건에서 물을 짜내는 느낌이다.

가만히 살펴보면 나는 틈새재미를 추구하다가 책을 세 권이나 내게 되었다. 2015년에 〈오늘도 조금씩〉을 냈고, 다음해 2016년엔 〈꿈 잃은 직딩들의 꿈 찾기 프로젝트〉, 〈소소하게 독서중독〉을 내게 되었다. 내가 무슨 전문 작가도 아닌데 이렇듯 틈새재미만 꾀하다보니 어느덧 세 권의 책을 내게 된 작가가 된 것이다. 지금은 양계장 김씨로 살 고 있지만, 시간이 지나면 정말 전업작가의 삶을 살 수 있지 않을까 꿈꿔본다.

나이가 들면 체력적인 일이 하기 힘들다. 결국 머리를 쓰는 일로 가야 하는 게 맞다. 회사를 정년퇴직하고 나중에는 글로써 벌어먹고 살 것이라고 예상한다. 지금부터 틈새재미를 꾸준히 취하다보면 자연스럽게 그렇게 될 것이다. 재미라는 것은 정말 좋아하는 일을 해야 한다. 남들 다한다고 따라하거나 좀 있어 보인다고 해서는 안 된다. 결국 자기 것이 되지 못한다. 정말 자기가 좋아하는 일로 틈새재미를 꾸려야 내 것이 된다. 내 것이 되면 그게 먹을 것, 입을 것, 잘 것이 되는 것이다. 의식주가 해결되는 것이다.

틈새재미 10

순간을 놓치지 말고 재미를 보라

오늘은 토요일이다. 토요일도 어김없이 출근을 한다. 아침 5시 30분에 일어나서 주섬주섬 옷을 입고 곧장 출근한다. 농장에 도착해서는 곧바로 샤워를 한다. 닭에게 전염병은 치명적이기 때문에 차단방역상 농장에 들어갈 때는 샤워를 하고 작업복으로 갈아입는다. 6시에 사료를 준다. 본격적으로 8시부터 알을 줍는다. 점심시간을 갖고 오후 5시까지 알을 줍는다. 알을 종란실에 보관하고 일보를 쓰고 나면 대략 저녁 6시가 된다. 농장에 아무런 일이 일어나지 않는다면 틈새시간을 가질 수 있지만 기계가 고장나는 등 여러 가지 일이 터지면 정말 틈새재미를 가질 수 없다. 오늘이 그랬다. 사료 주는 기계가 고장이 나서 하루종일 종종거렸다.

아침 6시부터 발발거리다가 저녁 6시에 일을 마치고 집에 돌아왔다. 휴우 한숨이 절로 나왔다. 정말 나만을 위한 시간을 단 1초도 사용하지 못했다는 점에 대한 분노가 치밀기도 하고, 정말 몸이 노곤하여 쉬고 싶은 마음에 한숨이 쉬어지기도 하는 것이다. 이렇게 오늘을 그냥 보낼 수는 없다는 생각이 들었다.

다행스럽게도(?) 집에 와보니 아내와 아들은 성당에 가고 없다. 바로 지금이닷! 바로 이 순간이 틈새재미를 추구해야할 시간인 것이다. 나는 곧장 컴퓨터를 켜고 글을 적어내리기 시작했다. 바로 이 글이다. 틈새재미에 대한 한 꼭지의 글이다. 시원하게 물 한잔하고서 이렇게 글을 적어내려가고 있는 것이다. 나만을 위한 재미를 누리지 못하고 하루를 그냥 보내게 되면 그렇게 허무할 수가 없다. 무엇을 위해 사는지, 누굴 위해 사는지 모호해지게 되면 불행해진다. 그런 느낌이 싫은 거다. 나만을 위한 시간, 생각, 행동들이 모여 나를 행복하게 만들어준다. 그래서 틈새재미를 노려야 한다.

이제 조금 있으면 아내와 아들이 올 것이다. 그렇게 되면 나는 또 나의 시간을 방해받게 된다. 가족을 꾸리고 있는 이상 어쩔 수 없는 일이다. 가족으로부터 사랑을 느끼기 때문에 그 점에 대해서는 크게 분노하지 않는다. 그렇지만 분명한 점은 나만의 시간은 확실히 방해받는다는 것이다. 고로 나는 아내와 아들이 오기 전에 이 꼭지글을 완성해야 한다. 틈새를 노려서 글을 써서 그런지 나는 늘 촉박한 상태에서 쓰게 된다. 그래서 앞뒤가 맞지 않는 상황이 벌어지기도 하고, 통일성, 일관성이 결어되기도 한다. 그렇지만 괘념치 않는다. 퇴고하면 되기 때문이다. 일단 빈 공란을 채워 넣는 것, A4용지 한 장을 빡빡하게 채워넣는 것이 중요하기 때문이다. 방금 카톡이 왔다. 내용을 잠시 살피러 가야겠다. 분명 아내에게서 온 연락일 것이다.

역시나 아내에게서 온 카톡이었다. '좀 있다 갈게'였다. 참 다행이다. 그만큼 나만의 시간을 확보할 수 있기 때문이다. 이 꼭지글이 완성되고 온다는 얘기다. 야호 신난다. 글을 쓴지 약 15분이 지났다. 이것만으로 오늘 나의 틈새재미는 확보한 셈이다. 이따가 아내가 오면 저녁을 먹고, 도란도란 얘기 좀 하다가 독서라는 틈새재미를 또 한 번 맛 볼 수 있을 것이다. 고로, 나는 오늘 12시간 회사에서 열심히 일하면서 내 시간을 갖지 못했지만, 이렇게 잠시잠깐 틈새시간을 노려 재미를 봤으니 허송한 하루는 아니라고 생각된다.

틈새재미 11

틈새재미는 즉각적으로 할 수 있어야 한다

1박 2일 워크샵을 다녀왔다. 이런 환경을 그다지 좋아하지 않는다. 평상시 흐름과 배치되기 때문이다. 새로운 것들의 연속이라 그 속에서 틈새재미를 추구하기엔 힘들기 때문이다. 새로운 정보가 계속 들어오는 상황에서는 그 정보에 대한 처리로 인해 틈새재미를 노릴 생각조차 할 수 없게 되기 때문이다. 루틴한 일상이어야 틈새재미도 꾸릴 수 있음을 알 수 있었다.

2시간 넘게 차를 몰아 워크샵 장소에 도착하고, 회의하고, 족구하고, 저녁 먹으면서 술 마시고, 자고 일어나서, 아침식사하고 족구하고 헤어져 집으로 와서 부족한 수면을 채우고 이렇게 컴퓨터 앞에 앉게 되었다. 오늘은 틈새재미를 느낄 수 있었지만, 어제는 왜 틈새재미를 맛보지 못했을까? 정말 틈새재미를 추구할 만한 시간이 없었을까 반추해보기로 한다.

사실 따지고 보면 충분히 있었다. 그리고 가만히 따지고 보면 전혀 틈새재미를 추구하지 못한 것도 아니었다. 내가 추구하는 틈새재미는 크게 두 가지인데, '읽고 쓰기'다. 어제 같은 환경에서는 '쓰기'는 할 수 없는 상황이었다. 그러나 '읽기'는 가능했다. 그렇다. 나는 저녁 밥상 앞에서 잠시잠깐 (정확하게 따져보면 25초 될려나?) 스마트폰으로 책을 읽었다. 나도 모르는 사이에 그랬던 것이다. 이게 바로 습관의 무서움이다.

틈새재미를 잘하기 위해서는 간편해야 한다. 짬이 나면 즉각적으로 할 수 있는 시스템을 구축해놓아야 한다. 그래야 틈새를 노려 재미를 볼 수 있다. 예전에 나는 소설 〈태백산맥〉을 필사하는 틈새재미를 하고 있었다. 당시 나는 집에 있으면서 언제든지 필사할 마음이 생기면 즉시 할 수 있도록 책상에 필사노트와 필사책을 구비시켜 놓았었다. 필사를 하려고 책을 꺼내오고, 몇 페이지인지 찾아보고, 필사노트를 꺼내고, 연필을 꺼내는 이런 번잡한 과정을 없앴던 것이다. 뭔가를 할 때 앞서 번잡한 과정이 있으면 절대로 계속 이어갈 수 없기 때문이다. 가만히 생각해보자. 헬스장까지 가는 과정이 힘든 것이지 일단 헬스장에 가기만 하면 누구든 쉽게 1시간 트레이닝을 할 수 있지 않은가.

그런 면에서 내가 요즘 추구하고 있는 틈새재미 '읽기'와 '쓰기'는 이렇게 볼 수 있다. 읽기는 스마트폰에 항시 배치되어 있는 전자책을 언제든 즉각적으로 할 수 있는 시스템을 구축해놓았다. 쓰기는 읽기에 비해 즉각적으로 하지 못하는 편이다. 나는 컴퓨터 자판으로 글을 쓰는 걸 좋아해서 스마트폰으로 힘들게 글을 쓰지 못한다.

과정을 줄여야 한다. 생각하는 즉시 행동할 수 있는 시스템을 갖춰 놔야 한다. 그리고 틈새재미 거리를 한두 가지로 축약시킬 필요는 없다. 될 수 있으면 다양한 것이 좋다. 상황상 도저히 할 수 없는 틈새재미거리가 있기 때문이다.

나의 틈새재미거리는 읽기, 쓰기도 있지만 필사도 있다. 성경을 필사하고 있다. 내 틈새재미가 오로지 '성경 필사'였다면 어제 같은 상황에 봉착하게 되면 절대로 할 수 없었을 것이다. 상황에 맞춰, 때에 맞춰 할 수 있는 틈새재미를 꾸리면 될 것이다. 또한 틈새재미거리 중 우선 순위를 두는 것도 현명한 방법이다. 세 가지를 다할 수 있는 상황에서 꼭 하고 싶은, 제일 먼저 하고 싶은 것을 정해두는 거다. 그걸 먼저 하고 차순위로 진행하면 좋다. 나의 경우 1순위는 쓰기, 2순위는 읽기, 3순위가 성경 필사다.

틈새재미 12

나 먼저 챙긴다

일요일이다. 일요일은 가족과 함께 보내는 날이다. 저번 주 일요일은 성당 갔다가 진천에 있는 길상사, 그 근처 공원을 다녀왔다. 오늘은 집 근처에 있는 봉학골이란 곳을 다녀왔다. 거기는 취사가 가능한 공간이 있다. 삼겹살 두 근을 끊어서 불판을 챙겨 갔다. 맛있게 고기를 구워먹고 그늘에서 쉬다가 아들과 함께 캐치볼을 하면서 즐거운 하루를 보냈다. 나는 그 틈에 틈새재미도 맛보았다.

봉학골로 가기 전에 도서관에 들러 5권을 대출받았다. 고기를 다 먹고 잠시 책을 훑어보았다. 좋은 구절이 없는지 대충 훑었다. 그렇게 그늘 밑에서 누워서 책을 탐독했다. 약 20분간 독서를 했고, 빌려온 다섯 권을 대충 훑어볼 수 있었다. 느낌이 좋았다. 가족과 즐거운 시간을 보냈고, 고기도 싼 가격에 자연 속에서 맛볼 수 있었고, 김치에 밥도 볶아 먹었고, 틈새재미도 충분히 누릴 수 있어서 좋았다.

어딘가로 여행을 갈 때 여행 자체에만 취해서 여행만 즐기다 오지 말자. 꼭 틈새거리를 준비해서 가자. 여행지에서도 충분히 틈새재미를 맛볼 수 있다. 물론 아내는 이런 나를 탐탁하게 생각지 않았다. 여기까지 와서 무슨 책을 보냐며 아들과 놀아주라고 타박했다. 그러나 나는 내 재미를 추구했다. 물론 아들과도 신나게 놀아주었다. 가족들만을 위한 삶은 재미가 없다. 중심엔 반드시 내가 있어야 한다. 내 재미도 챙겨야 가족들과도 행복한 관계를 맺을 수 있기 때문이다. 나는 아이가 먹는 모습만 봐도 내 배가 부르지 않다. 내가 먹어야 내 배가 부르다. 나중에 아이에게 (내가 하고 싶은 거 참아가며 키워놓고서) '내가 너를 어떻게 키웠는데 나에게 이렇게 할 수 있냐고' 따지고 싶지 않다. 너는 너, 나는 나일 뿐이다. 가족과 여행을 가서라도 틈새재미를 반드시 꾸려야 한다.

고기와 밥을 먹고 잠시 누워서 틈새재미를 하고나자 아이와 신나게 놀고 싶어졌다. 오늘은 시간이 많은 날이다. 시간에 촉박하게 틈새재미를 꾸릴 필요가 없다. 이런 날은 충분히 마음껏 누려야 한다. 그래야 아이와 놀아줄 때도 몰입해서 놀아줄 수 있다. 내 것을 팽개치고 아이를 챙겨봐야 몸만 피곤하고 어쩌면 아이가 미워질 수도 있다. 옛날 부모들이야 완전한 자기희생으로 자식을 키웠지만, 나는 그것에 반대한다. 자기를 **중심에 두지 않은 삶은 아무리 잘 살았다손 치더라도 늦은 후회가 몰려오기 때문이다.** 자기 입을 거 안 입고, 먹을 거 안 먹고 아이를 잘 키워봤댔자 아이는 그 사실을 알 턱도 없고, 안들 뭘 할 수 있겠는가.

그러려니 할 뿐이다. 괜한 보상심리로 오히려 자식들에게 부담만 줄 뿐이다. 나 먼저 챙기고 아이를 챙기자. 그래야 보상심리도 없고, 서로 쿨한 관계로 오래도록 좋게 지낼 수 있다고 믿는 바이다.

집으로 돌아와서는 아이와 함께 뜨끈한 물로 목욕을 했다. 아이의 몸도 씻겨주고, 신나게 물장난도 쳤다. 그리고 저녁으로는 짜파게티를 먹고 이렇게 또 다른 틈새재미를 보고 있는 중이다. 이 글 말고도 다른 원고를 준비 중에 있으므로 벌써 두 꼭지째 써냈다. 이로서 나는 오늘 하루 아주 잘 보냈다고 판단한다. 아내에게도 잘 했고, 아이에게도 잘했고, 나에게도 잘한 그런 날이다.

틈새재미 13

한 번에 네 편의 원고를 쓸 수 있다

바쁜 날도 있지만 한가한 날도 존재한다. 또 어떤 날은 영감이 용솟음쳐오르기도 한다. 한가하면서 영감이 용솟음쳐오르는 날도 있다. 이런 날은 느슨해진 틈새를 족족 공략해야 한다. 업무적으로 한가한 사람들이 있다. 마냥 업무시간 내내 바쁘지 않는 사람들이 사실 부럽다. 그러나 이 사람들은 틈새재미를 추구하지 않는다. 늘상 늘어지게 살고 그냥 시간 때우기로 살게 된다. 자기에게 재미도 없는 스마트폰 게임이나 하면서 시간을 때운다. 하루를 그냥 흘려보낸다.

시간이 빡빡하게 짜여져 있는 사람들이 오히려 틈새시간을 공략한다. 비집고 들어갈 틈이 없어보이는 곳도 어떻게든 틈새를 내서 재미를 본다. 언젠가는 풍부한 시간을 확보해서 재미를 보고 싶은 꿈도 가지고 있다. 악착같이 그렇게 붙들고 늘어진다. 사실 이런 사람들이 뭔가를 이뤄낸다. 시간이 무한정 주어지지 않는 사람들이 오히려 시간을 잘 이용한다. 오랜만에 비근한 예를 들어보자. 전기세 아깝다고 불 끄고 일찍 자라고 하는 부모 밑에서 자란 아이는 공부하고 싶어 죽을 지경이 된다. 책 읽지 말라고 책 감춰버리는 부모 밑에서 자란 아이도 마찬가지다. 뭔가 하고 싶은데 할 수 없는 상황에 닥쳐본 사람들만이 틈새재미를 야무지게 꾸릴 수 있다.

바로 오늘이, 오늘이 나에게는 한가한 날이면서 영감이 용솟음쳐올랐던 날이었다. 현재 내가 집필하고 있는 원고가 네 편이다. 한 번에 하나씩 하는 것도 벅찬데, 네 편의 원고를 잡고 글을 쓰고 있다. 직장생활하면서, 책을 읽으면서 글을 쓰고 있다. 이런 내게 오늘 같은 날은 하늘이 주신 선물이다. 이런 날은 질릴 때까지 글을 써야 하고, 질릴 때까지 책을 읽어야 한다. 내일이 오면 또 엄청나게 바빠질 수 있으니 오늘을 충분히 누려야 한다.

나는 어떻게 네 편의 원고를 쓸 수 있을까? 한 권의 책을 쓰기도 벅찬데, 네 편씩이나? 내용이 헷갈리지 않을까? 글의 일관성, 통일성을 유지할 수 있을까? 라고 나도 예전에는 생각이 들었다. **그런데 해보니 되더라.** 물론 처음부터 그렇게 되지는 않는다. 꾸준히 틈새재미를 추구하다 보면 자연스럽게 되게 된다. 시간이 없지 않은가. 그게 제일 문제 아닌가. 해야 할 일이 많은데 어찌 네 편의 원고에 손을 댈 수 있을까? 라고 궁금해 하는 독자들이 있을 것이다. 된다. 꾸준히 틈새재미를 하다보면 되게 되어있다. 시간을 어떻게든 만들게 되며, 그 짧은 시간을 가지고 어떻게든 원고를 쓰게 된다. 그러다가 오늘 같은 날이 오면 마구 뿜어내면 된다.

틈새재미를 계속 하다보면 시간관리에 철저해진다. 같은 일을 하더라도 더 효율적으로 하게 된다. 그럴 수밖에 없다. 어떻게 해서든 빠른 시간 안에 끝내고 틈새재미를 꾸려야 하니 열심히 적극적으로 업무를 할 수밖에 없는 것이다. 지금 와서 생각해보면 그리도 시간이 넘쳐나던 대학시절을 어찌 그리 허망하게 보냈는지 큰 후회가 된다. 그때는 이런 생각조차 하지 못했으니 말이다. 지금이라도 그걸 깨닫고 실천하는 것으로 위안을 삼을 뿐이다.

해야 할 일들 사이에는 반드시 틈새가 있다. 그 틈새를 노리고 섰다가 재미를 보자. 계속 그런 일을 반복하게 되면, 마치 내가 헌터(사냥꾼)이 된 느낌이 든다. 시간 사냥꾼. 시간의 지배자.

틈새재미 14

정말 좋아하는 일을 하자

나이가 들수록 해야 할 일들이 늘어난다. 하고 싶은 일은 줄어들고 해야 할 일들에 치여 살게 된다. 해야 할 일들이란 우리에게 즐거운 일이 아니다. 억지로, 어쩔 수 없이 할 수밖에 없는 일들인 것이다. 이건 어쩔 수 없는 거 같다. 타고난 금수저가 아닌 이상 나이가 들수록 해야 할 일은 늘어날 수밖에 없다. 더군다나 자본주의 사회 안에서 부속품으로 살고 있는 우리들에겐 더더욱 그럴 터.

해야 할 일들에 치여 살다보면 화가 솟구치고 스트레스가 쌓이기 마련이다. 그걸 풀어내야 한다. 그러나 대부분의 사람들은 그걸 어떻게 푸는지 모른다. 그래서 담배를 피우고 술을 마신다. 술에 취해 미친 듯이 수다를 떨고 나면 조금 풀리려나? 노래방에 가서 노래를 2시간 동안 부르면 풀리려나? 사람마다 다르겠지만 임시방편일 뿐이다.

그래서 제안한다. 정말 자신이 좋아하는 일을 하라고.

언제? 틈새를 노려서.

정말 좋아하는 일이란 돈과 전혀 상관없는 일이라야 한다. 돈을 벌기 위해, 돈을 모으기 위한 일이 되어서는 안 된다. 이건 또 우리를 질리게 만들 뿐이다. 돈을 떠나 내가 정말로 좋아하는 것. 그것을 하는 거다. 내 아들은 이제 11살, 초등 4학년이다. 녀석을 가만히 지켜보고 있으면 공부하다가 틈나는대로 종이접기를 하고 있다. 유튜브에서 종이접기를 검색해서 화면을 보면서 종이를 접는다. 책 보다가 잠깐, 놀다가 잠깐, 야구 보다가 잠깐씩 그렇게 한다. 어느날 봤더니 정말 놀라울 정도로 실력이 향상되어 있었다. 도저히 접을 수 없을 것 같은 우주선, 비행기, 로봇 등등을 접어 놓았다. 틈나는대로, 짬짬이, 틈새재미를 추구하고 있는 것이다.

아들은 누가 가르쳐주어서 틈새재미를 보고 있는 것은 아니다. 그냥 자기가 좋아서 하는 거다. 완전히 자신의 재미만을 위한 행위인 것이다. 아들은 그것으로 학교에서 쌓인 스트레스를 풀고, 하루의 피곤을 잊는 것이다. 누구에게 칭찬받기 위함도 아니요, 자랑하기 위함도 아닌 오로지 자신의 재미만을 위한, 즉 자신만을 위한 일을 하고 있는 것이다.

자, 그렇다면 우리는 우리를 위해 무슨 일을 하고 있는가? 정말 자신이 좋아하는 일을 제대로 알기나 하고 있는 것인가? 그저 멍청하게 스마트폰으로 게임을 하면서 시간이나 때우고 있는 것은 아닌가? 그것으로 자신이 위로가 되고, 자신을 위한 일이라고 생각된다면 나는 게임도 틈새재미거리로 찬성한다. 그러나 조금이라도 후회가 되거나 시간낭비했다고 생각이 들면 그건 진정한 틈새재미거리가 될 수 없다. 말 그대로 시간낭비일 뿐이다.

삶에 대한 목표가 없어도 된다. 모든 사람이 꼭 목표를 가지고 열심히 뛸 필요는 없다. 그런 사람도 있고, 저런 사람도 있는 것이다. 대신 자신을 위한 일은 좀 하면서 살면 안 될까? 왜 우리는 사회적 기준에 맞춰 우리를 벼랑 끝으로 몰아넣고 있는가. 좀 재밌게 살면 안 되는가? 왜 나이가 들수록 웃음을 잃고 시무룩하고 무뚝뚝한 얼굴을 해야만 하는가. 어린 시절처럼 해맑게 웃으면 안 되는가?

적은 시간이라도 자신만을 위한 틈새재미를 꾸려보자. 그전에 내가 무엇을 할 때 궁극의 희열을 느끼는지 차분히 앉아서 생각해보자. 답이 나올 때까지 해보는 거다. 모르겠으면 책을 통해 답을 구해보자. 날 잘 알 만 한 사람에게 물어라도 보자. 그런 노력 정도는 해야 해맑은 웃음을 되찾을 수 있을 거라 생각된다.

틈새재미 15

내가 살아가는 가장 큰 이유

일상이 바빠야 틈새재미가 더 짜릿하다. 하루 툭 던져주고 재미 보세요, 하면 재미가 없다. 그렇게 재미있던 글쓰기, 책 읽기가 이상하게 지겨워진다. 짬날 때마다 해야 더 재미있다. 왜 그렇지 않은가. 수업 시간에 짬을 내서 만화책을 읽어야 더 재미있고, 쉬는 시간에 짬을 내서 도시락을 까먹야 더 맛있지 않은가. 그래서 나는 통으로 한가하게 주어지는 날에는 오히려 재미를 못 보는 경우가 많다.

나는 나와 약속을 한 것이 있다. 하루에 한 꼭지의 글을 쓰자. 이게 나의 틈새재미 1순위다. 아무리 바빠도 정말 시간이 없어도 한 꼭지는 쓰자. 몸이 아파서 누가 죽어서 진짜 어쩔 수 없는 상황 빼고는 웬만해서는 반드시 쓰자, 라고 약속을 하고 그렇게 재미를 보고 있는 중이다. 그런데 하루가 통으로 주어지는 날에 나는 많은 재미를 볼까? 그렇지만은 않다. 물론 흠뻑 빠져서 하기도 하지만, 때론 정말 한 꼭지의 글만 달랑 쓰고 마는 경우도 다반사다. 그리고 그냥 논다.

'아니, 내일 바쁘잖아.' '내일 시간이 없을 게 예상이 되잖아. 그럼 오늘 시간도 많은데 실컷 재미 좀 봐야 되는 거 아냐?' 라는 생각이 들지만 그냥 달랑 한 꼭지 재미만 보고 만다. 내일은 내일 일이다. 오늘은 한 꼭지 재미만 봤으니 그걸로 족하다. 욕심이 과하면 체한다. 그냥 요 정도만 만족하면서 살자고 한다. 이게 편하다. 그래야 오래할 수 있다. 조급하면 재미를 오래보지 못한다. 오늘 진탕 재미를 보게 되면 내일 못하게 된다. 재미가 질리는 거다. 재미가 질리면 안 된다. 재미를 재미나게 해야지 질리게 하면 되겠는가.

글쓰기라는 1순위 틈새재미를 보고 나면 2순위 책읽기를 하거나 3순위 필사를 하게 된다. 그러나 1순위가 제일 중요한 거라서 2순위, 3순위는 하지 않아도 마음이 편하다. 이 세 가지를 다 해야 마음이 편한 것이 아니라 1순위 하나만 해도 내가 이겼다는 생각이다. 매일 세 가지의 틈새재미를 어떻게든 하려고 하면 부하가 걸리고 결국 내가 지게 된다. 욕심이 과하면 번뇌가 생기고 삶이 피곤해진다. **욕심을 줄이면 그냥 행복해진다.** 행복은 멀리 있지 않다. 욕심을 조금만 줄여도 행복지수는 높아진다.

1순위 틈새재미 글쓰기는 시간이 약 20분 정도 걸린다. 2순위 틈새재미 책읽기는 시간이 고무줄이다. **1분도 좋고, 10분도 좋다.** 3순위 틈새재미 필사 또한 2순위와 마찬가지다. 그래서 만약 시간이 너무 없어서 1순위 글쓰기를 못하게 되면 2순위로 대신한다. 1순위는 뒤로 밀리는 거다. 도저히 20분을 뺄 재간이 없다면 차순위로 대신하는 거다. 차순위만으로도 나는 충분히 행복할 수 있으며, 오늘이 아니면 내일이라는 시간이 오지 않는가. 오늘만 살고 말 것은 아니지 않는가. 내일이 오면 내일 받아주면 된다.

때론 글이 너무 쓰고 싶으면 잘라서 행한다. 20분을 정도 글을 써야 한 꼭지가 완성되는데, 20분 내내 글을 쓰지 못할 상황이면 자르면 된다. 1분 쓰고, must 하다가 1분 쓰고, have to 하다가 3분 쓰고 그러면 된다. 어떻게 내리 20분 동안 쭉 재미를 볼 수만 있겠는가. 세상이 그리 호락호락하지 않다. 내 맘대로 되는 게 거의 없다. 다 그러려니하고 현실에 순응하면서 내 재미를 노리는 수밖에 없다. 그 정도만 해도 많이 행복할 수 있다.

틈새재미 16

좋아하는 일을 늦게 찾았다면

재미난 인생을 살고 싶다. 돈을 많이 버는 인생보다는, 명예로운 인생보다는 재미난 인생을 살고 싶다. 허무하거나 슬픈 인생을 사는 사람이 얼마나 많은가. 시대를 잘못 타고 태어나서 구국의 운동을 하다가 가신 많은 분들도 있다. 100년 전에 태어났더라면 나는 어떠한 삶을 살았을까. 일제의 속박 아래서 힘들게 살아냈을 것이다. 어쩌면 버티다 못해 자살했을지도 모른다. 아니면 그들에게 알랑방귀를 뀌면서 꼭두각시 놀음을 했을지도 모르겠다.

어떻게 해야 재미난 인생을 살 수 있을까? 시대적으로 참담해도 나름 재미나게 산 사람들이 있을 것이다. 가정형편이 아무리 어려워도 나름 재미있게 산 사람들도 있을 것이다. 앞을 못 보는 장애인이라 할지라도 나름 재미나게 산 사람들이 분명 있을 것이다. 차별 받는 노예였을지라도 분명 재미난 인생을 산 사람은 분명히 있을 지어다. 그렇다면 어떻게 해야 재미난 인생을 살 수 있을까?

내가 좋아하는 일을 하면 된다. 남이 좋아하는 일이 아니고, 남이 부러워할 만한 일이 아니고, '진짜 내'가 좋아하는 일이라면 되겠다. 오늘 우리 농장에 수리하러 온 수리기사가 있었다. 그는 늘 성실했고, 맡은 바 임무수행에 있어 웃음을 잃지 않았다. 꾸준했고 늘 한결같았다. 힘든 일에 있어서 인상을 찌뿌린다든지, 한숨을 내쉬며 주변을 힘들게 하는 사람이 아니었다. 그는 밝게 웃는 형은 아닐지라도 잔잔한 미소로 자신의 일을 하는 사람이었다. 나는 그에게 이것저것 말을 붙였다.

그는 원래 뭔가를 분해하고 만지고 조립하는 것을 좋아한다고 했다. 어릴적부터 그렇게 해왔다고 했다. 모르면 물어보고, 책을 찾아보면서 배웠다고 했다. 그래서 나는 진짜 천직을 얻었군요, 라고 말해주었다. 한편 엄청나게 부러웠다.

그 수리기사의 연봉이 나보다는 분명히 낮을 것이다. 내가 나이가 더 많고, 경력이 더 있고, 직급도 내가 더 높으니까 내 연봉이 분명 더 많을 것이다. 그러나 나는 내 일을 하면서 행복하지 않다. 그저 먹고 살기 위해 하는 일이라서 그렇다. 그러나 그는 달랐다. 일 자체를 사랑하고 좋아하는 사람이었다. 그러니 늘 한결같고 잔잔한 미소를 가지고 일을 할 수 있는 거 아니겠는가. 나는 늘 짜증부리고, 한숨을 내쉬면서 주변을 불편하게 하는데, 그는 그렇지 않았다.

그는 일에서 재미를 찾고 있었다. 일 자체가 재미있는 것이었다. 돈이나 명예보다는 재미였다. 돈이야 먹고 살만하게 벌 것이니 그가 노린 것은 재미였다. 틈새재미가 아니었다. '항상 재미'인 것이다. 늘 일을 하면서 재미를 맛보니 얼마나 행복할까. 나는 덜컥 그가 너무나도 부러웠다. 내가 정말로 꿈꾸는 인생을 사는 사람을 본 것이다.

나도 좋아하는 일을 찾았다. 그런데 늦게 찾았다. 그래서 쉽게 그 길로 올인(all-in)하지 못했다. 내가 처한 처지로는 야금야금 틈새를 공략하는 수밖에 없다는 결론이 나왔다. 그 친구처럼 항상 재미를 느끼고 싶지만 현실적으로 힘들기 때문에 타협점을 찾은 것이다. 물론 10년 후에는 나도 항상 재미를 볼 수 있다고 확신하고 있다. 어떤 일이든 10년 내내 매일 같이 한 생각을 떠올리면 그게 정말로 현실이 되는 것을 직접 경험했기 때문에 확신이 있다. 아, 그는 내일도 재미지게 인생을 만끽하겠구나. 나도 틈새공략을 잘해서 틈틈이 재미 좀 봐야겠다.

틈새재미 17
일에서 재미를 찾아볼까?

인생이 재밌는가? 나는 솔직히 반반이다. 내가 의도적으로 재미나게 살지 않으면 절대로 인생이 저절로 재미나지는 않을 것 같다. 재미엔 자발적 노력이 필요하다. 금수저로 태어나지 않는 이상 가만 있는다고 해서 인생이 재미있는 것은 아니다. 금수저라고 해도 뭐 항시 재미있겠는가. 나름 고민도 있고, 나름 고통도 있을 것이다. 그러므로 노력 없이는 재미가 있을 수 없다는 결론이 나온다.

하루에 몇 시간이나 재미가 있는가? 아마도 거의 재미가 없을 것이다. 퇴근 후 보는 야구경기가 재미있을까? 한 3~4시간 재미있을 수 있겠다. 퇴근 후 보는 쇼 오락 프로그램이 재미있는가? 개그맨을 보면서 웃으니 재미있을 수 있겠다. 퇴근 후 친구들과 당구 한 게임이 재미있는가? 각 맞춰서 힘 조절해서 하나 둘씩 다마를 빼면 재미있을 수 있겠다. 우리의 본업에서 재미를 찾을 수는 없을까? 그렇다면 정말로 행복해질 수 있을 텐데.

많은 사람들이 생계를 위한 일에서 재미를 찾지 못하고 있다. 나도 그렇다. 재미가 없다. 그냥 돈을 벌려고 하는 거지 그게 재미있어서 하는 것은 아니다. 자신의 직업에서 재미를 찾으면 얼마나 좋을까. 그러나 그걸 누가 알고 시작하는가. 어떻게 살다 보니까 다들 그러고 사는 거 아니겠는가. 그렇다면 억지로라도 직업에 재미를 붙여보는 것은 어떨까? 재미는 노력이 필요하다면서 그러면 노력해서 재미를 붙여보면 어떨까?

결론부터 말하자면 일하면서 재미를 찾을 수 있다. 재미있다고 생각하고 일을 대하면 정말 재미있어진다. 배우는 재미도 있고, 성과를 올렸을 때의 쾌감도 있고, 열심히 일한 후의 보람도 있다. 자신이 기획한 일이 그대로 진행되었을 때도 일에 대해 재미가 생긴다. 미처 알지 못했는데 하다 보니까 재미있어지는 경우다. 충분히 이럴 수 있다. 일에 내 재미코드를 맞춰버리는 거다. 그러면 인생이 좀 더 재미있어진다.

하루 일하는 시간을 재보면 최소 8시간 이상이다. 하루 취미생활을 하는 시간을 재보면 많아야 3~4시간이다. 결국 사람은 깨어있을 때 일하는 시간이 가장 길다. 이 가장 긴 시간을 재미있는 시간으로 만들어버린다면 인생이 행복하지 않을 수가 없게 된다. 돈을 떠나 명예를 떠나 오로지 재미만을 추구한다고 해도 괜찮은 선택이다. 어차피 재미만 추구하다보면 돈도 명예도 다 따라오게 되어있으니까 말이다. 어떤 일을 재미있게 즐기는데 어찌 안 따라오겠는가.

제일 좋은 것은 애초부터 자신의 적성을 알고 그걸 일로 삼아 하는 것이다.

두 번째는 애초에는 몰랐는데 일을 하다보니 그게 자신에게 맞는 일이다.

세 번째는 애초에도 몰랐고 일도 몰랐는데 의도적으로 재미를 붙이다 보니 그 일이 재미있어지는 일이다.

이 세 번째 안에만 들어도 보다 쉽게 행복해질 수 있다. 그러나 네 번째부터는 얘기가 달라진다.

네 번째는 애초에도 몰랐고 의도적으로 재미를 붙여도 시큰둥하여 취미로 하는 일이라도 재미를 붙이고 있는 것이다.

다섯 번째는 일도 재미없고, 의도적으로 재미를 붙일 힘도 없으며, 딱히 내세울 취미도 없고, 그저 텔레비전에서 틀어주는 방송이나 보며, 술이나 한 잔 하는 것에 재미를 붙이는 것이다.

그래도 네 번째까지는 괜찮다. 뭔가 재미를 붙여 살고 있으니 말이다. 나름 재미를 추구하는 인생이라 바람직하다. 그러나 다섯 번째는 좀 얘기가 달라진다. 잉여인간이다. 한마디로 쓰레기다. 목숨이 붙어있으니까 사는 거지 뭐 특별히 바라는 것도 없는 세상의 짐덩어리다. 겉으로 보일 때는 인간이지만 짐승과 하등 다를 바가 없는 존재다. **이 단계를 반드시 벗어나야 한다.** 만약 다섯 번째가 좋다면 나름 자부심이 있다면 그렇게 살아도 된다. 그러나 뭔가 가책이 느껴지고, 변화할 마음이 생긴다면 벗어나는 게 맞다. 간단한 취미부터 찾아보는 것이 좋을 것이다.

틈새재미 18

지금이 중요하다

40대, 50대가 가장 바쁜 시기가 아닐까 싶다. 10대, 20대는 배우는 시기이고, 30대는 적응하는 시기이고, 40, 50대는 왕성하게 일할 때이며 60대는 완숙기가 아닐까 싶다. 필자는 지금 40대 초반이라서 그런지 무지 바쁘고 엄청 번잡하다. 여유를 찾고 싶고, 느긋하게 지내고 싶지만 그게 되지 않는다. 늘 바쁘다. 친교모임에서 너무 바빠서 화가 난다고 했더니 60대에 가까우신 지인분이 이렇게 말씀하셨다.

"그 나이 땐 원래 그래~ 나도 니 나이땐 그랬어~"

이 말이 살짝 위로가 됐다. 그 말이 맞다면 나도 나이가 들면 좀 한가해진다는 소리 아닌가. 그래 맞다. 늙어죽을 때까지 바쁘지만은 않을 것이다. 70대를 살고 계신 아버지만 보더라도 그렇지 않은가. 할 일이 없는

게 오히려 고민이다. 작은 소일거리라도 하고 싶어하신다. 돈도 벌 수 있으면 좋겠다고 하신다. 그래, 맞다. 시간이 흘러 60대가 되면 나에게도 여유있는 시간이 반드시 올 것이다.

그렇지만 말이다. 그 한가한 날을 위해 지금을 온전히 일에 매몰해서 내 자신을 변두리에 세워놓고 싶지는 않다. 그때는 그때고 지금은 지금이다. 미래를 위해 내 현재를 희생할 수는 없다. 언제 죽을지도 모를 일이고, 그 날이 올 때까지 앞으로 남은 시간이 만만치 않게 남아있기 때문이다. 앞으로 20년 더 발발거려야 한다는 얘긴데, 그때까지 언제 기다리겠는가. 지금이라도 재미 좀 보면서 살아야지. 틈새재미다.

미래를 담보로 현재를 희생해서는 안 된다. 그때 가서 또 상황에 맞게 살면 된다. 지금이 중요하다. 지금 행복하지 않으면 미래 또한 행복하지 않다. 오늘이 중요하다. 내일을 위해 오늘을 버릴 수는 없다. 내일은 한가해질테니 오늘은 좀 바빠도 괜찮아, 라고 타협하지 않을 것이다. 내일은 내일이고 오늘은 오늘이다. 오늘 아무리 바빠도 오늘 어떻게든 틈새시간을 내서 재미를 좀 봐야겠다. 그래야 내가 살 수 있다. 오늘 행복하지 않으면 내일도 행복할 것 같지 않다.

2016년의 여름은 엄청나게 더웠다. 작년 여름과는 차원이 달랐다. 땡볕이 너무도 따갑다. 조금만 움직여도 헥헥거린다. 녹초가 된다. 땡볕에 예초기를 돌리고 집으로 돌아오는 날은 완전 녹초가 된다. 미쳤다고 낮에 예초질을 하냐, 새벽에 하든지 하지 왜 땡볕에 하냐고 묻는 사람이 있을지 모르겠다. '너무 넓어서 새벽에 다 못 깎아요, 낮에도 할 수 있으면 해야 되요.'라고 말해주고 싶다. 녹초가 돼서 돌아오면 그대로 곯아떨어진다. 그러나 나는 그렇게 그냥 잘 수 없다. 재미를 보지 못했기 때문이다. 재미없이 하루를 보내고 나면 하루를 버린 것과 같은 느낌이다. 어떻게든 정신을 차려서 원기를 회복시켜야 한다.

찬물도 마시고, 비타민제도 꺼내먹고, 유산균도 먹고 시원한 샤워를 해서 원기를 회복시킨다. 약간의 회복이 되면 곧장 재미를 취한다. 언제 또 기력이 떨어질지 모른다. 그러니 조금이라고 회복됐다 싶으면 책을 들거나, 컴퓨터 앞에 앉아 자판을 두드려야 한다. 물론 오래하지 못할 것이다. 잠깐이나마 재미를 보는 거다. 틈새재미 시간을 좀 더 늘리기 위해 이직을 고민도 해보지만, 아파트 대출금이 있기에 그럴 형편도 못 된다. 주어진 현실에 최선을 다해 매일 틈새시간을 노리고 살 뿐이다.

틈새재미 19
본령을 안다는 것

하루종일 틈새재미를 노리다 노리다 결국 재미를 못 볼 때는 미칠 것만 같다. 그렇게 집으로 돌아와서 또 틈새재미를 노리는데 여의치 않으면 낭패다. 그러다가 어떻게 해서든 틈새재미를 보고 나면 그제야 속이 후련해진다. 하루를 잘 산 느낌이다. 재미를 못보고 잠자리에 드는 날엔 그토록 마음이 시리건만, 해내면 그제야 안심이 된다.

하루를 사는 이유가 뭔가? 필자는 틈새재미를 보기 위해 산다. 내가 좋아하고 재미있어 하는 일을 해야 하루를 잘 살았다고 본다. 책 읽기, 글쓰기를 해야 나는 살 수 있다. 일만 하고, 놀기만 하고, 먹기만 해서 나는 못 산다. 속이 허하다. 공허해진다. 시간이 아깝다. 허송세월한 거나 마찬가지다. 틈새재미를 봐야 잘 산 거다. 오늘 하루를 헛되이 보내지 않는 거다.

살면서 진짜 이건 내꺼다 싶은 게 있다. 나는 웬만한 모든 일에 대해서 반응이 시큰둥하다. 밥 먹는 것도 시큰둥하고, 노는 것도 그렇다. 여행가는 것도 시큰둥하고, 미사에 참례해서도 시큰둥하다. 그런데 책을 읽거나 글을 쓸 때는 이상한 힘이 솟구친다. 내 본령이기 때문이다. 본령을 만나지 못하면 인생이 공허하다. 죽지 못해 살게 된다. 그러나 본령을 알게 되면 그때부터 인생은 재미있게 된다. 그 어떤 것에도 시큰둥하던 내게 아내는 이런 말을 한다.

"당신, 좋아하는 일을 할 때처럼 좀 덤벼봐!"

사람마다 본령이 다르다. 생김새가 다르듯이 이것도 다르다. 모든 사람의 본령이 같을 수는 없다. 말도 안 된다. 그래서 자신의 본령을 찾아야 하는 수고로움이 있다. 그 답은 오로지 자신만 안다. 키워준 부모도 모른다. 부모가 조언은 해줄 수 있어도 선택은 본인이 해야 한다. 부모가 정해줄 수 없다. 그래서 부모에게 본령 찾기 만큼은 양보해서는 안 된다. 본령은 오로지 본인만 알 수 있다. 그걸 알게 되면 그때부터는 신나게 살 수 있다.

본령을 찾고 신나게 살고 싶지 않은가? 그런 것에 관심 없이 그냥 되는 대로 살길 원하는가? 정답은 없다. 본인이 선택하기 나름이다. 그냥 조용히 살길 원한다면 후자를 선택해도 괜찮다. 본인의 선택으로 정했으니 괜찮은 거다. 그러나 본령을 찾고 싶다면 어떤 수를 써서든 찾으려고 노력해야 한다. 우연찮게 본령이 다가오기도 하지만 확률이 낮다. 적극적으로 찾아나서야 보인다. 운이 좋은 자들은 알아서 찾아오기도 하지만, 보통 그런 식으로 일이 진행되지 않으니 문제다. 찾아야 하는 노력이 필요하다.

어디서부터 시작할지 모르겠다면 나는 〈꿈 잃은 직딩들의 꿈 찾기 프로젝트〉라는 책을 추천해주고 싶다. 자신의 본령을 찾는데 도움이 될 만한 것들의 엑기스를 모아놓은 책이다. 그 책에서 권하는 대로 하다보면 본령을 찾을 수 있다. 본령을 찾으면 궁극의 희열을 느끼게 될 것이다. 그건 말로 설명 못한다. 경험해본 자만이 안다. 오르가즘의 100배쯤 되려나.

본령을 찾았으면 그걸 매일 하면 된다. 상황에 맞게, 환경에 맞게 야금야금 본령을 만나는 거다. 그 과정 자체가 희열이다. 고통스럽다면 그건 본령이 아니다. 아주 재미있어야 진짜 본령이다. 본령을 찾았으면 본령과 놀자. 필자는 오늘도 조금씩 틈새재미로 본령을 만나고 있다. 여러분도 나와 함께 가자.

틈새재미 20
돈을 쫓지 마라

진정한 재미를 추구하는 것에 돈을 결부시켜서는 안 된다. 돈을 결부시키면 돈이 판단의 기준이 되어 진정한 재미를 추구할 수 없기 때문이다. 가장 바람직한 생각은 돈을 떠나 온전히 나의 재미만을 추구하는 것이다. 돈을 많이 벌 수 있는 재미, 그래도 돈이 되는 재미를 추구하면 '끝까지' 하지 못하게 된다. 돈이 기준이 되기 때문이다. 이렇게 생각하는 게 좋다. '돈이 안 되더라도 진짜 내가 좋아하니까 하는 거다.'

돈을 쫓으면 돈은 도망간다. 그러나 재미를 쫓다보면 돈은 자연스럽게 따라온다. 돈과 결부시켜 재미를 추구하지 말라고 앞서 말했다. 재미만 추구하다보면 돈은 저절로 따라온다. 돈을 완전 무시하고 재미만 추구했음에도 돈은 결국 따라온다.

필자는 책을 읽고 글을 쓰는 재미에 푹 빠져 살고 있다. 종이책도 냈고, 전자책도 냈다. 틈새를 노려 재미를 보다보니 이렇게 되었다. 책이 팔리면 돈이 통장으로 입금된다. 나는 읽고 쓰는 재미만 추구했을 뿐인데, 그게 결국은 돈이 되어서 돌아오는 것이다. 만약 내가 돈을 벌기 위해 책을 읽고 글을 썼다면 벌써 지쳤을 것이다. 돈이 빨리 안 벌리니까 금세 퍼졌을 것이다. 그래서 재미를 선택할 때 돈을 기준으로 하면 안 된다. 앞으로도 계속 책을 읽고 글을 쓰게 될 것이다. 아마도 평생 죽을 때까지 계속 진행될 것이다. 그리고 책도 계속 내게 될 것이다. 결론적으로 돈도 계속 통장으로 입금될 것이다.

신기하지 않은가? 재미만 추구했을 뿐인데 그게 돈이 되어 돌아오다니, 놀랍지 않은가? 재미있게 살았을 뿐인데 돈을 번다? 세상에는 이런 식으로 돈을 버는 사람들이 생각보다 많다. 만날 울상 지으면서 돈을 버는 것이 아니라 재미있게 놀면서 돈을 버는 사람들이다. 이런 대열에 끼고 싶지 않은가? 이런 대열에 끼면 월요병 같은 게 없어진다. 피로누적이란 단어도 사라진다. "자도 자도 피곤해요" 라는 말도 하지 않게 된다. 일요일이 기다려지지도 않는다. 재미있는 일을 하는데 그게 월요일이든, 불금이든, 일요일이든 뭔 상관이란 말인가. 스스로 재미를 추구하는 일이니까 남의 눈치도 보지 않게 된다. 일년 내내 하루도 못 쉬어도 좋다. 왜? 재미있는 일을 하니까. 이런 대열에 끼고 싶지 않은가?

방법이 다 있다. 나는 방법 없이 썰만 푸는 작가가 아니다. 바로 '틈새재미'를 추구하면 된다. 지금 하는 일 열심히 하면서 틈새재미를 맛보면 된다. 회사의 일을 효율적으로 잘 마치고 집에 와서 재미있는 일을 하면 된다. 돈을 열심히 벌고 집에 와서 재미를 추구하면 된다. 그렇게 1년, 5

년, 10년 하다 보면 그 재미가 돈이 되어 돌아온다. 진짜 재미만 추구했을 뿐인데, 돈이 되어 돌아온다. 그 어떠한 것도 다 이 법칙에서 벗어나지 않는다.

낚시를 좋아하는가? 틈새를 노려 해라. 나중에 돈이 되어 돌아온다. 체스를 좋아하는가? 틈틈이 해라. 나중에 돈이 되어 돌아온다. 종이접기를 좋아하는가? 틈틈이 해라. 돈이 되어 돌아온다. 자신이 진정으로 좋아하는 일을 계속 하는 거다. 그러다보면 그 분야에 자신도 모르게 대가가 되고, 명성이 쌓이며 그것으로 돈을 벌 수 있게 된다.

단, 반드시 기억하자. 돈을 벌기 위해 재미를 추구하면 절대로 돈을 벌지 못한다. 끝까지 할 수 없기 때문이다.

틈새재미 21
탁월함은 반복에서 나온다

무엇보다 틈새재미의 강력한 힘은 '반복'에 있다. 뭔가를 꾸준히 할 때 그것은 몸에 완전 장착되어 날카로운 무기가 되어 준다. 반복적인 행동은 그 날을 더욱 예리하게 만든다. 한번에 몰아서, 띄엄띄엄 해서는 날카로워지지 않는다. 체력만 소모될 뿐 남는 게 없다. 열심히 노력한 거 같은데 결과물이 없는 거다. 반복하지 않으면 이 꼴 당한다. 노력의 배신이다.

노력은 정확하지 않다. 100을 쓰면 100을 얻지 못한다. 어떨 때는 100을 써서 110을 얻기도 하고, 어떨 때는 100을 써서 90을 얻는다. 너무도 불공평하다. 노력의 배신이다. 왜 이런 일이 일어날까? 노력을 단기간에 열심히 하거나, 띄엄 띄엄해서 그렇다. 보다 쉽게 말해 매일 하지 않아서 그런 거다. 노력은 매일 반복해야 한다. 매일 밥을 먹듯이, 매일 잠을 자듯이, 매일 숨을 쉬듯이 매일 해야 한다. 그렇게 매일 하다 보면 5년, 7년, 10년이 흐르면 그것이 날카로운 무기가 되어 옆구리에 장착된다.

탁월함은 반복에서 온다고 그 옛날 유명한 철학자가 말했다. 반복하지 않으면 탁월해질 수 없다. 그 철학자는 또한 탁월해지면 행복해진다고 말했다. 즉, 반복=탁월=행복이라는 등식이 성립한다. 반복하는 행위가 지겨운데 행복하다고? 좀 이상하지 않은가? 그러나 절대 이상하지 않다. 반복은 진정한 행복이다. 반복하는 행위 자체가 바로 행복이다.

다시 쉽게 말해보자. 필자가 누누이 강조하는 말은 '재미'다. 즉, 재미있는 일은 그 일 자체만으로도 행복을 준다. 사진 찍는 것을 정말 좋아하는데, 사진 찍는 행위가 고통이 될 수 있겠는가? 그림 그리기를 좋아하는데 그림 그리는 것이 지겨울 리 있겠는가? 오히려 더 하고 싶어서 난리치지 않을까? 고로, 반복은 행복이라고 말한 그 철학자의 말이 맞다. 하루를 살면서 틈새를 노려 재미를 추구하는 것이 결국 우리를 탁월하게 만들어 주고, 우리를 행복하게 만들어 준다. 이 철학자의 이름은 아리스토텔레스다.

사실 재미있는 일은 의도적으로 반복하려고 하지 않아도 반복할 수밖에 없다. 필자의 아들은 초등학교 4학년이다. 그 녀석은 요즘 종이접기에 완전 꽂혔다. 공부를 하다가 잠시 쉴 때면 으레 종이접기를 한다. 유튜브 동영상을 보면서 어려운 종이접기를 훌륭히 완수한다. 아들이 종이접기를 할 때의 표정은 무아지경이다. 옆에서 내가 깐족거려도 흐트러지지 않는다. 내가 옆에 있는지조차 모른다. 아들에게 1시간이 5분 같을 것이다. 숙제를 하다가 잠시 쉴 때 종이접기가 길어지면 애 엄마는 타박한다.

그제서야 종이접기를 놓고 숙제를 한다. 얼마나 아쉬울까?

내가 봤을 때 종이접기는 쉬운 일이 아니다. 재미있어 보이지도 않는다. 나에게는 고역이다. 그러나 아들에게는 재미로 다가온다. 즉, 재미거리는 사람마다 다르다. 나에게 종이를 접으라고 하면 나는 미치고 팔짝 뛸 것이다. 그러나 아이에게는 그게 휴식이고, 놀이다. 아들은 그것을 매일 반복하면서 살고 있다. 누가 시키지 않는 일이다. 애 엄마는 종이접기에 너무 열중하는 게 못마땅하다. 아들에게 있어서 가장 사랑하는 사람인 엄마가 탐탁지 않게 생각하는 일을 아들은 열심히 하고 있다. 엄마에게 미안하지도 않다. 그저 자기가 좋기 때문이다. 바로 이런 일을 틈새를 노려 반복해야 한다. 그러면 인생이 행복해진다. 아마 아들은 종이를 접을 때 정말 행복할 것이다. 종이 접을 때 그의 표정만 봐도 안다.

종이를 접어서 나중에 어디다 써먹을까 생각하지 말자. 그런 생각하면 절대 재미를 찾을 수 없다. 그런 걸 왜 생각하는가. **자신에게 재미만 있으면 된다.** 오로지 재미만 찾는 거다. 남들이 봤을 때 저거 접을 시간에 공부를 하는 게 낫다고 생각해도, 자신이 좋아하면 그만이다. 그런 일이 정답이다. 그런 일을 해야 한다. 그런 일에 미쳐야 한다. 그렇게 하다 보면 5년, 10년, 꾸준히 하다보면 결국 그게 자신의 무기가 되어 돌아온다. 남의 눈치 보지 말고, 돈 생각하지 말고, 어디다 써먹을까 가치판단하지 말고 오로지 재미만 추구하자. 그러면 그게 무기가 되어 온다니까.

틈새재미 22

재미는 변한다

여자들이 싫어하는 군대 얘기를 해보겠다. 내가 군대에서 상병이 꺾였을 때(당시 상병은 8개월간 하게 되는데, 5개월차부터는 꺾였다고 표현한다) 시간적 여유가 생겼다. 새벽에 일어나서 야간 근무를 서고, 아침에 일어나서 구보를 하고 식사를 하고, 노동(사역)을 하든지 훈련을 하고 점심을 먹고 오후 노동을 하든지 훈련을 하고 저녁을 먹고 잠시 쉬었다가 점호준비(청소)를 하고 취침에 들어가는 일이 군대생활이다. 바쁠 것 같지만 은근히 짬이 난다. 물론 이등병이나 일병은 죽도록 바쁘다. 꺾인 상병이라야 시간이 좀 난다.

낮에는 보통 노동이나 훈련으로 짬을 내기 힘들고, 저녁식사를 마치고서 휴식시간이 있어 뭔들 할 수 있다. 어떤 병장은 영어단어를 외웠고, 어떤 병장은 누워서 텔레비전을 시청했고, 어떤 상병은 책을 읽었고, 어떤 상병은 장기를 두었고, 어떤 병장은 기타를 쳤고, 어떤 병장은 애들을 데리고 군기를 잡았다. 당시 나는 종이 거북이를 접었다.

할 게 없었다. 그냥 있기도 그렇고 해서 나는 후임으로부터 종이접기를 배운 후로 계속 거북이를 접었다. 시간이 잘 가서 좋았다. 즉, 짬이 나면 나는 거북이를 접었다. 선물할 사람도 없었고, 돈 받고 팔 생각도 없었다. 그냥 접었다. 나에게 종이접기를 가르쳐준 후임은 여자친구에게 준다고 했다. 나는 그저 잡생각이 나지 않아서 접었다. 텔레비전을 보면서 접었고, 두런두런 사람들과 얘기하면서도 접었다.

당시 내게 재미거리는 그거였다. 지긋지긋한 군 생활을 버틸 수 있게 해준 것이 바로 거북이접기였다. 그렇게 접은 것이 나중에 봉봉음료수 박스로 5박스나 됐다. 지금은 접으라고 해도 안 접는다. 고역이다. 그러나 당시에는 그게 재미있었다. 아들녀석이 지금 종이접기를 좋아하는 것은 어쩌면 내 피를 이어받아서 그런지도 모르겠다. 그러나 지금은 종이접기가 너무나 재미없다.

즉, 재미는 변할 수 있다. 어릴 때 놀이와 커서 놀이가 다르듯이 시기마다 재미거리가 달라지는 게 당연하다. 꾸준하지 못하다고 자책할 필요가 없다. 어릴수록 재미는 마구 변한다. 이런 저런 경험을 많이 해본 중년의 나이쯤 되어야 정말 괜찮은 재미 하나(혹은 둘)을 찾아 죽을 때까지 하는 거다. 그러니 재미거리가 자꾸 변한다고 자신에게 실망하지 말자.

군대에 있을 당시 내가 거북이접기를 좋아했던 이유는 그 상황에 그게 제일 잘 맞았기 때문이다. 2년 2개월의 군 생활은 참으로 길었다. 시간이 죽도록 가지 않았다. 영원히 군대에서 멈춰버릴 것만 같았다. 어떻게 해서든 시간이 빨리 갔으면 했다. 그래서 찾은 것이 거북이접기였다. 거북이를 접고 있으면 아무 생각이 나지 않았다. 금세 시간이 흘러갔다. 그만큼 거북이접기에 집중했다는 의미이다. 재미있으면 집중하게 된다. 집중하면 시간이 잘 간다. 당시로서는 최고의 재미거리였다.

그러나 지금은 거북이 접기가 별로다. 의미 없다. 읽고 쓰는 재미가 달달한데 어디 거북이접기가 끼어들 틈이 있겠는가. 읽고 쓸 시간도 없는데 말이다. 이렇듯 각자의 시기에 따라 관심사가 변한다. 재미도 변한다. 읽고 쓰는 재미가 나중에 시간이 지나면 덜해질지도 모르겠다. 본령이라고 생각하지만 또 어떻게 변할지 나도 모르겠다. 만약 변하면 또 변한대로 바꿔서 재미를 보면 된다.

틈새재미 23

학교를 헛다녔다

학교 다닐 때 평생 재미나게 할 수 있는 일을 발견했더라면 지금 틈새재미를 노리지 않아도 되었을 것이다. 또한 가장 하고 싶은 일을 찾고, 그 일을 평생 재미나게 해나가고, 노년을 맞이하는 성공한 인생을 살았을 것이다. 그러나 주입식 교육을 받은 우리로서 그게 어디 가당키나 했던가. 그저 국영수, 국영수만 강요받았을 뿐, 뭐가 되고 싶은지, 뭐를 좋아하는지, 뭐를 잘 할 수 있는지, 뭐가 재미있는지 학교에서는, 선생님들은 우리에게 묻지 않았다.

필자만 해도 그렇다. 필자는 서울 8학군에 다녔다. 명문 중학교, 명문 고등학교를 나왔다. 서울대를 매년 20명씩 배출한 학교였다. 그러나 나는 이렇게나 좋은 학교를 다니면서 단 한 번도 '평생을 신명나게 할 수 있는 일'에 대해 심도있게 고민해보거나, 배우지 못했다. 학교에서는 성적만 중요했고, 그중에서도 국어, 영어, 수학만 중요했다. 그걸 못하는 학생은 불량학생이고 잉여학생일 뿐이었다. 성적으로 줄을 세웠고, 성적으로 선생님은 학생을 평가할 뿐이었다.

우리의 공교육의 실태는 바로 이렇다. 바람직하지 못하다. 학교를 다니면서 평생 어떤 일에 몰두해야 할지 고민의 시간을 주고, 그것을 잘 찾기 위한 교육을 해주었더라면 내 인생이 이 꼬락서니가 되지 않았을 것이다. 나는 나를 가르쳐준 선생님, 학교에 대해 배신감마저 든다. 존경의 마음이 전혀 생기지 않다. 오히려 불만가득하다. "도대체 내가 학교 다니면서 배운 게 뭐야?" "선생들이 도대체 나에게 가르쳐준게 뭐야?" "도대체 학교는 왜 다닌거야?"

학교 다닐 때 내가 정말 좋아하는 일을 찾았더라면 나는 지금 이렇게 궁상맞게 틈새재미를 노리지 않았을 것이다. 재미도 내 스스로 찾았지 재미 찾는 방법을 어느 누가 가르쳐주지도 않았다. 그나마 내가 잘났으니까 내가 늦게나마 찾은 거지. 도대체 누가 이런 거 가르쳐준 적이 없다. 이 얼마나 열 받는 일인가. 학교 다닐 때 확실히 찾고, 그때부터 재미나게 했으면 지금쯤 이미 꿈을 이뤘을 것인데, 아무도 그 아무도 나에게 재미 찾는 방법을 알려주지 않았다. 그저 국영수! 국영수! 뿐이었다.

자, 진정하자. 과거를 아무리 탓한들, 남을 탓한들 무엇이 남겠는가. 과거는 과거일 뿐이다. 현재가 중요하다. 미래도 중요하지 않다. 바로 지금이 중요하다. 바로 지금 내가 할 수 있는 일을 하면 된다. 그게 최선이다. 바쁘니까, 늦게 재미를 찾았으니까, 틈새를 노려 하면 된다. 그것만으로도 충분하다. 더 이상 조급해하지도 말고, 더 이상 후회하지도 말자. 그저 내게 주어진 틈새를 노려 재미만 보면 바로 그것이 극락이요 천국이요, 과거에 대한 보상이요, 미래에 대한 희망이다.

틈새재미 24

재미가 위로다

무척 바쁜 날이 있다. 잠시도 한눈 팔 수 없게 바쁜 날이다. 이 일을 끝마치면 다른 일이 도래하고, 다른 일을 끝내면 또 다른 일이 닥쳐온다. 그래서 잠시도 짬을 낼 수 없게 된다. 화장실에 갈 시간도 없는 거다. 집에 가서는 짬이 날까? 집에 가도 짬이 안 날 것만 같다. 제사가 있기에 큰댁에 가야 하기 때문이다.

이런 날이 있다. 필자의 경우 바로 오늘이 그런 날이다. 회사에 있을 때 잠시도 쉴 수 없었다. 걸려오는 전화에, 고장난 것은 뭐 그리도 많은지 고치고, 또 외국인 직원이 벌에 쏘여 병원에 데리고 가야지, 병원에 있는데 KT직원으로부터 팩스가 안 되냐며 지금 방문한다고 전화오지, 사료 받아놓은 게 오류가 있어서 1동을 다시 받아야 한다는 직원의 전화가 오는 등등 정신이 하나도 없었다. 날은 얼마나 더운가. 내가 태어나서 올해 (2016년)처럼 더운 여름은 처음 겪었다.

퇴근 후 집에 와서 큰댁에 갈 준비를 했다. 집에서는 한 시간 정도 거리라 그리 멀지 않다. 아내는 가기 전에 청소를 해 놓는 등 분주하게 움직였고, 나도 갈 준비를 해야 하는데 이러고 있다. 도저히 이대로는 제사에 못 갈 거 같다. 하루 종일 종종 거렸는데, 또 제사로 인해 서둘러 출발하고 싶지 않기 때문이다. 아니, 10분도 짬을 못 낸단 말인가. 제사는 어차피 늦은 시간에 하는 것이니 그렇게 빨리 갈 필요가 없는 거 아닌가. 그래 빨리 가는 게 좋긴 하지만 내 시간 10분도 못 내는가 싶었다. 그래서 이렇게 컴퓨터 앞에 앉아 글을 쓰고 있는 것이다.

나는 아내에게 10분만 시간을 달라고 말했다. 10분이다. 고작 10분 정도도 나를 위해 쓰지 못해서야 되겠는가. 아무리 바빠도 밥은 먹고, 아무리 바빠도 똥은 싸지 않는가. 그래서 나는 아무리 바빠도 글을 써야겠다는 생각이다.

사실 오늘 같은 날은 그냥 포기해도 그만이다. 어쩔 수 없는 상황은 그냥 포기해도 된다. 안 되는 거 가지고 안달복달해봐야 마음만 상하고 체력만 소진할 뿐이다. 이런 날은 그냥 쿨하게 날려보내는 거다. 대신 내일 좀 더 열심히 살면 된다. 내일 열심히 살지 않아도 된다. 그저 틈새재미나 볼 정도로만 살면 된다. 그러나 나는 오늘 틈새재미를 보고 싶어졌다. 잠시 나에게 휴식 시간을 주고 싶어졌다. '우태야, 잠시 쉬렴. 내가 너에게 주는 10분간의 선물이다.'

남들에게는 글 쓰는게 고역일지 모르겠으나, 나에게는 이게 휴식이다. 나를 위하는 시간이다. 이런 시간이 있어야 내가 산다. 사람마다 재미가 다르다. 어떤 사람은 잠시 시간을 내서 명상을 하는 것을 휴식으로 삼을 수도 있다. 그러나 나에게 명상은 고역이다. 나는 그런 것을 잘 하지 못한다. 졸기 딱 좋다.

이렇듯 자신만의 재미를 찾아 틈새를 공략하자. 아무리 바빠도 잠시 10분만 시간을 내서 자신을 위로해주고 보듬어주자. 바쁘게 사는 건 좋은 게 아니다. 자신을 돌보지 못한다는 의미다. 여유가 있어야 자신을 돌아볼 수 있다. 특히나 바쁜 현대사회에서는 자신과 대화하고, 자신을 위로하는 행위가 필요하다. 각자에게 맞는 재미를 찾아 틈새를 노리면 바로 그게 자기위안이며 자기애다.

이렇게 한 꼭지 글을 완성했다. 마음이 뿌듯하다. 가벼운 마음으로 제사를 갈 수 있을 것만 같다. 재충전 되었다. 정말 좋다. 행복하다.

틈새재미 25

현실에 충실하기

매일 살아야 하는 이유가 틈새재미다. 그거 없으면 못산다. 어쩔 수 없이 해야 할 일들을 해놓고 나를 위한 시간을 보내는 거다. 해야 할 일들만 수두룩하다면 인생은 얼마나 고단하겠는가. 나를 위한 시간이 하루에 단 5분도 주어지지 않는다면 얼마나 서글픈 인생인가. 많은 돈을 벌고, 명예를 누린다 해도 나를 위한 시간이 없다면 그리 행복한 인생은 아닐 것이다.

틈새재미를 노리다보면 역효과가 나올 때가 있다. 생계를 위한 일, 해야만 하는 일에 질리는 것이다. 재미만 보면서 살고 싶어진다. 나를 위한 시간만 중요하게 생각되어지고, 나머지 시간은 죽은 시간처럼 느껴진다. 더 많은 틈새시간을 누리고 싶어지고, 현실적으로 그렇지 못하여 자괴감이 느껴지고, 슬퍼지곤 한다.

그러나 세상 일은 하나도 버릴 것이 없다. 전혀 쓸모 없는 일 같아도 나중에 되돌아보면 그게 필요했던 일이구나 싶은 생각이 든다. 지금은 고통스럽고, 미칠 것만 같아도 나중에 시간이 흐른 뒤 그게 자양분이 되었다는 것을 알게 된다. 실제 틈새재미(글쓰기)를 누릴 때 많은 소재가 내가 직업적으로 일하는 것으로부터 나온다. 만약 직업 없이 오로지 틈새재미만 누리고 있다면 소재거리가 많이 한정적일 것이다.

양말을 신는 일, 발톱을 깎는 일, 이발을 하는 일, 손을 씻는 일, 걷는 일 등등 사소해 보이는 모든 일들이 사실은 꼭 필요한 일들이다. 사소한 일들을 무시하고 가치 있다고 생각되는 일만 하게 되면 기쁠까? 양말 안 신고, 발톱 안 깎고, 이발 안 하고, 손 안 씻고, 걷지 않고 가치 있다고 생각하는 책 읽기와 글쓰기만 하면 나는 기쁠까? 전혀 그렇지 않을 것이다. 해야 할 일이 있다. 그러 하고 나서 내가 가치 있다고 생각되는 재미를 보는 게 맞다.

틈새재미를 계속하다보면 그게 나중에 본업이 될 수 있다. 처음에는 적은 시간으로 시작된다. 돈을 벌어오는 다른 일을 하면서 틈새재미를 노리는 거다. 그렇게 시간이 흘러흘러 나중에는 틈새재미가 인생에서 차지하는 비중이 꽤 되게 된다. 돈도 벌어다 줄 수 있다. 그렇게 해서 수익이 본업을 뛰어 넘을 때 우리는 지긋지긋한 생계형 직업을 때려치고, 재미나는 일로서 생계를 해결할 수 있게 된다.

이렇게 되기까지 현재의 일에 충실해야 한다. 현재의 일에 충실하지 않은 채 **틈새재미만 노리면 이도저도 안 된다.** 틈새재미를 노리기 위해 현재의 일을 등한시 하거나 대충하게 되면 삶의 균형이 깨지게 된다. 왜냐면 틈새재미가 성과로 나오기까지는 시간이 많이 걸리기 때문이다. 현재의 일을 충실히 하면서 틈새재미를 누리는 것이 맞는 방법이다. 해야 할 일들 충실히 하고, 어떻게든 시간을 만들어서 재미를 보는 것이 맞다.

한편, 틈새재미로 성과를 못 올리면 어떠한가. 틈새재미 자체가 이미 기쁨을 주고 있다. 과정 자체가 결과를 압도한다. 성과를 위해 현재를 희생하는 것이 아니다. 성과는 나몰라라 해도 된다. 그저 과정(틈새재미를 보는 그 상태)만 달콤하게 빨고 뱉어도 된다. 그것만으로도 우리는 충분히 행복할 수 있다. 그런데 그렇게 하다보면 좋은 성과도 자연스럽게 따라오게 된다.

틈새재미 26
재미의 기준

재미를 추구하라고 했는데, 그 재미의 기준을 잡고 넘어가자. 자신이 좋아하는 일은 재미있다. 그런 일을 하면 된다. 그런데 재미는 두 종류가 있다.

① 남에게 들키면 창피한 재미
② 남에게 보여지는 게 그다지 중요하지 않는 재미

첫 번째 재미에 대해서 먼저 말해보자. 내가 정말 좋아하는 건데, 왠지 남이 보면 쪽팔리는 재미들이 있다. 나의 경우를 예를 들어보면 이해가 쉬울 것 같다. 나는 책 읽고 글 쓰기보다 사실 더 좋아하는 것이 있었다.(물론 지금도 아니라고까지는 못한다. 사실 지금도 좋아하긴 하다) 나는 게임을 좋아했다. 컴퓨터 게임도 좋아하고 오락실 게임도 좋아하고 스마트폰 게임도 좋아한다. 게임이란 게임은 다 좋아한다. 정말 재미있고 시간 가는 줄 모르겠다. 게임 삼매경에 빠진다.

그런데 이 재미는 문제가 있다. 이상하게 창피하다. 떳떳하지 못하다. 내가 게임하는 것을 누군가에게 들키면 이상하게 쪼그라든다. 무슨 죄 짓는 것도 아닌데 그런 죄책감이 있다. 어릴 적부터 부모님에게 게임하는 것은 나쁜 거라는 세뇌 교육을 받아서 그런 것일까? 학교 선생님에게 오락실에 갔다가 걸려서 혼나는 경험이 있어서 일까? 사실 게임하는 게 뭐가 그리 창피한 일인가 싶다가도 나는 창피하다. 지하철에서 남들 보는 앞에서 게임을 하지 못한다. 쪽팔리기 때문이다. 인터넷 서핑을 하든지, 기사를 읽는 것은 안 창피한데, 이상하게 게임하는 것은 창피하다. 이는 거의 야동를 몰래 보다 걸리는 상황과 비슷하다.

정말 내가 좋아하긴 한데, 남들에게 밝히고 싶지 않는 뭔가 뒤가 구린 재미는 내가 말하는 재미가 아니다. 내가 말하는 재미는 두 번째 재미에 가깝다. 남들에게 보여지는 게 두렵지 않은 재미, 내가 좋아하는 재미, 남들에게 들켜도 '뭐~ 어때?'라고 쿨하게 말할 수 있는 재미를 말한다.

남들에게 떳떳하지 못한 재미는 마치 범죄를 저지르는 것 같은 느낌이 들어 하고 나서도 후련하거나 상쾌하지 않다. 죄를 하나 쌓는 기분이라 더럽다. 사람마다 그런 재미들이 있을 것이다. 남에게 말하기 꺼림직한 재미는 사실 오래 할 수도 없다. 하면 할수록 죄책감, 자괴감이 들고, 하고 나서도 기쁨 대신 우울해진다. 재미를 맛 본 뒤에 뭔가 찜찜하고, 시간을 낭비한 느낌이 들고, 다시는 안 해야겠다는 생각이 드는 재미는 추구해서는 안 된다.

내가 좋아하는 재미 중에 뒤가 구린 재미를 몇 가지 더 열거해본다. 야동 보는 재미, 담배 피우는 재미, 술 마시는 재미, 게임하는 재미, 텔레비전 보는 재미, 욕하는 재미 등이 있다.

반대로 위에 열거한 것을 함에 있어 재미도 있고, 남에게 들켜도 쿨하게 생각하는 사람들이 있을 것이다. 스스로 떳떳하고 허망하지 않다면 그게 바로 자신의 재미가 될 수 있다. 그걸 계속 추구하면 된다. 본인만 만족한다면 범법 행위를 제외하고 다 해도 좋다고 본다.

틈새재미 27

틈새재미를 얻기 위해서는 업무효율을 높여야 한다

엄청나게 바쁜 와중에도 틈새재미를 보려면 업무효율을 높일 수밖에 없다. 2시간에 할 일을 1시간 30분으로 줄이고, 1시간에 할 일을 50분으로 줄이는 노력을 계속 할 수밖에 없다. 같은 일을 하더라도 회사에서 저녁까지 먹으면서 야근을 하는 사람들도 있지만, 틈새재미를 노리는 우리로서는 결코 바람직하지 않는 자세다.

우리는 어떻게 해서든 업무효율을 높이려고 노력해야 한다. 어떻게든 내 시간을 확보하려고 노력해야 한다. 똑같이 주어진 일을 하지만, 우리와 같은 마음자세로 일을 할 때 업무효율도 늘고, 업무속도도 높일 수 있다. 하루종일 회사에 남아 야근까지 하면서 일을 잡고 있는 모습은 얼마나 안타까운가. 그는 자신을 위한 시간을 쓰고 있지 않는 거다. 물론 회사에 오랫동안 남아 모두들 퇴근했을 때 혼자만의 시간을 갖는다면 얘기가 틀려질 수 있겠지만, 정말 회사 일만 밤늦도록 잡고 있다면 문제가 있는 것이다.

일을 반복하게 되면 숙달이 된다. 당연히 같은 일을 하는데 더 짧은 시간에 할 수 있게 된다. 요령이 생기기 때문이다. 이런 요령은 아무리 꼴통이라도 시간이 흐르면 자연스럽게 생기게 된다. 그러나 우리는 거기에 만족하지 말아야 한다. 더 속도를 높여야 한다. 속도를 더 높일수록 틈새시간을 더 확보할 수 있다. 늘 바빠서 종종 거리는 것보다 일찌감치 일을 끝내놓고 여유부리는 직원이 더 낫다고 본다. 여유를 부리다보면 생각하게 되고 그러다보면 뭔가를 하게 된다. 지금이야 그 차이가 안 나겠지만, 1년, 5년, 10년 후면 아주 많은 차이가 나게 될 것이다.

나는 지금 틈새시간을 이용해서 책을 쓴다. 나는 시간이 많지 않다. 아침 5시에 일어나서 출근하고 저녁 7시에 퇴근한다. 집에 가서 아내와 대화해야지, 아빠를 졸졸 따라다니는 아들과 놀아야지 할 게 많다. 그럼에도 불구하고 나는 틈새시간을 노려서 책을 쓴다. 그렇게 쓴 원고가 꽤 된다. 최소 1년에 두 권 정도는 꾸준히 낼 수 있을 것 같다. 이것이 5년이 지나고 10년이 지나면 어떻게 될까? 10년 후면 나는 20권의 책을 낸 저자가 된다. 단지 틈새시간을 이용했을 뿐인데 말이다. 회사일을 가지고 하루종일 농땡이 치면서 밤늦게까지 잡고 있는 사람과 우리와 같이 어떻게든 틈새시간을 이용하려는 사람과 10년 후면 그 모습이 당연히 달라지게 되어있다.

매월 말일이나 매월 초는 참 바쁘다. 월마감 서류 등 정리해야 될 것이 많기 때문이다. 그러나 이런 일도 시간이 지나면 옛날에 4시간 걸렸던 일을 2시간 안에 해 낼 수 있다. 시간이 지났음에도 불구하고 똑같이 4시간을 하고 있다면 반성해야 한다. 그 수준에서 더 나아질 수 없다. 발전이 없는 거다. 오너 입장에서도 이런 직원을 좋아하지 않는다. 뻔한 일을 신입사원 때나 마찬가지로 잡고 있는 직원을 누가 믿을 수 있겠는가.

물론, 일을 아무리 빨리 한다고 해도 모든 일을 다 잘 끝낼 수는 없다. 왜냐면 회사라는 곳이 또 다른 일이 밀어닥치기 때문이다. 해도 해도 끝나지 않는다. 여기에 꺾여서는 안 된다. 그럼에도 불구하고 우리는 어떻게든 틈새시간을 노려 재미를 봐야 한다. 회사에서 볼 수 있으면 보고, 안 되면 집에 가서 보는 거다. 그렇게 10년 하면 뭐가 보인다.

틈새재미 28
틈새재미를 위해서는 시간관리가 필수다

류비셰프라는 사람이 있었다. 그는 자신이 시간을 어떻게 보내는지 분 단위로 체크했다. 무척 꼼꼼한 사람이었다. 그가 시간을 왜 체크했을까? 버리는 시간을 없애기 위함이다. 시간을 꼼꼼이 체크해서 버려지는 시간을 없애기로 한 것이다. 그런데 좀 오바다. 체크하다가 오히려 그 안에 갇힐 수 있다. 그처럼 안 해도 시간관리를 잘 할 수 있다. 버려지는 시간을 잡을 수 있다.

틈새재미를 추구하다보면 시간관리는 자연적으로 따라온다. 바쁠수록 시간관리는 철저해진다. 백수들에게 시간관리는 무의미하다. 하루종일 널널한 시간인데 시간을 체크하고 자시고 할 게 뭐가 있겠는가. 그 시간이 그 시간이다. 오히려 시간이 없는 바쁜 사람들에게 시간은 더욱 값지게 다가온다. 역설적이지만 바빠야 살 맛이 더 난다. 바쁜 시간을 쪼개서 더 알찬 일을 하나씩 꾸려나갈 때 뿌듯함이 배가 된다. 이상하게도 도저히 시간이 나지 않아서 일밖에 할 수 없을 것 같은 사람이 여러 가지를 잘 해나간다. 시간이 널널한 백수들이 오히려 아무것도 하지 못한다.

과거 이런 얘기를 심심치 않게 들었다. 우리 아버지 시절에는 부모들이 공부하는 것을 탐탁치 않게 생각했다. 그저 아버지의 일을 도와서 열심히 농사를 지어 가계에 보탬이 되는 게 최고라고 생각했다. 밤에 책 좀 보려고 전깃불을 켜면 돈 아깝다고 얼른 자라고 꾸중을 들었다. 자식들은 그럴수록 어떻게 했는가? 낮 동안 힘들게 부모님 농삿일을 거들었어도 밤이면 피곤한 눈을 비비며 책을 본 것이다. 하지 말라고 하는 것은 더욱 하고 싶은 법이다.

같은 의미로 엄청나게 바쁜 일상 속에서 틈새를 노려 재미를 보는 것은 이와 비슷한 것이다. 일할 시간도 턱없이 부족한데 시간을 쪼개서 재미를 보는 것은 '핵꿀잼'이다. 그러나 요즘처럼 하루종일 공부만 하라고 닦달을 해보자. 공부하는 게 왜 이렇게 싫은 거니. 하라고 하는 것은 본래 재미가 없다.

주경야독이라는 말도 있다. 낮에는 논을 갈고 밤에는 독서를 한다는 의미다. 나는 이 말을 이렇게 해석한다. 낮에는 생계를 위해 일하고 저녁에는 좋아하는 일을 하라. 낮에 일하고 들어와서 그냥 퍼질러 잠자지 말고, 놀지 말고, 뭔가 재미난 일을 하라. 하루종일 힘들게 일했으니 저녁엔 재미 좀 봐라. 일만 하면 또 그 일을 위해 일찍 잠자리에 드는 것은 왠지 서글프지 않은가. 일을 위한 삶을 살 뿐이다. 그래서 남는 게 뭔데? 노예의 삶이라고 생각이 든다.

이렇듯 자신을 위한 마음으로 산다면 시간관리를 자연스럽게 하게 된다. 틈만 나면 나를 위한 시간을 보내려고 바짝 촉을 세우고 있는데, 어디 허툰 시간이 있겠는가? 어떻게든 빨리 일을 끝마치고 틈새재미를 보려고 하는데, 어찌 일하는 시간이라고 해도 그냥 흘려보내겠는가? 보다 적극적이고 능동적으로 시간을 확보하기 위해 더 열심히 일하지 않겠는가? 어떻게든 시간을 쪼개서 틈새재미를 위한 1시간을 확보하게 되면 그 얼마나 기쁨이 큰가? 버려지는 시간을 모아모아 만드는 것이다. 티끌시간 모아 꿀잼시간을 만드는 거다. 재미있으면 행복해진다. 행복해지면 이미 성공한 삶을 살고 있는 것이다.

틈새재미 29

제2의 틈새재미

나는 '책 읽기와 글 쓰기'라는 틈새재미를 줄곧 추구하고 있지만, 오로지 그것만 하는 것도 아니다. 재미 면에서는 조금 떨어지지만 그래도 나름 재미를 느끼는 것을 몇 가지 더 하고 있다. 나도 처음에는 한 가지 하기도 벅찼다. 그러나 나름 요령이 생기면서 몇 가지 더 할 수 있게 된 것이다. 늘 일상적인 생계형 업무는 점점 속도가 빨라질 수밖에 없고, 그만큼 시간이 남게 되어 틈새재미를 추구하는 시간은 점점 늘 수밖에 없다. 그런데 참 이상한 것이 있다.

정말 좋아하는 틈새재미(책 읽기와 글 쓰기)도 주구장창 할 수 없다!

일요일처럼 한가한 날은 얼마나 시간이 많이 남아돌아가는가. 그럼에도 불구하고 그렇게 기다리던 틈새재미를 하루종일 맛 보지는 못한다.

왜? 너무 오래하면 지겹기 때문이다. 그래, 이렇게 이해하면 좋겠다. 간장게장을 정말 좋아하는데, 시간이 난다고 해서 주구장창 간장게장만 먹을 수 없는 이치와 같다고 보면 되겠다. 간장게장보다는 덜하지만 그래도 맛있는 음식인 소곱창구이가 먹고 싶은 거다.

그래서 나는 제1의 틈새재미를 꾸준히 보다가 약간 지겨워지면 제2의 틈새재미를 본다. 영어회화 방송 팟캐스트를 듣는 거다. 요즘 팟캐스트는 재미있게 하는 방송이 많아서 놀면서 즐기면서 하고 있다.

책 읽기와 글 쓰기는 눈을 사용한다. 그러니 눈이 지친다. 어떤 경우는 시간이 나도 할 수 없다. 눈이 피로하기 때문이다. 실눈을 뜨고서 책을 읽고 글을 쓰지만 그게 신통치 않다. 그럴 때는 제2의 틈새재미를 보는 것이다. 영어방송 청취는 귀로 하는 것이기에 눈도 쉴 수 있고, 다른 재미도 볼 수 있게 된다.

물론 나에게는 제1의 틈새재미인 책 읽기와 글 쓰기가 제일 좋다. 하지만 어쩔 수 없이 할 수 없는 경우와 약간 지겨워졌을 때는 제2의 틈새재미인 영어방송 청취를 하는 거다. 따라서 엄청나게 바쁜 평일에는 제2의 틈새재미를 못 보는 날도 허다하다. 상관없다. 대신 제1의 재미를 할 수 없을 때나 지겨울 때는 제2의 틈새재미를 본다. 보통 운전할 때다.

제1의 틈새재미도 보기 빡빡한데 어떻게 제2까지 보느냐고 묻는 독자들이 있을 것이다. 그런데 그게 나중에는 자연스럽게 된다. 그리고 그런 재미들이 또한 생기게 된다. 세상에 재미있는 것은 오로지 하나만 있는 것이 아니다. 여러 개다. 하나일 수가 없다. 무슨 공산당도 아니고 어떻게 하나만 재미있겠는가. 물론 제1의 틈새재미는 거의 자신의 본령과 일치

한다. 궁극의 재미가 느껴진다. 이런 것은 제1의 우선 순위로 두고 나머지들은 제2, 제3, 제4로 남겨서 시간 될 때 맛보면 되는 것이다. 요즘 들어 제3의 재미가 슬슬 생기기 시작했다. 수영이다. 어쩌면 이것이 제2의 틈새재미로 등극할지도 모른다. 그러나 아직까지 제1의 틈새재미인 책 읽기와 글 쓰기만한 것을 나는 아직 만나지 못했다. 물론 시간이 흐르면 다른 것이 제1의 틈새재미가 될 수도 있다. 인생은 기니까 그건 아무도 모른다.

틈새재미 30

꿈, 비전, 희망, 야망을 몰라도 된다

대학교 1학년 때의 일이다. 당시 컴퓨터 자격증을 웬만하면 다 땄다. 한글, 엑셀, 파워포인트 같은 프로그램을 능수능란하게 다루는 것이 목표다. 학원을 다니든지 책을 사서 독학을 했다. 나도 아버지에게 거금 40만 원을 받아내서 3개월 강좌를 신청했다. 학원은 강남에 위치했고, 학교에서 20분 정도 가면 되는 거리였다. 첫날 열심히 들었다. 뿌듯했다. 학교 끝나고 술 마시지 않고 학원에 와서 강의를 들으니 뭔가 자랑스러웠다. 그러나 그날이 처음이자 끝이었다. 그후로 단 하루도 나가지 않았다. 환불도 받지 않았다. 그냥 그걸로 끝이었다.

집에 돈이 많아서 그랬을까? 당시 우리집은 이혼을 했기에 돈이 부족

했다. 아버지에게 학원 다닌다고 해서 겨우 타낸 돈이었다. 그럼에도 불구하고 나는 전혀 학원을 나가지 않았다. 친구들과 선배들과 어울려 술을 마셨고, 그 큰 돈을 학원에 고스란히 갖다 바치기만 했던 것이다. 20여 년 전 40만 원이면 지금으로 치면 얼마나 될까?

원래 나란 놈은 뭔가를 진득이 하지 못한다. 처음 시작은 거창하지만 끝을 보지 못한다. 그런 적이 없다. 호기롭게 처음에는 정열적으로 다가가지만 금방 시든다. 공부계획을 2시간 동안 멋지게 짜내고는 계획표대로 한 적이 단 하루도 없다. 계획표를 2시간 동안 끙끙대며 짜놓고서 뿌듯하게 생각하며 지친 육체와 정신을 쉬게 만든다. 그게 끝이다.

그러나 나는 게임을 할 때면 열정적으로 할 수 있다. 밤도 샐 수 있고, 이틀 밤, 사흘 밤도 샐 수 있다. 정신을 온전히 집중시켜 게임에 몰입할 자신이 있다. 게임할 때는 옆에서 하는 소리도 들리지 않고, 여기가 어디인지 누구인지도 생각나지 않는다. 오로지 게임에 나를 쏘옥 파묻혀 나를 없앨 수 있다. 이 정도의 집중력이면 뭐든 다 해낼 수 있겠지만, 게임 말고는 전혀 나를 열정적으로 만들어 줄 것이 없었다.

이런 나에게 희망이 있을까? 나란 놈은 도대체 어떻게 살아가야 할까? 그냥 부모님에게 물려받은 돈으로 PC방이나 차려서 게임이나 실컷 하면서 살면 꿀맛일까? 그러나 부모님의 경제력으로 그럴 형편은 못 되고, 어쨌든 내 힘으로 살아가야 하는 판에 어떻게 살지 사실 막막했다. 할 수 있는 것도 없고, 하고 싶은 것도 없었다.

꿈, 희망, 비전, 야망 같은 단어는 나에게 맞지 않았다. 늘 세상 다 산 것 같은 영감탱이 같은 생각과 말투를 지녔고, 그냥 인생이 허무했다. 뭔가를 준비해서 이뤄내는 작업, 뭔가를 얻기 위해서 열심히 하는 일들이 시시하게 느껴졌다. 왜 태어났는지, 왜 살아야하는지, 나는 누구인지 몰랐다.

이런 것을 모르면 인생은 허무해진다. 시간에 이끌려 살게 된다. 다행히 집에 돈이 많으면 큰 걱정없이 그냥 그대로 살면 되지만, 흙수저인 나에게는 그렇게 살 기회가 주어지지 않았다. 뭔가를 찾아야만 했다. 그러나 방법을 몰랐다. 누구 하나 가르쳐준 사람도 없었다. 암울한 나날들이었다.

그래, 꿈, 비전, 희망, 야망을 몰라도 된다. 그러나 뭔가 재미있는 일은 있지 않은가. 게임을 좋아한다면 게임으로 뭔가 해내면 되지 않겠는가? 지금이야 프로게이머라는 직업이 있지만 내 때는 그런 게 없었다. 만약에 내가 어렸을 때 있었다면 나는 그 길로 갔을 것이다. 실력이 받쳐주지 못해도, 거기에 흥미와 재미를 느끼니까 그 안에서 내 길을 찾았을 것이다. 그러나 불행히도 나 때는 그런게 없었다.

불행인지 다행인지 늦게나마 책을 읽기 시작하면서 꿈과 희망을 느낄 수 있었다. 게임에 빠지듯 쏘옥 책에 빠져들었고, 재미를 알게 되었다. 거창하게 꿈과 희망을 알지 못해도 '재미'라는 단어 하나만 건져도 되는 거 아닌가 하고 생각되었다.

게임 말고 내가 재미있어하는 것이 뭐지? 이제 게임으로 '쇼부치기'는 힘드니까 뭔가 필요했다. 그게 바로 '책 읽기와 글 쓰기'였다. 나는 그렇게 책에 빠지면서 그것에 재미를 붙였다. 그리고 매일 조금씩 틈새 시간을 노려 그 재미를 보고 있는 중이다.

단언한다. 자신의 꿈과 야망이 없어도 된다. 대신 '재미'는 좀 알자. 뭘 할 때 재미있어 하는지 그 정도는 하고 살자. 그러면 인생이 재미나게 된다. 그걸 못하면 허무하다. 인생에 정답은 없지만 좀 더 바람직한 길은 있다고 본다. 나를 아는 거. 내가 좋아하는 것을 아는 거. 내가 재미있어 하는 일을 아는 거. 또 그걸 하는 거. 이게 행복이다.

틈새재미 31
나만의 동굴

하루 일을 마감하고 커피 한 잔을 타서 다시 사무실 책상에 앉는다. 이때는 일과는 별개다. 온전히 나만의 시간을 만끽하는 순간이다. 김이 모락모락 나는 커피와 여유는 나에게 만족감을 준다. 이른 저녁을 먹는 직원들, 서둘러 샤워를 하러 가는 직원들, 텔레비전을 시청하는 직원들이 함께 사무실에 있지만 나는 그들을 신경쓰지 않고 나만의 시간을 갖는다. 하루 중 가장 여유로운 시간이다.

할 수만 있다면 나는 회사일을 끝내고 독서실을 다니고 싶다. 어두컴컴하고 그곳만의 특별한 냄새가 나는 곳으로 들어가고 싶다. 온전히 나만을 위한 공간과 시간 속으로 말이다. 그러나 내가 사는 이 시골 읍에는 독서실이 없다. 그게 문제다. 남들은 카페를 이용해서 자신만의 시간을 갖기는 하지만, 나는 그곳이 잘 맞지 않는다. 이 사람, 저 사람 지나가며 눈 마주치기도 싫고, 나를 그들에게 들키고 싶지도 않기 때문이다. 동굴이 필요하다.

그래서 찾은 곳이 바로 내 사무실이다. 직원들은 거의 이른 시간에 사무실을 비운다. 오래 있지 않는다. 쉬러 가기 바쁘다. 고로 나는 혼자만의 시간을 즐길 수 있게 되는 것이다. 독서실이 따로 없다. 내 마음대로 큰 소리로 노래를 불러도 되고, 옷을 벗고 있어도 방해받지 않는 공간이 된다.

이런 공간 속에 노출되어 있으면 나만을 위한 작업에 들어간다. 책을 꺼내 읽든지, 하다만 필사를 하든지, 글을 쓴다. 아마 예전 같으면 게임을 하든지, 술을 마시든지, 담배를 피웠을 것이다. 그러나 그 허망함을 잘 알기에(이젠 철이 제법 들은 거 같다) 말초적인 쾌락보다는 궁극의 재미를 추구하고 있다. 그 시간은 30분이 될 때도 있고, 1시간이 될 때도 있다. 더 오래 하고 싶지만, 집에서 기다리는 아내와 아이를 위해 내일로 미뤄놓는다.

그러나 이런 시간이 늘 허락되는 것은 아니다. 바쁠 때는 짤 없다. 늘 규칙적으로 시간과 공간을 확보할 수 있으면 좋겠지만, 언제나 그랬듯이 절대로 그런 일은 벌어지지 않는다. 내 맘대로 되는 일도 없고, 내 계획대로 되는 일도 없다. 상황은 늘 돌변하고, 그 변하는 상황 속에 나를 맞춰가면서 틈새를 공략할 수밖에 없는 것이다.

나를 위한 시간 30분, 길면 1시간은 나에게 행복감을 준다. 늘 변수가 작용하지만 나는 늘 그런 시간을 갖으려고 노력하며 산다. 물론 어떤 날은 나를 위한 시간을 완전포기할 때도 있다. 그러나 오늘만 살고 말 것인가? 내일이 있다. 오늘은 오늘대로 포기하고 내일을 기다리면 된다. 한창 헬스로 몸을 만들 때 하루 정도 빠지는 것은 별 문제가 되지 않았다. 하루 안 했다고 근육이 쪼그라들지 않았다. 오히려 하루 쉬고 운동을 하면 근력이 더 붙는 느낌이 들 때가 많았다. 즉, 늘 하던 일을 하루 안 했다고 속상할 필요가 없다는 말이다. 어차피 내일은 하게 될 텐데 뭘 그리 걱정하는가.

이렇게 뭔가를 매일 꾸준히 계속 하다보면 가속도가 붙게 된다. 가속도가 붙으면 하루 건너 뛴다고 속도가 줄지 않는다. 어차피 매일 먹는 밥, 하루 안 먹었다고 죽겠나? 내일 먹으면 되지. 어차피 매일 자는 잠, 하루 안 잤다고 죽겠나? 내일 자면 되지. 그런 거다.

틈새재미 32

현실에 맞게
재미를 찾자

재미있는 일을 찾기도 힘들거니와 찾았는데 만약 돈이 많이 들어가는 일이라면 어떻게 할 것인가? 해외여행을 다니는 게 재미있다면? 우연히 학교 교양수업으로 요트를 타봤는데, 그게 재미있다면? 혹은 하고 싶을 때 할 수 없는 일이라면 어떻게 할 것인가? 예를 들어, 윈드서핑이 하고 싶은데 지금이 겨울이라면? 스키를 타고 싶은데 지금 봄이라면?

결론부터 말하자면 할 수 있는 것을 다시 찾으면 된다. 실재 우리들이 재미있어 하는 것은 하나가 아니다. 매우 많다. 다만 모를 뿐이다. 현실적으로 가능한 것을 찾으면 된다. 어떻게 매달 해외여행을 다닐 수 있겠는가? 어떻게 요트만 탈 수 있겠는가? 겨울에 수영을 어떻게 할 것이며, 여름에 어떻게 스키를 탈 것인가?

돈이 없는 거렁뱅이라면 현실에 맞는 재미를 찾으면 된다. 돈이 안 들어가는 재미를 찾으면 된다. 나중에 돈 많이 벌어서 비싼 재미를 찾으면 된다. 만약 못하더라도 낙담하지 말자. 세상 모든 일이 계획대로 내 마음대로 되는 것이 없다. 없는 와중에 그나마 나에게 재미를 주는 것에 만족하며 사는 것이다. 금수저로 태어나지 않는 이상 그럴 수밖에 없다. 여기에 대해 열불을 내도 현실은 바뀌지 않는다. 현실 속에서 해답을 찾는 것이 가장 현명한 방법이다.

그렇지만 돈이 많이 들어가는 재미를 위해 현실을 담보하지는 말자. 그 올지도 안 올지도 모르는 미래를 위해 현재를 팔지 말자. 쉽게 말해, 해외여행을 가기 위해 오늘을 지옥으로 만들지 말자. 오늘을 10만 원에 팔지 말자. 미래에 다녀올 해외여행을 위해 1년을 고스란히 바치지 말자는 얘기다. 적당히 바치자. 틈틈이 틈새를 노려 값싼 재미를 보면서 돈을 모아 나중에 해외여행 재미를 보는 거다. 오로지 해외여행 재미를 위해 오늘을 버리지 말자는 얘기다.

앞서 생각하는대로 이루어지는 것이 없다고 말했지만, 사실 그렇지 않다. 생각이 에너지라는 유명한 광고 카피가 있다. 양자물리학의 관점에서 보면 생각이 파동을 만들어 낸다. 파동은 같은 파동을 끌어들인다. 여기서 파동은 에너지다. 고로 생각하는 대로 이루어진다. 비슷한 말로 말하는 대로 이루어진다. 쓰는 대로 이루어진다. 이 말에 적극적으로 동의한다. 실재 생각이 우리를 만들어내고 있다. 인간이 하는 모든 일의 시초는 생각이다. 생각이 결국 물질을 만들어내는 것이다. 나는 이 말에 전적으로 찬성한다.

그러나 문제가 있다. 즉각적으로 만들어내지는 못한다. 시간이 걸린다. 생각했다고 바로 뚝딱 나오지 않는다. 마법처럼 뚝딱하고 나오면 좋겠는데, 인간의 마법은 매우 오래 걸린다. 노력이라는 양념도 필요하고, 인내라는 향료도 필요하다. 생각하고 노력하고 버티면 현실세계로 만들어 낼 수 있는데, 이놈의 시간이 오래 걸리다보니까 생각대로 이루어지는 게 없는 것처럼 보인다.

따라서 뭔가를 현실세계로 만들어 내고 싶다면 생각하고 노력하고 인내하면 된다. 돈이 없어서 해외여행 같이 돈 많이 필요한 재미를 추구 하고 싶으면 매일 조금씩 돈 안 드는 틈새재미를 보면서 준비하면 된다. 그렇게 1,2년 준비하다 보면 돈이 모이게 되고, 그걸로 재미를 보면 된다.

틈새재미 33

재미를 찾아서 매일 해주면 그게 성공이고 행복이다

가끔 텔레비전을 보면 연예인들이 나온다. 집도 공개하고 사생활을 전반적으로 보여주기도 한다. 그런데 보면 집도 크고, 가구도 좋고, 차도 좋다. 부럽기 그지없다. 그들은 자신들의 일상을 보여주기만 하는데 그걸로 돈도 벌고, 명예도 드높이니 신기할 따름이다. 연예인뿐만 아니라 뉴스나 영화에 나오는 재벌들은 또 어떤가? 나와는 별개의 세상을 살고 있는 우주인 같다.

돈을 많이 벌고, 이름을 드높이는 것도 좋다. 자본주의 사회에서 돈은 힘이다. 돈이 많으면 그만큼 누리는 것도 많아진다. 명예도 마찬가지다. 자신의 추종자들이 늘수록 몸값이 상승하기 때문에 힘이 생길 수밖에 없다. 이들은 어떻게 해서 이런 삶을 살 수 있을까? 태어날 때 금수저를 입에 물었기에 가능한 것일까? 나 같이 흙수저인 사람들은 도대체 어떻게 사는 게 정답일까? 궁금해진다.

성공한 사람들은 꿈이 있는 사람들이다. 여기서 말하는 성공은 부귀영화를 얻는 것도 포함하고, 일에 대한 자신의 만족도 포함한다. 즉, 돈과 명예를 얻지 못해도 자신의 만족만 있다면 성공이라고 말하고 싶다. 우리는 흔히 성공을 부귀영화라고 말한다. 물론 그렇다. 그게 보통 성공이라고 표현한다. 그러나 진정 자신을 모르고, 그저 부귀영화만 이루었다면 성공이라고 말할 수 있을까? 즉, 자신은 A를 좋아하는데, 별로 관심도 없는 B를 해서 부귀영화를 누린다면 그는 진정 성공한 사람일까?

나는 이렇게 생각한다. 성공한 사람은 자신이 좋아하는 일을 하는 사람이다. 부귀영화를 누리지 못해도 자신이 **좋아하는 일을 하는 사람이 바로 성공한 사람이다.** 좋아하지도 않는 일로 부귀영화를 누린들 행복하지 않기에 성공했다고 보기는 힘들다. 부모의 강요에 의해 일류 변호사가 되었지만 결국 자신이 좋아하는 일을 선택해 주방장의 길을 걷는 사람도 있다. 이런 사람이 바로 성공한 사람이다.

자신이 좋아하는 일을 하면 재밌다. 재미있는 일을 하면 행복해진다. 행복한 것이 성공한 거다. 내가 재미있어 하는 일을 하는 것 자체만으로도 크나큰 행복감을 주는데, 돈이 무슨 소용이며, 명예가 무슨 소용인가? 그 재미 자체가 궁극의 희열인데 말이다. 이렇게 자신에 찰싹 달라붙는 일을 찾게 되면 그때부터는 진정 행복하게 살 수 있게 된다.

따라서 우리는 자신이 무엇을 할 때 재미있어 하는지 알기만 하면 된다. 이건 어느 누구도 모른다. 본인만 안다. 자신을 알기 위한 수고만 조금 해주면 그게 바로 성공이고 행복인데 보통 사람들은 그런 작업을 하지 않는다. 남에게 보여지기에 폼나는 것들, 사회적으로 인정해주는 것들에 혈안이 되어 자신을 거기에 맞추게 된다. 그게 바로 비극의 시작이다. 한 번 왔다 가는 인생을 남에게 보여주기 위해 살다가야 쓰겠는가?

재미있는 일을 하며 재미있게 살다가 가야 한다. 남들이 무시하는 일이라도 자신만 좋으면 된다. 남들이 유치하다고 핀잔을 줘도 자신이 좋으면 그만이다. 내가 재미있는데 누구 뭐라고 한들 무슨 소용인가. 그런 재미를 찾아서 매일 해주면 그게 성공이고 행복이다.

틈새재미 34

생긴 대로 사는 게 정답이다

하기 싫은 일을 해서 성공(부귀영화를 누리는 것)하는 것과 하고 싶은 일을 했지만 성공하지 못하는 것의 차이는 뭘까?

A는 공부가 죽어라 하기 싫었다. 그러나 엄마가 무서웠다. 엄마는 그 보고 공부만이 살길이라고 말했다. A는 그런 줄 알았다. 뭐 하고 싶은 것도 없고(왜냐면 그것에 대해 진지하게 생각할 시간이 없었다. 엄마가 공부만 하라고 했기에) 엄마의 등쌀에 못 이겨 별로 하고 싶지도 않은 공부를 했다. 그래서 의사가 되었다. 의사로 살면서 돈도 많이 벌고, 또 그럭저럭 하다보니 명예도 날리게 되었다. 그런데 행복하지 않았다.

B는 연기가 너무 하고 싶었다. 그런데 그걸로는 먹고 살기가 힘들었다. 3개월 공연준비해서 받은 돈이 100만 원이었다. 연극을 하기 위해서는 다른 일을 해야했다. 저녁이면 대리운전을 했고, 새벽에는 우유배달

을 했다. 그는 지금도 연극에 미쳐서 살고 있다. 주변 사람들이 더 늦기 전에 취직을 하라고 성화지만, 그는 연극하는게 너무 좋아 그들의 말이 들리지 않는다. 물론 때로는 연로하신 부모님에게 보약도 사드리고 싶고, 좋은 옷도 입혀드리고 싶고, 여행도 보내드리고 싶지만, 그걸 못해서 마음이 아프기는 하다. 그러나 그는 연극할 때는 정말 행복하다.

A처럼 사는 것이 맞을까? B처럼 사는 것이 맞을까? 고민해보자.

자, 선택했는가? 무엇을 선택하든 그것이 답이다. 왜냐면 인생에는 정답이 없기 때문이다. 생긴대로 사는 게 정답이기 때문이다. 누구의 인생도 나무랄 수 없다. 그 인생을 책임지지 못하면 어떤 말도 떠들 수 없다.

그러나 나는 나만의 생각이 있다. A라면, 의사라도 하고 싶은 일이 있을 것이다. 하루종일 의사질만 하지 않을 것이다. 뭔가 다른 일도 할 것이고, 뭔가 다른 재미난 일도 있을 것이다. 의사로서 살되 재미난 일을 조금씩 하면 된다. 의사 때려치지 말고, 재미난 일 틈틈이 조금씩 하면 되는 거다. 원래부터 해보고 싶었던 여행작가를 위해 의사를 때려치우지 말고, 틈새시간을 이용해서 조금씩 재미를 보다가 여행작가로서 승부를 보고 싶을 때 전직을 하면 된다. 틈새재미를 보다가 진짜 이거다 싶을 때가 온다. 그때가 바로 전직할 때다.

B라면, 결혼도 하고 싶고, 소위 인간다운(?) 삶도 살고 싶을 것이다. 그러나 연기를 포기하지 못할 것 같다. 연기자로 성공하고 싶고, 다른 일로 성공하고 싶은 마음이 없다면 지금처럼 살면 된다. 아니, 연기를 하면 정말 너무 좋은데 어떻게 하란 말인가. 그거 하다가 죽어야지 그거 못하면 살아도 사는 게 아닐 것이다. 물론 부모님께 걱정이야 끼치겠지만, 어차

피 내 인생은 내 것이 아니겠는가.

어른이 되었으면 이제 더 이상 부모에게 기대지 말아야 하고, 부모도 이제 더 이상 자식을 놓아주어야 한다. 각자 인생을 살아야 하는 거다. 지금 형편이 안 돼서 효도를 못하겠는데 어쩌란 말인가. 그냥 자기의 길을 가는 게 맞다. 취직해서 월급 300만 원을 받아서 부모에게 효도한들, 행복할까? 성공했다고 자부할 수 있을까?

틈새재미 35

가치관에 맞는 재미라야 오래한다

예전에 잠깐 주식을 한 적이 있다. 남들 다 하니까 그냥 재미삼아 해 본 것이다. 종잣돈 100만 원을 가지고 여기 저기 돈을 넣었다가 뺐다가 했다. 주식에 대해서 아는 것이 없었고, 주식에 관한 책 몇 권 읽은 게 다였다. 재무제표를 읽지 못하여 기업분석을 하지도 못했다. 그래서 내가 좋아하는 엔터테인먼트주에 돈을 밀어넣었고, 그냥 지켜보았다. 당시 K-POP스타 프로그램을 간혹 시청했었는데, 거기에 YG의 양현석, JYP의 박진영, SM의 보아가 나왔다. 나는 양현석의 마인드가 좋아 그쪽에 투자한 것이었다.

그렇게 돈을 넣고 보니 자꾸 주가가 궁금해졌다. 오늘은 얼마나 올랐을까? 내일은 얼마나 오를려나? 쓸데없는 시간을 보내게 된 것이다. 공부를 해서 투자를 하는 것이 아니라 그냥 기분에 투자한 것이라 배울 것도 없었다. 더 이상 시간 낭비를 하고 싶지 않았다. 그래서 아예 돈을 다 빼냈다. 내 가치에도 맞지 않는 일이었다. 주식시장은 누군가 돈을 먹으면 누군가는 반드시 돈을 잃는 시스템이다. 고로, 내가 돈을 벌었다면 어느 누군가는 돈을 잃고 슬퍼할 일이 벌어지는 것이다. 나는 상생을 원한다. 나 잘 살자고 다른 사람을 슬프게 하고 싶지 않았다. 그래서 주식에서 발을 완전히 뺐다.

그런데 내가 발을 빼자마자 YG의 주가가 뛰기 시작했다. 싸이가 강남스타일로 엄청나게 히트를 치면서 덩달아 YG의 주가가 마구 솟구치는 것이었다. 역시 나는 마이너스의 손이었다. 그러나 크게 후회는 없었다. 어차피 주식으로 재미를 보면서 살고 싶진 않았기 때문이다.

그렇게 주식을 내 재미에서 완전히 파기시키던 어느날. 회사에서 교육강의를 듣게 되었다. 회계수업이었는데, 강사가 유명한 사람이었다. 그가 00회사 주식을 지금이 살 적기라며 어서 사라고 권했다. 회사가 탄탄한데 신규확장으로 주가가 떨어져있는 상태라 일단 사 두면 오를 것이라는 것이었다. 솔깃했다. 내 비자금 100만 원으로 일단 저지르고 싶어졌다. 다시 발동한 것이었다.

갈등을 많이 했다. 일단 넣어두고 주가가 오르면 팔까? 진짜 될 거 같은데. 직감적으로 되는 주식인데 어쩌지? 그러나 나는 주식을 접기로 했다. 당초의 생각대로 남을 울리고 싶지 않았기 때문이다. 내 가치관에 반하는 행동을 해서 나중에 궁극의 기쁨을 누릴 수 없음을 잘 알고 있기 때문이다. 분명 100만 원을 투자하면 300만 원으로 돌아올 것을 알지만, 돈을 포기하기로 했다. 결국 나중엔 다 잃게 될 것이므로.

재미란 것이 여러 가지다. 그러나 재미를 고를 때는 반드시 자신의 철학과 맞는지 그른지를 판단해야 한다. 가치관에 반하는 일을 해서 당시에는 재미있고 기쁠지 모르지만, 결국 후에 가서는 후회하게 된다. **궁극의 재미는 가치관에 맞아야 한다.** A에게는 재미있을지 몰라도 나에게는 맞지 않는 것이다. 남들 하는대로 다 따라하는 것은 좋은 모습이 아니다. 자기 것을 찾아야 한다. 그래야 후회가 없고 꾸준히 오래할 수 있다.

만약 주식이 재미있고, 자신의 가치관에 맞다면 틈새재미를 보자. 공부도 하고, 기업분석도 해서 쾌감을 느끼는 것도 나쁜 것은 아니다. 다만 나는 내 가치관에 반하기에 안 하는 것일 뿐.

틈새재미 36
결과를 기대하게 되면 고통이 된다

틈새재미를 통해 뭔가를 이루려고 하면 그때부터는 불편해진다. 우울증 비슷한 것이 올 지도 모른다! 이게 뭔 소린가 하면, 쉽게 말해보겠다. 나는 틈새재미로 글쓰기를 주로 하고 있는데, 글을 쓰다보면 책을 낼 만큼 원고가 쌓이게 된다. 그럼 그것을 그냥 두지 않고 출판사에 노크를 한다. 이왕 쓴 거 책으로 나오면 더 좋지 않겠는가. 나만 보고 마는 게 아니라 다른 사람들과 공유해서 도움이 된다면 얼마나 기쁨이 크겠는가. 글쓰는 것 자체도 기분을 좋게 하지만 그게 책으로 나오는 것도 만만치 않게 기분 좋은 일이다. 물론 책이 잘 팔리든 아니든 후차적 문제이고, 일단 출판의 기쁨은 큰 것이다.

과정에서 재미를 찾아야지 결과를 기대하게 되면 고통이 된다. 글쓰기 자체에서 희열을 느껴야지, 반대로 책을 내기 위해서 글을 쓰게 되면 같은 글쓰기라도 고통으로 다가오는 거다. 같은 글쓰기인데 왜 이런 차이가 날까? 욕심 때문이다. 글쓰기 자체에 기쁨을 느끼는 것에는 욕심이 없다. 그러나 책을 내기 위한 글쓰기는 글쓰기가 수단으로 전락되기도 하거니와 욕심이 생기게 되어 마음이 불편해지는 것이다.

물론 글쓰기가 최종적으로 책으로 나오면 기쁠 것이다. 그러나 출판이 안 되더라도 기뻐해야 한다. 아니 덤덤해질 수는 있어야 한다. 출판사에 노크를 할 때도 큰 욕심없이 되면 좋고, 아님 말고의 생각으로 접근해야지, 꼭 되길, 꼭 출판되길, 이라는 마음을 먹는 순간 글쓰기는 고통이 되고, 글쓰기의 기쁨은 현저하게 떨어지게 된다.

그래 알았다. 행복한 인생을 살려면 과정을 즐겨야 한다. 과정 속에서 재미를 찾아야 하고, 욕심을 버리면 된다. 그러면 행복할 수 있고, 항상 이기는 게임을 할 수 있다. 온전한 재미만 틈새를 노려 추구하고, 그 결과에 대해서는 욕심을 버리는 것, 이게 바로 행복의 길이라고 생각된다.

200여 곳의 출판사의 문을 두드렸다. 생각보다 반응이 신통치 않았다. 얼어붙은 출판시장이라 책을 내서 손익분기를 맞출 수 없다는 얘기들이 난무했다. 사실 속마음 같아서는 인세를 안 받아도 출판만 해줘도 좋겠다는 심정이지만 그렇게 말하지는 못했다. 작가로서의 자존심이랄까, 없어보이기 때문이다.

사실 책으로 출판되지 않아도 상관없다. 책 말고도 내 글을 발표할 데는 많다. 블로그도 있고, 글쓰기 카페나 동호회도 있다. 그리고 발표를 하지 않으면 어떤가. 글쓰기로 내 만족을 느끼면 되는 거 아닌가. 내가 정말 좋아하는 틈새재미는 글쓰기가 아니던가.

글쓰기가 좋다. 잘 쓰고 못 쓰고는 부차적인 문제다. 그냥 쓰는 행위 자체가 좋다. 글을 쓰게 되면 거기에서 뭔가 힘이 발생된다. 글에는 에너지가 있다. 말하고 생각하는 것보다 더 큰 힘이 있다. 요즘 술을 끊고 있는데, 그에 관한 글을 계속 써오고 있다. 틈새재미를 추구하는 거다. 그러다보니 정말 술을 끊을 수 있는 자신감이 생겼다. 그리고 잘 끊고 있는 중이다. 진작에 글을 쓰면서 술을 끊었더라면… 하는 후회가 든다. 나는 오늘도 이렇게 틈새재미를 보고 있다. 또 이렇게 한 꼭지를 완성하면 그 기분이 얼마나 좋은지… ….

틈새재미 37
몰래하고 싶은 건 진정한 재미가 아니다

나는 과거 게임에 미쳐 살았던 사람이다. 고등학교 때는 시험기간에도 게임을 해서 날 밤을 새곤 했다. 공부하다가 잠시 쉴 겸 게임을 하려던 게 그냥 날밤을 깐 것이다. 시험공부하느라 밤샘을 해도 부족할 판에 게임이라니. 정말 놀랍고도 미친 짓을 했다. 군대를 다녀오면 정신 차린다고 하지만, 나는 군대를 다녀와서도 게임에 미쳐놀아났다. 결혼을 한 후에도 그랬고, 미치지 않고서야……

그러나 이제는 거의 게임을 끊은 상태다. 틈새시간이 나면 게임을 하지 않는다. 책을 보거나 글을 쓴다. 그나마 다행이라 생각된다. 게임 때문에 아내와 크게 싸운 후로는 거의 하지 않았다. 대신 책을 잡았다. 특히 아이에게 게임하는 아빠로 보여지고 싶지 않았다. 이제 11살된 아이는 내가 게임을 그렇게 좋아했는지 모른다. 담배를 피웠는지도 모른다. 그렇게 나는 게임과 담배를 아이가 태어날 무렵 끊었다.

그런데 살다 보면 간혹 게임을 할 때가 있다. 인터넷을 만날 하기 때문에 게임에 노출되는 것이다. 플래시게임으로 단순한 게임을 간혹 하게 된다. 물론 중독되지 않고 잠시 잠깐 하는 것이지만, 심히 불편하다.

나의 입장에서 보자면, 틈새재미로 게임을 해서는 안 된다. 게임중독자였기 때문에 게임을 다시 하는 것은 옳지 않다. 틈새시간이 나면 좋아하는 글쓰기나 책읽기를 해야 하는데 왜 게임으로 시간을 죽인단 말인가. 가뜩이나 바쁜 와중에 틈새시간이 나는 것인데 게임으로 시간을 죽여서야 되겠는가 반성이 된다.

나에게 틈새재미로 게임은 맞지 않다. 일단 숨어서 한다. 남에게 보여지기가 극히 꺼려진다. 몰래 하고 싶다. 그게 큰 죄는 아닌데, 살아온 역사가 그랬듯이 나에게 게임은 절대 악이다. 그게 몸으로 느껴진다. 공공장소에서 게임을 보란 듯이 하는 사람을 보면 부럽다. 나는 절대 그렇지 못하다. 게임은 나쁜 것이라고 인이 박혔기 때문이다. 조금만 하고 말면 되었을텐데 미친 듯이 게임을 해서 인생을 조졌기 때문에 그 혐오가 더 크다. 따라서 나는 틈새재미로 게임을 선택할 수 없다.

궁극의 재미는 자랑거리는 못되더라도 **남에게 들켰을 때 불편하지는 않아야 한다.** 남에게 떳떳하지 못한, 본인에게 떳떳하지 못한 재미는 내가 말하는 재미에서 제외 된다. 내가 말하는 재미는 궁극의 재미를 말한다. 자신의 본령에 맞는 재미를 말한다. 바람직하고, 건설적이고, 올바른 재미를 말한다. 남에게 스스럼없이 말할 수 있는 것이라야 한다.

여자 속옷 몰래 보기, 노래방 가서 도우미랑 놀아나기, 술 마시고 안마시술소 가기가 절대로 궁극의 재미라고 말할 수 없다. 이런 것은 재미가 아니다. 쾌락이다. 말초적 쾌락과 궁극의 재미를 혼동해서는 안 된다. 말초적 쾌락을 틈새를 노려 해왔던 수많은 사람들이 골로 가지 않았던가. 경계해야할 일이다.

틈새재미 38
잘 건다 자고 남는 시간을 이용한다

하루종일 틈새재미를 노리다 노리다 결국 재미를 못 볼 때는 미칠 것만 같다. 그렇게 집으로 돌아와서 또 틈새재미를 노리는데 여의치 않으면 낭패다. 그러다가 어떻게 해서든 틈새재미를 보고 나면 그제서야 속이 후련해 진다. 하루를 잘 산 느낌이다. 재미를 못보고 잠자리에 드는 날엔 그토록 마음이 시리건만, 해내면 그제야 안심이 된다.

어찌보면 하루를 사는 이유가 틈새재미라고 말할 수도 있겠다. 인생을 재미나게 살아야지 의무적으로 하는 일만 해가지고는 무슨 가치를 남길 수 있겠는가. 나에게 재미있는 일은 재미를 보는 일인데, 그걸 못하면 하루를 헛살았다는 느낌이 든다. 우리는 나만을 위한 시간을 얼마나 사용하고 있는가. 남이 시키는 일만 하며 살고 있는 건 아닌지 자신에게 질문을 던질 필요가 있다.

인생을 90년으로 본다면 우리는 잠으로 30년을 보내고 있다. 하루 24시간 중 8시간을 잠으로 보내면 딱 30년인 셈이다. 잠이야 물론 충분히 자야 한다. 면역력 증강에도 좋고 그래서 깨어있을 때 활발하게 활동할 수 있는 것이다. 잠을 줄이자는 얘기가 아니다. 잠은 자야 한다. 잠을 줄이는 대신 깨어있는 시간을 충분히 활용해야 한다.

어떤 이들은 잠을 줄여서 시간을 확보한다. 3시간 수면, 4시간 수면만으로도 생활하는데 불편이 없다면서 잠자는 시간을 줄이자고 꼬시는 책들도 많다. 그게 가능한 사람들이 있다. 그런데 나처럼 선척적으로, 유전적으로 잠이 많은 종자들에게는 그게 그림의 떡이다. 의지로 아무리 노력하고 개지랄을 떨어도 안 된다. 깨어있는 시간조차 조지게 된다. 그럴 바엔 잠은 충분히 자되, 30년이라는 시간이 무진장 아깝지만, 깨어있는 시간을 잘 활용하자는 얘기다.

24시간 중 깨어있는 시간 16시간을 잘 활용하면 된다. 의무적으로 일하는 시간 12시간(나는 아침 6시에 출근해서 6시에 퇴근하니까)을 빼고 나면 4시간이 남는다. 이 중 밥 먹는 시간, 씻는 시간, 똥 싸는 시간, 꼭 해야되는 인간관계, 종교생활하는 시간, 가족과 노는 시간, 아내와 대화하는 시간 등등을 쓰고 나면 정말 남는 시간이 없다. 4시간으로도 부족한 형편이다. 그래서 무리하게 잠을 줄여서 어떻게든 내 시간을 확보하고자 하지만 나로서는 육체적 한계가 있기에 도저히 시간을 낼 수 없다는 결론이 나온다.

그럼에도 불구하고 나는 내 시간을 어떻게든 만들려고 노력하고 있다. 틈새를 노리는 거다. 의무적으로 일하는 시간 12시간 안에 틈새시간이 있다. 12시간 내내 일만 하는 것은 아니다. 중간에 휴식도 하고, 점심시간도 있다. 의외로 틈새가 많다. 이런 시간을 공략하는 거다. 또한 12시간을 뺀 나머지 4시간도 잘 살펴보면 틈새가 있다. 그런 시간을 이용하면 된다. 나는 그런 시간을 이용해서 책을 읽고, 글을 쓰고, 책을 낸다.

잠을 줄인 것도 아니요, 시간이 철철 넘치는 것도 아니다. 굉장히 빡빡한 일정 속에 갇혀 살고 있다. 그러나 나는 자유를 원한다. 그 쳇바퀴 속의 일정에서 나만을 위한 틈새재미를 반드시 확보해 나간다. 그래야 내가 산다. 그런 시간이 없다면 나는 얼마나 우울한 인생을 살 것인가. 상상만 해도 소름이 끼친다.

틈새재미 39

어머니의 틈새재미

어머니는 고스톱을 참 좋아하신다. 아주 틈만 나면 하우스(?)로 달려가신다. 물론 엄청난 금액이 걸린 것은 아니다. 쩜백 친다. 하루종일 2~3만 원이면 노신다.

어머니는 내가 어릴 때 아버지로부터 고스톱을 배웠다. 두 분이서 맞고를 치던 모습이 아직도 기억난다. 그렇게 아버지로부터 고스톱을 배우신 뒤 어머니는 완전 고스톱에 빠지셨다. 컴퓨터로 고스톱 게임을 알려줘도 그건 싫다고 하신다. 진짜로 모여서 돈 주고 받으면서 쳐야 긴장감도 돌고 재미난다고 하신다. 따는 날이 있고 잃는 날이 있다고 하신다. 한 달을 정산해보면 3만 원정도 잃든지 따든지 하는 거 같다.

어머니에게 틈새재미는 고스톱이다. 좋아하는 기간으로 따지자면 30년은 되는 거 같다. 30년 내내 주구장창 그렇게 재미를 느낄 수 있다니 사실 놀랍다. 어느 하나를 그렇게 좋아할 수 있을까? 어머니는 일을 하신다. 일이 끝나고 잠시 짬이 나면 하우스로 달려가신다. 그렇게 노시고 귀가하신다. 쉬는 날에는 거기서 산다. 거기서 밥도 잡수시고, 차도 드시고 그러는 거 같다. 그렇게 재미있다고 하신다.

고스톱은 도박이다. 금액이 크면 경찰에 잡혀간다. 그러나 여기는 동네 아주머니, 할머니들이 모여 노는 거다. 나는 어머니에게 고스톱을 그만 치라고 말한 적이 있다. 보기 안 좋다고. 그런데 이제는 그런 말을 하지 않는다. 어머니의 재미를 인정했기 때문이다.

어머니는 고스톱을 치는 것에 대해 죄책감을 느끼지 않는다. 숨기지도 않는다. 그렇다고 자랑하지도 않는다. 그저 오로지 자신의 재미만을 느낀다. 고스톱은 어머니에게는 틈새재미라고 부를 수 있다. 도박이지만 금액이 적고, 전문 도박꾼이 아니니 재미로 볼 수 있겠다. 30년 간 그렇게 해온 것을 어찌 그만두라고 하겠는가. 아마 평생 놓지 못할 것이다. 어머니에게 고스톱을 빼앗으면 무슨 재미로 사시겠는가.

어머니의 고스톱 사랑은 집요할 정도다. 어떤 때는 밥 먹는 것도 잊을 정도다. 하루종일 앉아서 어떻게 그렇게 노시는지. 허리도 아프고, 팔도 아플텐데 그런 말씀이 없다. 나는 1~2시간만 앉아 있어도 몸이 쑤시고, 무릎도 아프고, 팔도 아프던데, 어머니는 고스톱을 치면서 어디 아프다고 말씀하신 적이 단 한 번도 없다.

이렇게 완벽한 재미가 있는가? 몸이 아픈 것도 모르고, 배가 고픈지도 모르는 궁극의 재미가 있는가? 한편으로는 그걸 가진 어머니가 부럽다. 어머니는 고스톱으로 돈을 벌기 위함이 아니다. 치밀한 전략과 작전을 구사하는 맛이 좋으신거다. 돈을 벌어 손주 까까 사주려고 하는 게 아니다. 오히려 돈을 쓰면 더 쓰지 벌어 얼마나 벌겠는가.

30년 전 어머니가 고스톱을 만났을 때 얼마나 큰 희열을 느꼈을까. 누가 말려도 끝까지 놓지 못한 고스톱은 어머니에게는 완벽한 틈새재미일 것이다. 틈새재미에 관한 모델 중 아마 어머니가 최고가 아닐까 싶다. 틈나면 재미보고, 재미 볼 땐 무아지경.

틈새재미 40
돈이 들어야 재밌다

우리가 찾는 재미는 돈을 벌기 위한 것이 아니라 오히려 돈을 써야 한다. 그렇게 재미있던 야구도 돈을 벌기 위해 하면 고통이 된다. 그러나 돈을 내고 야구장에 가는 것은 얼마나 재미있단 말인가. 만약 어떤 틈새재미를 보고 있는데, 그 결론이 돈이라면 그건 내가 말하는 재미가 아니다.

초등 4학년 아들은 요즘 종이접기에 완전 꽂혀있다. 녀석의 관심사는 나이가 들면서 계속 변하고 있다. 어릴 때 그렇게 좋아하던 뽀로로도 이제는 유치하다며 시큰둥해졌다. 굴삭기를 좋아했지만 이제는 그 마저도 시시해한다. 여러 장의 종이를 접어서 로봇을 만드는 것에 요즘은 열을 올린다.

아이는 종이접기할 때 돈을 쓴다. 색종이를 사야하고, 종이접기 책을 사야하고, 종이접기 방송을 구매해야 한다. 그것은 아이가 돈을 벌기 위함도 아니요, 명예를 드높이기 위함도 아니요, 세상을 구하기 위함은 더더욱 아니다. 오로지 재미만을 추구한 행동이다. 우리가 이래야 한다. 어린이의 모습을 닮아야 온전한 재미를 볼 수 있다.

취미가 없는 사람들이 있다. 무취미가 취미라고 말한다. 취미가 없다는 게 지금에 와서는 상상이 가지 않지만, 일면 이해도 간다. 내가 그랬기 때문이다. 삶이 시시하면 취미가 있을 수 없다. 삶이 공허하면 취미마저도 귀찮은 존재다. 그래서 무취미가 취미라고 말하는 사람들에게 쓴소리를 못 하겠다. 내가 그래봐서 잘 알기 때문이다. 그러나 시간이 지나면 자연스럽게 취미도 생길 것이다. 억지로 취미를 만들려고 하는 것이 꼭 정답은 아니다. 무취미도 취미라고 인정해줘야 한다.

그러나 취미가 생기면 인생이 보다 활력이 생긴다. 같은 1시간을 보내는데 취미가 있고 없고는 차이가 크다. 무취미에게는 엄청나게 긴 시간이 될 것이고, 취미자에게는 짧디 짧은 시간이 된다. 뭔가에 재미를 느끼면 시간이 참 짧게 느껴진다.

취미란 돈을 쓰는 일이다. 돈을 버는 것은 취미라고 할 수 없다. 그런걸 투잡이나 알바라고 부른다. 아무리 자기가 재미있더라도 그건 일이다. 재미가 일이 되면 재미는 반감이 된다. 물론 재미없는 일을 하는 사람보다야 더 생산성이 좋고, 효율적이며, 행복할 것이다. 그러나 진정한 재미를 느끼려면 돈을 써야 한다. 돈을 쓰면 갑이 되고, 돈을 벌면 을이 된다. 갑이 되어야 진정한 재미만 올곧이 느낄 수 있다. 간혹 실수해도 그냥 괜찮은 것이다. 그러나 을이 되면 실수가 엄청난 스트레스로 다가 올 수 도 있다. 그러니 진정 좋아하는 일은 일로 삼지 말고 끝까지 취미로(재미로)만 남기는 것도 하나의 방법이다.

하지만, 나는 가장 행복한 사람은 자신이 **좋아하는 일로 돈을 버는 사람이라고 생각한다.** 어차피 일을 하면서 살 거라면 좋아하는 일을 하는 것이 보다 쉽게 성공할 수 있는 길이라 생각된다. 어차피 할 거면 좋아하는 일을 하는 게 낫지, 싫은 일 억지로 하는 것도 꽤 부담스럽다. 좋아하는 일로 돈을 많이 벌면 좋겠지만, 설혹 조금만 벌어도 얼마나 행복한가.

틈새재미 41

행복추구가 내 주업이다

누구나 스트레스를 받는다. 강약의 정도가 있을 뿐이지 부자든, 가난하든, 많이 배웠든, 못 배웠든, 남자든, 여자든 모두 스트레스를 받으며 살아간다. 스트레스가 없을 수는 없다. 늘 존재하는 스트레스를 어떻게 받아들이느냐에 따라 같은 스트레스라 하더라도 그 충격이 달라진다.

업무상 스트레스를 받을 때면 나는 이렇게 생각한다. '어차피 나는 죽는다. 이것 때문에 스트레스 받을 필요가 뭐 있겠는가? 재미나게 사는 데도 부족한 시간인데 스트레스를 그냥 무시하자.' 어떤 과업이 주어졌을 때의 스트레스, 문제가 생겼을 때의 스트레스, 성과가 오르지 않을 때의 스트레스가 있지만, 나는 그렇게 스트레스를 보내준다. 그냥 스쳐지나게 의도적으로 생각해버린다.

그보다는 좀 더 재미있게 살려고 노력한다. 내 재미에 포커스를 맞추고 산다. 사실 내 재미 이외의 것은 모두 쓸데없는 일이다. 그냥 부수적인 일들이다. 이런 부수적인 일들에 스트레스를 받고 살 필요가 없다. 나는 오히려 재미에 대한 스트레스에 비중을 더 두고 있다.

나의 재미는 책 읽기와 글쓰기다. 최고의 재미다. 책이 안 읽히거나, 글이 안 써질 때가 나에게 있어서는 최고의 스트레스다. 재미있게 읽고 쓰고 싶은데 그게 안 될 때가 스트레스다. 심각하게 생각한다. 그러나 회사일에 있어서 여러 가지 문제들이 봉착할 때는 그렇게 스트레스를 받지 않는다. 나는 회사 일을 나의 주업으로 생각하고 있지 않기 때문이다. 틈새재미를 꾸리는 것이 내 주업이며 본업이라고 생각하고 있다.

회장님이 이 사실을 알면 많이 언짢으실 거다. 그러나 어쩔 수 없다. 솔직히 말해 나는 회사일에 그다지 열정적이지 않다. 욕 안 먹을 정도, 평균보다 높을 정도에 만족한다. 나의 직장 상사가 이 사실을 알면 노발대발 할 것이지만, 나는 솔직해지기로 했다. 그래서 회사일에 대해서는 그다지 스트레스를 받지 않는다. 부업에 힘들어할 필요가 없지 않은가.

그러나 주업은 다르다. 나에게 있어 주업은 틈새재미다. 나의 본령과 맞닿아 있기 때문에 신경이 쓰인다. 스트레스를 받아들이는 정도가 보다 심각하다. 재미난 일에 재미가 없어지면 어찌 살겠는가. 한 번 왔다가는 인생 재미지게 살다 가야하는데, 그게 안 되면 미쳐 돌아가시는 거다.

부귀영화, 성공을 원하는 삶의 자세보다는 재미를 추구하는 자세가 나는 좋다. 성공을 향해 오늘을 희생하고 싶지 않다. 오늘은 오늘뿐이다. 오늘을 재미있게 살지 못하면 내일도 보장할 수 없다. 돈과 명예 그리고 성공을 위해 하기 싫은 일은 억지로 참아가며 하는 것이 옳은 길인가 싶다. 그렇게 해서 결과적으로 돈과 명예 그리고 성공을 얻었다고 해도, 결국 다시 원점으로 돌아오게 된다. 왜냐면 행복하지 않기 때문이다. 평양감사도 제 하기 싫으면 그만이듯이, 아무리 성공했어도 옷이 맞지 않으면 불편할 뿐이다. 한번 사는 인생을 왜 그리 살려고 하는가. 인생이 두 번인가?

틈새재미 42

그저 재미나 보려고 산다

나는 직장에서 출세하는 거, 돈 많이 버는 거, 이름을 날리는 거, 사실 다 포기했다. 한다고 안달복달 하기도 싫고, 지금까지 그런 것을 위해 살지도 않았다. 그냥 시간의 흐름에 나를 맡기고 그냥 저냥 살아왔다. 늦은 나이에 꿈이 생겨 나름 열심히 노력하고 있지만, 그게 출세나 돈이나 이름을 날리기 위함이 아니다.

대신 초점을 재미에 맞추었다. 재미있게 살자. 꿈을 찾고 꿈을 이루기 위해 사는 것이 정답이라고 생각하지 않는다. 꿈이란 것이 재미가 없다면 그건 진정한 꿈이 아니다. 억지로 뭔가를 꾸리고 있는 것은 진정한 꿈이 아니다. 진정한 꿈은 재미가 있어야 한다. 따라서 내가 재미에 맞춰 산다는 말은 꿈을 찾고 꿈을 이루기 위해 산다는 말을 포함한다. 재미있게 산다는 말이 더 큰 의미다. 꿈이 이뤄지지 않아도 된다. 그냥 재미만 있으면 된다. 재미있다보면 꿈이 이뤄지면 다행이고, 아니면 말고.

이렇게 생각하면 참으로 편하다. 아득바득하지 않아도 된다. 출세를 포기하고, 돈을 포기하고, 이름을 포기하면 그렇게 마음이 편해질 수 없다. 본령에 맞는 재미만을 추구하는 것에 초점을 맞추다보면 사실 출세니, 돈이니, 이름이니 하는 것들이 들어오지 않는다. 왜냐? 그 자체만으로도 재미있어서 미칠 것 같은데, 출세, 돈, 이름이 다 무슨 소용이란 말인가. 건강은 그래도 생각한다. 건강해야 오래오래 재미있게 살 수 있기 때문이다.

우리는 얼마나 허황된 꿈에 갇혀 허우적대고 있는가. 자유를 위해 자유를 포기하고 돈을 번다. 행복해지기 위해 지금의 행복을 포기하고 미래의 행복을 기원한다. 뭔가 이상하지 않은가. 지금 당장 오늘이 자유롭지 않은데 미래에 어찌 자유로울 수 있는가. 지금 당장 오늘이 행복하지 않는데, 어찌 미래를 보장할 수 있겠는가. 그러다가 급작스럽게 죽으면 너무 억울하지 않을까? 내일 죽어도 여한이 없을 정도로 재미있게 살면 안 될까?

물론 하루종일 재미만 보면서 살 수는 없다. 의무적으로 해야 할 일들이 있다. 그런 것조차 하지 않고 오로지 재미만 보는 사람을 또라이라고 한다. 또라이가 되지는 말자. 할 거 다 하고 틈새를 노려 재미만 봐도 괜찮다. 할 거 깔끔하게 하고, 틈새를 노려 재미를 보며 살자는 얘기다. 그래야 오래 오래 할 수 있다. 재미만 보게 되면 결국 그 재미도 못 보게 된다. 쉽게 말해, 의무적으로 돈을 벌어 밥도 먹고, 옷도 사고 하면서 재미를 봐야지, 돈도 안 벌고 재미만 보면 결국 배고파서 재미도 오래도록 할 수 없다. 금수저라고 해서 마냥 하루종일 재미를 볼 수 있을까? 그들도 그들 나름의 의무적으로 해야할 일들이 있다.

마음 편하게 사는 거다. 출세의 욕심, 돈의 욕심, 이름의 욕심을 버리고 살자. 오로지 틈새재미만 노리면서 살자. 그것이 삶을 살아가는데 활력소가 된다. 재미만 보며 살다가 재수가 좋으면 성공도 하게 되는 것이요, 출세하고 돈도 벌고 이름도 날릴 수 있는 것이다. 안 되면 말고. 법정스님의 무소유 정신이 이런 거다. 다 버리고 포기하고 산다. 의무적인 일들은 열심히 해준다. 그리고 틈이 나면 내 재미를 본다. 미래를 위해 오늘을 포기하지 않는 거다. 매일 재미있으니 내일 죽어도 여한이 없다.

틈새재미 43
꼭 뭔가를 이뤄야만 하는가?

목표를 정하고 그것을 위해 고군분투하는 모습은 아름답다. 꿈을 갖고 그 꿈을 이루기 위해 노력하는 것도 마찬가지다. 그런데 꼭 그렇게 사는 것이 잘 사는 것일까? 목표도 없고, 꿈도 없다면 못 사는 것인가? 꼭 그렇지만은 않은 듯하다.

정답은 자기 생긴대로 사는 거다. 꿈이 있는 사람도 있고 없는 사람도 있다. 없는 사람은 꿈이 없다고 조급해하며 살 필요 없다. 다들 꿈을 찾아 떠나는데 나만 이렇게 덩그러니 있네, 라고 자책할 필요도 없다. 다 생긴대로 사는 거다.

목표도 꿈도 다 좋다. 그렇지만 목표와 꿈에 매몰되어 오늘을 잊고 살지 않았으면 한다. 목표나 꿈은 미래의 일이다. 즉, 미래를 위한 삶이다.

미래를 위해 오늘을 방치하거나 천대하는 것은 아닌지 점검할 필요도 있다.

꿈이 있어 오늘도 열심히 고군분투하는 이와 꿈은 없는데 오늘 하루 재미있게 지내는 이를 비교해보면 어떨까? 나는 둘 다 맞다고 생각한다. 그러니 꿈이 없어도 주눅들지 말자. 패배자가 아니다. 그렇게 생겨먹은 거라 생각하자. 대신 오늘 하루를 알차고 재미있게 보내면 된다. 허송세월하는 것이 아니라 재미를 보면 된다. 자신에게 찰싹 달라붙는 그 무엇을 아주 재미있게 하기만 한다면 꿈이 없어도 된다. 사실 그게 꿈이니까.

헛된 꿈이 얼마나 많은가. 자신에게 맞지도 않는 옷을 입으려고 억지로 꿈을 향해 가는 것은 얼마나 아름답지 못한 행동인가. 그건 꿈을 빙자해서 자신을 망치고 있는 행동일 뿐이다. 진정 자신이 원하지도 않는 꿈인데, 부모의 강요에 의해, 남들 눈에 비춰지는 모습에 의해 자신의 꿈을 정하지는 않은지 점검해봐야 한다. 꿈이란 재미다. 재미 없는 일이라면 꿈이 아니다.

꼭 뭔가를 이루기 위해 살지 말자. 꼭 뭔가를 이뤄야만 하는가? 다 필요없다. 어차피 다 죽는다. 아무리 큰일을 해놔도 죽으면 끝이다. 그 뭔가를 이루는 과정이 재미있다면야 얘기는 달라진다. 즉, 결론이 아니라 과정이 재미있어야 한다. 과정이 재미 없다면 그 길은 아닌거다. 맞지 않는 옷을 입으려고 애쓰는 꼴이다. 억지로 억지로 뭔가를 이뤄놨다 치자. 허무하고 행복하지 않을 것이다. 헛산 느낌이 들 것이다. 인생은 한 번 뿐인데, 왜 그렇게 살아야 하는가.

그렇다고 재미만 보면서 살자는 얘기도 아니다. 현실적으로 해야 할 일들은 해놓고 틈새를 노려 재미를 보자는 얘기다. 그 정도는 하면서 살아야 후환이 없지 않겠는가? 의무적으로 해야할 일들에 치여 평생 그 꼴로 산들 죽을 날에 얼마나 후회하겠는가. 또 평생 재미만 보면서 산다면 그 인생이 얼마나 인간답지 못하겠는가. 우리는 교묘하게 그 중간에 위치하자는 얘기다.

할 일을 깔끔하게 처리하고, 시간이 나면 재미를 본다. 아주 간단한 원칙이다. 회사 열심히 다니고 시간 나면 책 읽고 글 쓰자. 이게 나의 틈새재미다. 각자의 틈새재미를 찾아서 그렇게 살면 죽는 날 적어도 후회는 하지 않을 것이다.

틈새재미 44
재미와 꿈은 공통점이 많다

꿈과 재미는 어떤 공통점이 있고, 어떤 차이가 있을까? 먼저 나의 사례를 들려주고자 한다. 나는 내 이름으로 된 책을 내는 것이 소원(꿈)이었다. 32살 본격적으로 책을 읽기 시작하면서 나도 책을 쓰고 싶다는 꿈이 생겼다. 그 꿈을 향해 매일 책을 읽고 글을 썼고, 40살에 첫 책을 내는 꿈을 이루었다. 그리고 나는 틈새시간을 이용해서 꾸준히 책을 읽고 글을 쓰고 또 책을 내는 재미로 살고 있다. 이제 꿈을 말하자면, 베스트셀러 작가가 되는 게 꿈일까? 그러나 그렇게 간절하지 않다. 이루지 못할 꿈 하나 정도는 가지고 살고 싶은 마음 정도다.

그렇다면 나는 책을 내는 꿈을 이루기 위해 하루하루 고통스러웠을까? 그렇지는 않았다. 책 읽는 것도 재미있었고, 글을 쓰는 것도 재미있었다. 다만 원고를 들고 출판사에 노크를 할 때 수많은 거절을 받았을 때는 좀 고통스러웠다. 하루 빨리 꿈을 이루기 위해 노력하지는 않았다. 그저 매일 할 수 있는 양만 해냈을 뿐이지 안달복달하지 않았다.

꿈은 재미였다. 꿈과 재미는 일치한다. 꿈이 있는데 재미없다면 꿈이 아니다. 의사가 되는 게 꿈인데 의사되는 공부를 하는 게 재미없다면 그건 꿈이 될 수 없다. 축구선수가 되고 싶은데 축구하는 게 재미없으면 그건 꿈이 아니다. 독서광이 되고 싶은데 책 읽는 게 싫다면 꿈이 아니다. 너무나 당연하지 않은가. 외부상황이 악조건일지라도 재미있는 꿈을 위해 참아내는 것이다.

첫 책을 내는 꿈을 이루고나서 그 일을 그치지 않았다. 계속해서 책을 읽고 글을 쓰고 책을 내고 있다. 그 과정이 전혀 고통스럽지 않다. 재밌다. 아마 죽을 때까지 계속 하게 될 것이다. 회사도 열심히 다니고, 의무적인 인들 열심히 수행하면서 틈새시간을 이용해서 계속 재미를 볼 것이다. 앞서 말한 베스트셀러 작가가 되지 않아도 그만이다. 포기했다. 다만 이루지 못할 꿈 하나 정도는 가지고 살아야겠기에 베스트셀러 작가가 꿈이라고 말하는 것뿐이다.

한 배우가 있다. 엄청난 인기를 끌어 부자가 되었다. 그러자 영화나 텔레비전에서 그를 볼 수 없게 되었다. 계속 브라운관을 통해 보고 싶은데 부자가 된 그는 연기할 생각을 안 하는 거 같다. 엄청난 부자니까 굳이 고생스럽게 연기를 안 해도 되는 거다. 그 배우에게 연기는 재미였을까? 꿈이였을까? 본령이었을까? 천직이었을까?

아무리 부자가 되었어도 연기하는 게 재미있었다면 그는 계속 배우로 자주 우리에게 모습을 보였을 것이다. 그것으로 볼 때 그 배우에게 연기는 돈을 버는 수단으로 보일 수밖에 없다. 뭐 더 좋은 작품을 고르기 위해 숨고르기를 할 수도 있다. 그러나 수 년 째 얼굴이 보이지 않는 걸로 봐서는 그 기간이 너무 길다. 밥도 너무 뜸 들이면 타는 법이다.

꿈은 곧 재미다. 재미는 돈을 아무리 많이 벌어도 계속 하는 것이다. 누군가 말려도 제 좋아 하는 일이다. 엄청난 돈을 벌어도 계속 해서 땀 흘리며 축구를 하는 크리스티아누 호날두 같아야 한다. 메시 같아야 한다. 그냥 재밌는 것이다. 이들에게 돈보다는 축구가 먼저다. 좀 더 재미있게 축구하는 것이 좋고, 좀 더 멋진 플레이를 하는 것이 좋은 것이다. 체력이 될 때까지 하고 싶을 것이다.

틈새재미 45

재미를 위해 많은 것을 포기했다

나는 요즘 몇 편의 원고를 쓰고 있다. 이 모두 틈새시간을 노려서 하고 있는 재미다. 남이 커피 마실 시간에 틈을 노려 원고를 쓰거나, 남들 술 마시러 갈 때 원고를 쓴다. 재미를 위해 포기하는 것도 많다.

일단 게임을 접었다. 게임은 말초적 쾌락을 느끼게 해주는 대표적인 것이다. 스마트폰이 생긴 이후로 더욱더 게임중독자들이 양산되고 있다. 많은 사람들이 틈새시간이 나면 스마트폰을 꺼내 게임을 한다. 아마 나도 게임을 계속 했더라면 그랬을 것이다. 얼마나 좋은가. 컴퓨터 앞에 앉을 필요도 없고, 언제 어디서든 가능하니 말이다.

둘째, 담배를 끊었다. 책 사보는 돈이 필요하기에 담배를 끊었다. 담배값이 2,000원이었을 때 끊었으니 5갑 살 돈으로 책 한 권 사볼 수 있다. 요즘은 4,500원 하니 3갑 피울 돈이면 책 한 권 사볼 수 있겠다. 돈도 돈이지만 건강에 많은 이득을 봤다.

셋째, 술을 끊었다. 2년간 술을 끊었었고, 다시 술을 마시다가 최근에 다시 끊었다. 술값도 세이브되지만 제일 많은 이득은 시간 확보다. 술만큼 시간을 잡아먹는 짓도 없다. 술 마시는 당일 버리지, 다음날 속 뒤집혀져서 버리지, 후유증으로 그 다음날도 버리지.

이렇게 끊는 이유는 간단하다. 단순하게 살기 위해서다. 어디 한 구석에 중독되지 않고 자유롭게 살기 위해서다. **단순해지면 시간이 많이 확보된다.** 시간을 왜 확보해야 할까? 재미를 보기 위해서다. 나에게 시간은 많지 않다. 늘 부족해서 허덕인다. 그렇기 때문에 시간을 확보하기 위해서 그 어떠한 짓도 마다할 이유가 없다. 왜냐고? 시간을 확보해서 틈새재미를 봐야 되기 때문이다.

단순하다는 것은 버릴 게 없다는 뜻이다. 많이 버리면 삶이 단순해진다. 진짜로 해야 할 일들만 하고 다른 부차적인 것들은 죄다 없애버리고 순정의 시간을 오로지 나의 재미를 위해 쓰는 거다. 명예를 위함도 아니요, 돈을 위함도 아니다. 온전히 내 재미를 위해 그렇게 하는 것이다.

아참, 나를 위한 시간을 쓰기 위해 당연히 텔레비전도 끊었다. 멍청하게 시간을 흘려보낼 수는 없지 않은가. 그들 돈 버는 걸 내가 왜 내 시간 죽여가면서 봐야하는가. 왜 남들 열심히 사는 걸 내가 봐야하는가. 관음증 환자인가? 나는 나를 위한 내 시간을 써야 한다고 생각한다. 내가 한 200년 산다면 텔레비전도 조금 봐 줄 수 있을 것만 같은데, 100살도 못 살 거 같기에 나를 위한 틈새재미를 위해 살아야 한다.

틈새재미 46
자신만의 재미가 있으면 어려워도 살 수 있다

100년 전 사람들을 공부하고 있다. 나는 1976년생인데 1876년생 김구 선생님을 중심으로 1878년생 안창호, 1879년생 한용운, 김창숙, 안중근, 1880년생 신채호…… 이런식으로 확장하면서 그 당시 사람들을 알아보고 있다. 확실히 100년 전 사회는 지금보다 무거울 수밖에 없다. 암울한 시대고, 통제와 고통의 시대임이 분명하다. 운이 좋아 100년 후에 태어나서 이렇게 한가롭게 재미나 논하고 있지, 운이 나빴다면 나는 이들처럼 살 수 있었을까 자문해본다.

당시를 살아가는 사람들에게는 분명 지금보다 가볍지는 않았을 것이다. 물론 어느 시대를 살든 자신이 살고 있는 시대가 가장 중요하고 심각하겠지만, 좀 더 떨어진 곳에서 시대를 조망해보면 아무래도 100년 전이 무게감이 큰 것은 사실이다. 100년 전 일제의 압력 속에서 우리 선조들은 살아갔다. 대부분의 사람들은 일제의 통치 아래서 순응하며 살아갔고, 매우 극소수의 뛰어난 인물들은 독립운동을 했다. 과연 이들에게도 재미가 있었을지 생각해보게 된다.

무거웠던 시절에는 아무래도 개인보다는 민족적 국가적인 시대적 사명이 대두되었을 것이다. 개인으로서의 삶보다는 역사적 사명 같은 민족적 사회적인 삶이 더 크게 강조되었을 것이 분명하다. 그런 시절에 살았던 사람들에게도 재미가 있었을까?

만주에 나가서 독립운동을 하시던 분들도, 한국땅에 남아 일제의 고통 속에서 삶을 살아내고 있는 분들도 모두 **나름의 재미**가 있었을 것이라고 생각한다. 아무리 시대적 소명과 사명이 있다하더라도 개인적 재미를 누리지 못할 수는 없을 것이다. 아무리 바쁜 와중에도 잠깐의 시간을 내서 책을 읽는 재미를 누리든지, 낚시하는 재미를 누리지 않았을까? 나랏일 걱정으로 잠시 쉬고 싶을 때 가까운 산을 오르면서 틈새재미를 보지 않았을까?

당시 많은 사람들의 공통된 꿈은 독립이었을 것이다. 자신의 꿈을 민족의 꿈과 동일시키면서 수많은 고통을 감내했을 것이다. 나는 앞서 꿈이란 재미가 있어야 된다고 말했다. 그러나 당시 사람들에게 꿈은 재미만은 아니었다. 오히려 고통이고 피곤이고 절망이지 않았을까. 그렇다면 재미없는 꿈이 이들에게는 진정한 꿈이 아니었을까? 재미는 다른 말로 궁극의 희열이다. 과정 상 지치고 힘들고 고통스럽겠지만, 그런 것들을 다 감내할 정도로 꿈이 좋은 것이다. 나라가 독립되는 일을 생각하면 희열을 느껴지는 것이다. 그러니 그 길을 갈 수 있는 것이다. 남에게 잘 보이려고 하는 것도 아니고, 누군가의 강요에 의한 것도 아니다. 오로지 자신의 희열을 위한 일이기에 꿈이 맞다.

나는 반성한다. 100년 전 독립을 위해 목숨을 내놓으신 분들 덕에 이렇게 편하게 책상에 앉아서 꿈은 재미있어야 하다느니, 재미가 없으니까 꿈이 아니라느니 헛소리나 찍찍 해대고 있으니 말이다.

다만, 이렇게는 말할 수 있을 거 같다. 아무리 힘든 시절에도 자신만의 틈새재미는 가지고 있어야 한다는 것. 나에게 주어진 일 (독립운동이든, 먹고 사는 일이든)을 목숨 걸고 열심히 하되, 틈새를 노려 좋아하는 재미를 추구하는게 가치 없는 일이 아니라는 것. 운이 좋아 지금 태어났든 운이 나빠 그 시절에 태어났든 어차피 자신만의 삶을 살아가는 것이다. 시대정신, 개인정신을 떠나 자신의 재미를 포기한 채로 살지 말자는 것이다. 시대가 원하는 자신에게 닥친 일을 하되, 시간을 내서 내 재미도 보면서 살자는 얘기다.

틈새재미 47
낭비되는 시간을 그러모아 재미를 본다

일요일이다. 일요일은 약간의 늦잠이 허락된다. 그래도 눈은 평상시처럼 떠진다. 일부러 더 자려고 눈을 감는다. 그러다 문득 글이 쓰고 싶어진다. 자리를 박차고 일어난다. 틈새시간이 보이는데 어찌 그냥 잠을 잘 수 있으리요. 컴퓨터 앞에 앉아 글을 쓴다.

만약 내가 아침에 글을 쓰지 못했다면 나는 일요일을 그대로 버렸을 것이다. 글을 쓰고서 샤워를 한 뒤 가족과 성당에 갔다. 미사가 끝나고 아는 사람들끼리 인사를 나누고 점심을 먹으러 갔다. 점심을 먹고 가까운 커피 에 가서 커피와 음료를 마셨다. 그러다 같은 모임의 형님께서 하시는 치킨집에 가서 오랜만에 회포를 풀었다. 아침 10시에 집에 나가서 저녁 9시에 들어왔다. 장장 11시간을 밖에서 보냈다. 만약 내가 아침에 글을 쓰지 못했다면 일요일을 그대로 버렸을 것이다.

아침에 틈새재미를 봤기 때문에 하루종일 가뿐했다. 만약 늦잠을 잤거나 이불속에서 뒹굴거리다 성당에 갔다면 하루종일 찜찜했을 것이다. 밥 먹고, 차 마시고, 치킨 먹고 대화를 나누는 시간이 그리 달콤하지는 않았을 것 같다. 나에게 가장 의미있는 시간은 글쓰는 시간이니까. (물론 가족과 같이 있는 시간이 더 의미있다) 나는 아침에 버득 일어나 글을 썼기 때문에 하루를 가볍게 즐기고 들어왔다.

나는 사람을 오래 만나지 못한다. 지친다. 아무리 친한 사람들이라도 11시간 내내 같이 있는게 쉬운 일만은 아니다. 자주 보는 사람들이라 편할지라도 지치는 건 어쩔 수 없다. 에너지가 점점 고갈된다. 앞에 앉았던 에밀리아 자매는 왜 얼굴이 점점 초췌해지냐고 물었다. 그래 맞다. 나는 사람들과 어울리는데 에너지가 소모되는 인간이다. 나의 어머니 같으신 분은 집에서는 아프다가도 나가서 그렇게 놀면 병이 나아서 온다. 이런 사람들도 있는데 나는 아니다.

기력이 빠졌지만 아침에 바지런을 떨었기 때문에 기분은 유쾌하다. 하루를 알차게 보낸 느낌이다. 만약 아침의 그 소중한 시간을 헛되이 보냈다면 얼마나 열이 받았을까. 틈새재미를 보면서 나는 시간을 매우 소중하게 생각하기 시작했다. 하도 허송세월을 보냈기 때문에 더 각별한 주의를 한다. 어떻게든 시간을 아껴서 틈새재미를 보려고 노력한다. 버려지는 시간, 누군가를 기다리는 시간, 멍 때리는 시간들을 그러모아 알차게 보내려고 노력한다.

이는 마치 잔돈을 긁어모으는 것과 같다. 한 푼 두 푼 알뜰히 모아서 저금하는 것과 같다. 나는 돈에 대해서는 그렇지 않지만, 시간에 대해서는 수전노다. 그동안 허송한 세월을 보상받기 위해서다. 돈이나 없으면 나중에 더 벌면 그만이지만, 시간은 한 번 가버리면 다시는 다시는 돌아오지 않는다. 얼마나 아까운가. 지금 아끼지 않으면 줄줄 새어 버리는 구멍 뚫린 물독이다.

시간을 지배하지 못하면 자신을 컨트롤 할 수 없다. 자신을 컨트롤 할 수 없으면 남에게 끌려가는 삶을 살게 된다. 보다 주체적으로 살기 위해서는 시간을 최대한 활용해야 한다. 버려지는 시간을 최대한 없애야 한다. 그런 시간을 모아 틈새재미를 맛보아야 한다.

틈새재미 48

재미있는 것에만 집중한다

투고한 원고가 4개 된다. A출판사에 2개, B출판사에 2개다. A출판사에서는 곧 인쇄에 들어갈 것이 있고, 다른 하나는 출판하기로 구두로 약속한 상태다. B출판사에 보낸 2개는 편집자님께서 검토 중이다. 그러던 차에 또 하나 원고를 썼다. A출판사 또 투고했다. 투고를 하고 2시간 후에 연락이 왔다. A출판사 편집자님은 내 글을 좋아하는 것 같다. 이번 원고도 꽤나 탐이 난다고 하셨다. 고마웠다. 고로 A출판사에 총 3개의 원고가 출판 대기 중인 것이다. 편집자님과 이런 저런 얘기를 하던 중 인상 깊은 말이 있었다.

"작가님, 참 부지런하셔요~"

별 대답을 못했다. 그저

"네. 네……. 네……."

라고만 말했다. 중언부언 말을 붙이기가 민망했기 때문이다.

그래서 나는 이 지면을 통해 거기에 대해 대답을 하려고 한다. 진짜로 내가 부지런한지. 정말 내가 근면 성실한지. 한 번 검토해볼 요량이다.

나는 뭐든 열정적으로 하지 않는다. 나는 정말 게으른 족속이다. 매사에 심드렁한 편이다. 별 관심이 없다. 사실 작가로서 꽝이다. 호기심도 극히 부족하고, 남의 일에 끼어들기를 제일 싫어한다. 사실 세상 돌아가는 일, 사회적인 일도 별로 관심이 없다. 그렇다고 혼자서 많은 상상을 하거나 공상을 하는 것도 아니다. 인간으로서 별 매력이 없다.

매사에 시무룩하지만 그래도 몇 개는 간직하고 있다. 바로 틈새재미다. 내가 관심있는 몇 가지에 거의 초점을 맞추고 살기 때문에 내가 심드렁한 면을 봐온 사람은 무척 게으른 사람이라고 평할 것이고, 재미를 볼 때의 모습을 본 사람이라면 무척 열정적인 사람이라고 생각할 것이다. 아내는 이런 나의 모습을 다 알기 때문에 내가 심드렁할 때마다 이렇게 얘기하곤 한다.

"당신 좋아하는 일 하는 것처럼 좀 해봐!"

그렇다. **나는 초점을 맞춰 살고 있다.** 그렇다고 부지런하지도 않다. 그저 틈을 노려서 내 재미를 보는 것밖에 없다. 잠깐 짬을 내서 책을 읽고, 글을 쓰고, 필사를 한다. 그게 다다. 전반적인 내 모습을 보면 매우 게으른 편이다. 집에 가서도 거의 누워있고, 웬만해선 열정적인 모습을 보기 힘들다. 그럼에도 불구하고 편집자님이 내가 원고를 계속해서 써 보내자 매우 부지런하다고 말씀하셨다.

매사 뭐든 열정적으로 살면 얼마나 좋겠는가마는 나는 그렇지 못하다. 체력적 한계도 있고, 그렇게 호기로운 사람도 아니다. 그저 나 좋아하는 일만은 놓치고 싶지 않을 뿐이다. 내 재미를 빼고는 그다지 관심도 갖기 싫다. 즉, 난 재미주의자다. 재미 없는 일에는 거의 관심을 끊고 산다. 그 시간에 내 재미에 더 집중하고자 한다. 그러다보니 편집자에게 내가 매우 열정적이고 근면성실하게 보여지는 것이 아닐까.

틈새재미 49

주어진 환경에 최선을 다하자

추석이 가까웠다. 하지만 나에게 추석은 아무런 의미가 없는 날이다. 동물을 키우는 농장에게 그런 날은 별 의미가 없다. 닭은 공휴일이라고 사료를 안 먹는 게 아니다. 일요일이라고, 추석연휴라고 사료를 안 먹고 알을 안 낳는 게 아니다. 누군가는 남아서 사료를 줘야 하고 알을 걷어야 한다. 고로 나에게 추석연휴는 별 의미 없는 그렇고 그런 날이다.

올해 추석도 나는 일을 한다. 일을 더 한다고 회사에서 특근 수당이 나오는 것도 아니다. 사실 쉬어야 하지만 팀장이 휴일마다 쉰다면 팀원들의 사기가 떨어지기 때문에 그러지도 못하고 있다. 그러나 좋게 생각하기로 했다. 틈새재미를 보기로 결정했다.

추석연휴라고 하면 고향에 가든지 큰집에 가야 한다. 가는 동안 차도 밀리고, 오는 동안 차도 밀린다. 거기 가서는 오랜만에 보는 친척들과 얘기하느라 내 시간을 보낼 수 없다. 결국 내 시간이 없다. 고로 나는 재미를 못 본다. 그러나 추석 연휴에도 평일처럼 출근하는 나에게는 평일과 동일하게 틈새재미를 볼 수 있다. 남들 쉴 때 나는 더 많은 책을 읽을 수 있고, 더 많은 글을 쓸 수 있다. 그걸로 위안을 삼겠다.

동물을 키우는 것의 가장 애로점이 못 쉰다는 거다. 어디 여행가는 게 어렵다. 확실한 대타를 마련해놓으면 되겠지만, 원가절감에 목을 매는 회사에서 그리 넉넉하게 인력을 배치하지 않는다. 그 덕에 나는 명절연휴내내 책을 볼 수 있고, 원고를 쓸 수 있게 되었다. 정말 눈물나게 회사가 고맙다.

그나마 요즘은 일요일은 쉬지 않는가. 예전에는 일요일이고 뭐고 없었다. 친구 결혼식도 못 갔고, 남들은 얼마나 돈독이 올랐으면 친구 결혼식도 못 오냐고 우스갯소리를 늘어놓지만, 그건 잘 몰라서들 하는 얘기다. 나라고 안 가고 싶겠는가. 가고 싶다. 그러나 못 간다. 내 직업이 이래서 못 가는 거다. 그 대신 나는 나에게 보다 충실하기로 결심했다. 어차피 못 가는 거 포기하고 나에게 집중하자.

평생 이 일을 할지 모르겠으나 일단 주어진 환경에 최선을 다하자는 것이 나의 모토다. 에르네스토 게바라 선생께서 말했듯이, '리얼리스트가 되자, 그러나 이루지 못할 꿈 하나는 가슴에 간직하며' 살고 싶다. 주어진 환경을 아무리 탓해도 변하지 않는다. 변화는 행동에 따른다. 직업을 바꾸면 간단하게 해결된다. 그럴 용기가 없으면 순응하면서 그 안에서 틈새재미를 보면 된다. 무엇을 탓하고 자시고 필요없는 것이다.

각자의 삶에 있어서 열심히 살자. 대신 그것에 너무 매몰되지 말자. 자신을 찾아야 한다. 자신이 누구인지는 알고 살아야 한다. 그래야 삶의 방향을 잃지 않는다. 나를 알아야 어떻게 살지도 알 수 있는 것이다. 현실이 아무리 급격하게 변한다 해도 나의 본질은 변하지 않는다. 그런 환경에 나를 지킬 수 있는 유일한 길은 내가 누구인지 반드시 알아야만 한다. 그것을 바탕으로 해서 매일 틈새재미를 보게 되면 인생이 그럭저럭 살만해 진다. 어디든 죽으란 법은 없다. 아무리 전쟁통이라도, 식민지에 살고 있더라도 반드시 틈새는 존재한다. 그 틈을 비집고 들어가 자신을 꼭 찾기를 바란다.

틈새재미 50
매일 할 수 있는 만큼만 하자

바쁜 와중에 틈새를 노려 재미를 보는 맛이 일품이다. 그런데 늘 갈망한다.

'실컷하고 싶다.'

시간이 넉넉해서 좀 실컷하고 싶다는 생각이 간절해진다. 그러나 의외로 시간이 넉넉해져도 재미보는 맛이 떨어진다. 하루종일 할 수 있을 것 같은데, 그게 안 된다. 그렇게도 간절하게 기다리던 시간임에도 하지 못한다. 왜 일까? 그간 매일 조금씩 치고 빠지는 게 버릇처럼 붙어서일까? 그 버릇으로 인해 이제는 더 이상 길게 하지 못하는 것일까?

추석에 근무를 했다. 남들 쉬는 날에 근무를 하니까 기분이 더럽다. 그런데 좋은 점이 있다. 전화 오는데가 없다. 그렇게도 많이 오던 전화가 한 통 울리지 않았다. '지들 쉴 때는 전화도 없지.' 그러다보니 시간이 평상시보다 여유롭게 흘러갔다. 큰 사고나 문제가 발생하지 않았기에 시간이 넘쳐흐르는 지경까지 도달했다.

그러나 나는 틈새재미를 충분히 맛보지 못했다. 책이라도 꺼내서 읽어도 충분할 시간이요, 글이라도 질펀하게 싸질러 놓아도 좋을 시간이요, 필사를 해도 수 십 장을 할 수 있는 시간임에도 불구하고 나는 매일 하는 만큼만 하고 빠졌다. 솔직히 더 이상 못했다. 더 해야 하는 거 아닌가? 라고 자문했고, '오늘은 더 이상 못하겠다'라고 답을 받았다. 아니 그리도 넘치는 시간을 간절히 원했음에도 불구하고 왜 이런 결과가 나오는 것일까?

근본적으로 나는 무척 게으르다. 학창시절 그 수많은 시간을 허송했듯이 나는 시간이 넘쳐흐르면 그냥 허송한다. 알지만 몸이 말을 듣지 않는다. 고로 나중에 은퇴를 하더라도 나는 하루종일 책을 읽고, 글을 쓰지 못한다는 점을 확인할 수 있었다.

나는 알았다. 내가 계속 책을 읽고 글을 쓰려면 계속 일을 해야만 한다. 그저 나는 틈새를 노려 재미를 보는 맛에 굉장한 쾌감을 느끼는 족속일 뿐이다. 한가한 시간이 주어지면 주체하지 못하고 그냥 허송하는 스타일이다. 더 많은 재미를 보라는 하늘이 주신 기회를 그냥 허송하는 스타일이다. 인간이 이 정도밖에 안 된다.

따라서 앞으로는 무척이나 많은 시간을 바라지 않을 것이다. 줘도 못 먹으니까. 그저 매일 다람쥐같이 출근하고, 틈새를 노려 책이나 읽고, 글 줄이나 써야 겠다. 한가로워지면 게을러지니까 틈새재미를 보는 것 마저도 하지 않을까 두렵기 때문이다. 아, 나란 인간은 왜 이리 말종일까.

그래, 욕심부리지 말자. 매일 할 수 있는 만큼만 하자. 많이 할 필요도 없다. 그냥 생긴대로 할 수 있는 양만 하고 말자.

틈새재미 51

틈새재미를 꾸준히 하다 보면 습관이 된다

의식과 무의식이 있다. 의식은 의도를 갖고 하는 것이고 무의식은 나도 모르게 저절로 되는 것을 말한다. 나도 뇌과학자가 아니라서 이론적으로는 잘 모른다. 그러나 의식과 무의식의 차이는 대충 알고 있고, 의식보다는 무의식을 사용하면 보다 효과적인 것을 알고는 있다. 자동차에 대해서 몰라도 자동차를 운전할 줄 알면 되는 것과 같다. 자동차의 어느 부품이 어떤 일을 하고 뭐가 안 될 때 뭐를 고쳐야 하는지는 자동자과학자나 정비사가 알면 되는 것이고, 우리는 자동차를 운전해서 원래 기능대로 서울에서 부산까지만 갈 줄 알면 되는 거다.

틈새재미를 꾸준히 하다보면 그게 버릇(습관)이 된다. 틈이 나면 내 재미를 보는 습관이 저절로 생기게 된다. 습관이 된다는 것은 의식을 사용하지 않는다는 의미다. 의식을 사용하면 억지로, 노력해서, 열정적으로 해야 한다. 무거운 돌을 들어올리는 듯한 노력이 필요하다. 쉽게 말해 '매우 힘들다'. 그러니까 나중에는 포기하게 되고 결국 아무것도 아닌 게 된다. 의식을 가지고 의도적으로 하는 일의 한계다.

그러나 무의식은 어떤가? 저절로 된다. 습관의 힘이란 바로 무의식을 사용하는 거다. 즉, 습관이 되면 저절로 된다. 의지나, 의도나, 열정이나, 노력이나, 억지가 필요 없다. 즉, '진짜 쉽다'. 나도 모르게 저절로 되는 시스템이 습관이다. 따라서 좋은 습관을 들이면 좋은 결과를 낼 수 있다. 나쁜 습관은 망한다.

틈새재미를 노리는 것은 좋은 습관이다. 시간을 자동적으로 절약하게 된다. 무의식이 알아서 해준다. 재미를 보는 일도 처음에야 의도적으로 하지만 나중에는 저절로 알아서 틈새를 노려 저절로 재미를 보게 된다. 담배 피우는 것은 나쁜 습관이다. 생명이 단축될 것이다.

회사도 매일 가면 무의식에 각인되어 나중에는 저절로 일을 하게 된다. 매일 하기 때문이다. 매일 밥 먹는 것도 저절로 된다. 매일 자는 것도 마찬가지다. 크나큰 노력이 필요없다. 그냥 저절로 된다. 여기에 우리의 틈새재미를 끼워넣는다면 우리도 재미를 저절로 볼 수 있게 된다. 물론 재미있는 것이야 노력이고 뭣이고 필요없다. 그냥 자체에 홀려 하는 것이니까 말이다. 그래도 때론 지겨울 수도 있고, 때론 약간의 노력이 필요할 수도 있는 것이다. 그러나 매일 조금씩 틈새재미를 보게 되면 이 또한 '저절로 시스템화' 되어 보다 쉽게 재미를 볼 수 있게 된다. 매일 반복하는 행위가 결국 나를 만든다. 매일 무엇을 반복하는지 검토해보자.

매일 조금씩 책을 읽고 글을 쓰는 나는 결국 작가가 되었다. 틈새재미를 노렸을 뿐인데 그렇게 되었다. 그냥 매일 회사나 다니고, 밥이나 먹고, 술이나 마시고, 잠이나 잤다면 그냥 회사원으로 남았을 테지만, 재미를 찾아서 틈새를 노려 매일 해줬더니 작가가 된 것이다. 많은 노력을 하지도 않았고, 그저 틈이 날 때마다 재미를 봤을 뿐인데 말이다. 나의 틈새재미는 이제 버릇이 되어 저절로 시스템화 되었다. 틈이 나면 저절로 책을 꺼내들거나 글을 쓴다.

이렇게 10년이 지나고 20년이 지나면 어떤 모습으로 변해있을까? 지금이 41살이니까 51세엔? 61세엔? 어떤 모습을 하고 있을까? 과연 그때도 계속 생계형 일로만 돈을 벌고 있을까? 아니면 지금의 틈새재미가 본업이 되어 있지 않을까? 나도 그게 궁금하다.

틈새재미 52

늦지 않았다
이제부터라도 시작하면 된다

억지로 사는 건 참 지겹지 않은가. 텔레비전을 보면 연예인들은 참 자유롭게 사는 거 같아 보기 좋다. 물론 뜬 연예인들만 해당된다. 일단 이름이라도 한 번 날렸던 사람들은 끼니 걱정은 안하고 사는 거 같다. 자기가 하고 싶은 일 하면서 인생을 즐기는 것처럼 보여 부럽다. 열심히 살았고, 또 운대가 맞아 떴으니 누려는 것은 당연하다.

나도 좀 일찍 철이 들어서 인생을 열심히 살았더라면 좋았을 거라고 후회가 된다. 왜 그렇게 철 없이 인생을 허비했는지. 그렇게 못 산 것도 아닌데 따지고 보면 그렇게 잘 산 것도 아니다. 왜 좋아하는 일을 찾으려고 노력을 하지 않았는지. 왜 그 일을 하지 않았는지. 도대체 뭘 위해 살았는지. 왜 인생을 주도적으로 살지 못했는지. 후회하고 후회하지만 답이 없다.

그래도 다행인 것이 이제라도 알았으니 괜찮다. 그리고 방법도 알고 있다. 그러니 이제부터라도 시작하면 된다. 좀 늦었지만 아니 꽤 늦었지만 그래도 지금부터라도 시작하면 된다.

꿈이 없어도 좋다. 재미만 찾아도 된다. 좋아하는 일, 하고 싶던 일, 죽을 때 못 한 것을 후회할 것 같은 일을 찾아서 조금씩 하는 거다. 회사일이 아무리 바쁘더라도 어느 정도 일이 숙달되면 시간이 나게 된다. 그 틈을 타서 재미난 일을 하자. 늘 바쁘고 늘 숨통 조이는 것은 아니다. 요즘은 주 5일 근무라 일주일에 2일이라는 황금 시간도 주어진다. 이런 시간만 이용해도 충분히 재미를 볼 수 있다.

꼭 해야 할 일들이 있고, 꼭 하지 말아야 할 일들이 있고, 반드시 하고 싶은 일이 있다. 모두 다 하면서 살자. 다 할 수 있다. 이중 한 가지라도 제대로 하지 못하면 잘 못 사는 거다. 제대로 인간답게 살고자 한다면 이 세 가지에 충실해야 한다. 한 가지만 잘해도 되는 것이 아니다. 균형이 맞지 않는다. 다 잘 할 수 있다.

재미난 것을 늦게 찾은 것은 이미 벌어진 일이다. 후회해도 바뀌지 않는다. 지금 할 수 있는 일은 지금이라도 재미난 일을 찾은 것에 감사하고, 그걸 매일 꾸준히 하면 된다. 인생을 고리타분하게 살지 말자. 재미나게 살자. 누군 왜 인생을 즐기며 살고, 누군 왜 인생을 고통으로 살아내는가. 다 잘 살 수 있다. 나도 잘 살 수 있다고 믿는 마음에서부터 시작된다.

틈새재미 53
틈새재미를 발전시키면 세컨드 라이프의 무기가 된다

든든한 직장에 다닌다고 거기에 만족하고, 거기에만 충직한다고 되는 게 아니다. 그건 자신의 모습이 아니다. 회사에 기대어 마치 회사가 자신인양 착각하며 사는 것이다. 사장이 바뀌면 또 어떻게 변할지, 어떤 바람이 불지 아무도 모르는 일이다. 보통 오너(회사주인)에게만 잘 찍히면 평생이 보장될 것 같지만, 오너만 믿고 살기엔 뭔가 부족하지 않을까? 오너가 급작스럽게 교통사고로 죽을 수도 있는 것이고, 자다 말고 화장실 가다가 뒷목 잡고 까무러칠 수도 있는 것인데, 어찌 오너 하나만 보고 살 수 있는가?

오너에 올인하지 말자. 오너도 사람이다. 하물며 회사를 믿을 수 있는가? 오랫동안 열정적으로 일해와도 오랜 근속 기간 끝에 회사를 그만두게 되는 일은 있다.

어떤 분야에서 일인자로 매우 뛰어난 사람이라면 그동안 해온 커리어로 쉽게 재취업할 수 있을 것이다. 그러나 보통의 우리 같은 사람이라면? 55세의 나이에 쉽게 재취업이 가능할까? 55세에 쫓겨나면 뭐 벌어먹고 살 거 있는가? 오너의 마음이 변해서 나를 내친다면? 오너가 실성해서 나를 몰라본다면? 오너가 급작스럽게 죽어서 아들이 오너가 됐는데 나를 신임하지 않는다면? 나는 무엇으로 나를 일으켜 세울 것인가?

틈새재미는 재미를 추구하는 일이긴 하지만, 재미로만 끝내도 좋고, 더 발전시켜서 자신의 세컨드 라이프를 위한 무기가 될 수도 있다. 재미로만 끝내도 괜찮다. 그렇게만 살아도 잘 사는 것이다. 이 시대를 살아가는 누구나 불안하다. 오랜만에 만난 초밥을 만드는 동생도 미래 걱정에 불안하다고 했다. 나이는 들지, 계속 이걸로 먹고 살 수 있을지, 장사를 해야 하는데 돈은 없지…나도 마찬가지다. 회사에서 잘리면 다른 양계장에 취업해야 하는지… 계속 이렇게 살 수 있을지…

회사는 변화가 많은 곳이다. 가장 유동성이 높고, 빠른 조직이 기업이다. 세상의 흐름에 가장 빨리 변화하는 곳이 정치도 아니요, 사회도 아니요, 바로 기업이다. 이런 기업에서의 변화는 어떻게 흐를지 모른다. 그 변화의 소용돌이에 슬쩍 스쳐 완전히 나가떨어지지 않으리라는 보장이 없다. 부지불식간에 휑하니 나자빠질 수 있는 것이다.

그렇다면 질문이 나온다. 어떻게 해야 하는가? 나는 틈새재미를 좀 더 심화시켜 **자신만의 무기로 만들어야 된다**고 생각한다. 재미를 재미로만 끝내지 말고, 무기로 담금질을 해야 한다. 변화의 소용돌이에 뒤통수 맞아 나가 떨어질 때 틈새재미로만 했던 것이 자신을 지탱해줄 최후의 보루가 될 수 있게끔 해주자는 얘기다. 대신 진짜 재미있는 일이어야 한다. 남들 보기에 좋은 그런 거라면 애시당초 하지도 말자. 그런 걸로는 무기로 만들 수 없다.

틈새재미 54

순종적인 것에 대한 분노폭발

나는 가끔 이런 생각을 한다. 우리의 공교육이 과연 우리의 창의성을 키우려고 하는 것인지, 아니면 죽이려고 하는 것인지. 성적을 기준으로 개성은 깡그리 무시하고 일렬로 세우는데 골몰하는 것은 아닌지. 진로교육을 받아본 적도 없고, 내가 뭘 좋아하는지 내가 나중에 커서 어떤 사람이 되고 싶은지 묻기만 했지(사실 묻는 일도 거의 없었다), 그 방법을 가르쳐주지 않던 학교. 국어, 영수, 수학만 강조하며 나머지 과목은 그저 그런 기타과목이라고 치부했던 교육. 그런 환경 속에서 6년 내내 숨죽여 눈치를 살피며 살았던 우리들. 학교에서 시키는대로만 하면 모범생으로 인정 받던 그 시절…….

그래서 그런지 나는 매우 양보심이 많고, 순종적이다. 개성도 잃고, 뭘 해야하는지도 모르고 그냥 자랐다. 시간에 밀려 대학에 갔고(남들 다 가니까), 취업을 했고, 결혼도 했고, 지금 이러고 살고 있다. 가만히 생각해보면 내가 하고 싶은 일은 모두 참고, 포기하고, 남들이 정해준 기준에 맞춰 살기 위해 얼마나 힘들게 살았는가 싶다. 그 기준은 도대체 누가 세운 것일까? 왜 국어와 영어와 수학을 잘 해야만 할까? 미술보다 국어가 왜 중요시 되고, 음악보다 왜 영어가 중요시 되고, 윤리보다 왜 수학이 중요시 되었을까?

나는 32살에 꿈이 생기면서부터 늘 양보하고 순종적이었던 **내 삶에 대해 분노하기 시작했다.** 순양보하고 순종했더니 나에게 남는 것은 없었다. 내가 열심히 일을 해도 남을 배불리는 것만 같았다. 내가 열심히 일해도 내 것이 아닌 것만 같았다. 내가 열심히 할수록 내 배가 부른 것이 아니라 남이 더 좋아지는 것만 같아 속이 쓰렸다.

그 이유를 가만히 생각해보니, 내가 늘 양보하고 순종적이었다는데서 원인을 찾을 수 있었다. 양보하고 순종적이다보니 나를 돌아볼 겨를 없이 남의 눈에 차게 살았던 것이다. 나를 잃고 산 것이다. 인생에 내가 없으니 뭘 해도 공허할 수밖에. 나는 32살에 알았다. 나는 지금까지 나의 진짜 인생을 살지 못했구나. 나는 진짜 나답게 살지 못했구나. 그래서 그렇게 인생이 공허하고, 힘들고, 재미없고, 심심했던 것이구나.

32살에 이를 알아챘지만, 나는 삶의 태도를 획기적으로 바꾸진 못했다. 그간 해온 것들에 발목이 잡혀 어쩔 수 없는 일이었다. 나에게는 책임질 일들이 한 둘이 아니었다. 그것들을 죄다 버리고 내 꿈만 찾아 떠날 수도 없었다.

그럼 어떻게 한다? 골몰하기 시작했다. 진짜 나답게 살 수는 없을까? 이제야 나를 알게 되었는데 과거처럼 늘 내 인생을 양보하고, 순종적으로 살아야만 할까? 분노하기 시작했다. 그래서 찾은 방법이 바로 틈새재미다. 매일 조금씩 나를 위한 시간을 갖는 것이다. 꿈을 늦게 찾은 죄로 벌려놓은 것들을 수습하면서 나를 찾는 시간을 갖기로 했다. 매일 아주 조그마한 시간이었지만 티끌모아 태산이라는 심정으로, 처음의 시작은 겨자씨라는 마음으로 나를 위로하기 시작했다.

늦지 않았다. 지금부터라도 나를 위로하는 시간을 갖자. 틈을 노려 재미를 보자. 그 우습게 파편 같은 시간들이 모이면 거대한 파도가 되어 인생을 송두리째 변혁시킬 수 있다.

틈새재미 55

자신의 사명대로 살자 그게 답이다

현재의 삶이 과거에 그러던 삶인가? 나는 과거에 지금의 이 모습을 꿈 꿨는가? 꿈을 꾼 적이라도 있는가? 현재의 삶에 만족하는가?

나는 현재 충북 음성에 살고 있다. 양계장에서 일한다. 나는 과거에 이것을 단 한 번도 생각한 적도 없다. 그렇다고 다른 삶을 생각한 적도 없다. 그렇게 때문에 나의 의도와는 상관없이 살고 있는 것이다. 만약 과거에 내가 다른 생각을 꾸준히 했더라면, 지금의 삶은 달라졌을 것이다. 물론 생각대로 다 된다는 건 아니다. 다는 아니지만 단 10%라도 내가 생각한 대로 되는 것은 있지 않았을까?

정말 아무 생각 없이 살다보니 아무거나 되 버렸다. 지금의 삶에 만족하냐고 누군가 묻는다면 나는 YES라고 확실하게 대답할 수 있을까? 반은

YES과 반은 NO라고 말할까? 아니면 NO라고 말할까? 그저 시간에 떠밀려 지금까지 살아왔다고 말할 수밖에 없겠다. 역시 옛말은 틀리지 않는 거 같다. 뿌린 만큼 거둔다.

봄에 씨앗을 뿌리고 중간중간 관리를 잘해줘야 가을에 소출이 많다. 나는 씨앗도 안 뿌렸고, 중간관리도 전혀 하지 않아서 가을에 소출이 없다. 그나마 다행스러운 것은 그래도 인간이기에 여러 사람들의 덕택에 큰 탈 없이 살아올 수 있었다. 짐승의 세계였다면 벌써 죽었을 것이다. 나는 누군가에게 짐이 되어 무임승차했다. 이제는 짐이 아닌 힘이 되는 존재가 되고 싶다.

현재의 삶에 만족하지 않는다. 가정을 꾸리고 여우같은 마누라와 토끼 같은 자식이 있어서 든든한 거 빼고는 정말 마음에 들지 않는다. 누군가에게 짐이 되어 살았으니 이제는 누군가에게 힘이 되는 존재가 되고 싶어졌다. 아무 생각 없이 그냥 하루를 버리는 삶에서 이제는 좀 생각하고 미래를 꿈꾸는 하루로 탈바꿈하고 싶어진 것이다. 오래 살다보니 철이 든 것일까?

의미있는 삶을 살기 위해서 선행되어야 할 것들이 있다. 제일 중요한 것이 '나 자신을 알기'다. 내가 누구인지 명확한 답을 가지고 있어야 한다. 내가 누구인지도 모르면서 이 세상을 어찌 멋스럽게 살 수 있겠는가. 그저 남에게 짐만 될 뿐이다. 나를 아는 것은 어렵지 않다. 나란 놈이 무엇을 할 때 재미있어 하는지 그것만 알아도 70~80%는 해결된 것이다. 내가 무엇을 좋아하는가, 어떤 일을 할 때 시간 가는 줄 모르는가, 무엇을 할 때 보람을 느끼며 뜨거운 눈물을 흘리는가 살펴보자. 그걸 알고 조금씩 해나갈 때 '이것이 인생을 사는 참 맛이구나' 싶은 생각이 절로 들 것이다.

인생을 잘 사는 것은 어렵지 않다. 남에게 피해 주지 않는 선에서 자신이 좋아하는 일을 하면 잘 사는 것이다. 사람마다 달란트가 달라서 자신에게 주어진 그것을 알고 그것을 해 나가면 자신의 사명대로 살게 되는 것이다. 사명대로 사는 삶이 바로 궁극의 행복한 삶이 된다. 이와 사는 거 내가 누구인지, 내가 세상에 태어나서 할 것이 무엇인지 정도는 알고 사는 게 낫지 않을까?

틈새재미 56

출세보다 재미다

나는 회사에서 출세보다는 재미에 치중하고 싶다. 많은 직장 동료, 선배들이 회사의 꽃 임원이 되지 못해 안달이지만 나는 그렇지 않다. 오히려 직급이 올라가고, 승진하는 것이 더 싫다. 돈도 더 받고 그만큼 책임질 일이 더 많아지는 승진이 싫다. 물론 사람에 따라서는 높은 직급에 있음에도 불구하고 책임지려하지 않고 군림하려고만 하는 이들도 있다. 하여튼 이런 사람도 있고, 저런 사람도 있지만 나는 회사에서의 출세가 싫다. 또 그에 따른 사내정치도 싫다. 한 선배는 사내정치를 잘 해야 된다고 하지만, 나는 그런 거 신경 쓰며 살고 싶지 않다.

나는 회사 내에서의 출세보다는 내 이름 석 자로 출세하고 싶은 사람이다. 회사 내에서의 출세는 회사를 떠나버리면 끝이다. 회사 안에 있을 때야 빛을 보는 것이지, 회사를 떠나면 아무것도 아니다. 이런 사실을 아는데 미쳤다고 거기에 목을 매겠는가?

회사에서의 출세를 위한 노력보다는 나는 재미를 위한 노력에 힘쓰고 싶다. 물론 회사에서의 일에 충실히 한다. 회사에서 기대하는 만큼의 성과를 내기 위해서 열심히 노력해야 한다. 그것이 월급을 받아먹는 자의 요건이다. 그 정도는 해주되, 회사에 몰입하지 않고, 자신의 관심 분야를 재미봐야 한다. 그냥 회사만 죽어라 다니지 말자는 얘기다. 내가 제일 먼저 회사의 문을 열고 제일 마지막에 닫겠다라고 결심하지 말자는 얘기다. 직장인의 꽃인 임원을 달기 위해 미친듯이 일만 하지 말자는 얘기다.

물론 둘 다 할 수 있다. 회사에서의 출세도 할 수 있고, 자기 재미에 대해서도 말이다. 어차피 틈새재미야 말뜻만 봐도 '주'가 아니지 않은가. 대신 본업에만 너무 열중한 나머지 자신을 잊고 지내지는 말자는 얘기다. 틈새를 노려 자신을 자주 위로해주자는 말이다. 너무 일만하지 말자는 얘기다.

회사라는 조직체를 꾸리고, 단체를 운영하는 일에 재미를 느끼는 사람들이야 상관없지만, 그것도 아니고 그저 출세, 돈에만 눈이 멀어 미친듯이 일하는 것은 바람직하지 못하다. 기업이라는 조직은 너무도 변동이 심한 유기체여서 언제 어떻게 변할지 모른다. 출세를 위해 미친듯이 노력했고, 좋은 성과를 내 왔어도 언제 어느 순간 그 점을 나몰라라 할 수 있다는 것이다. 그때 가서 후회해봤자 소용없다. 죄송한 얘긴데, 기업에게 이용만 당하고 팽 당할 수 있다.

회사는 우리를 끝까지 지켜주지 못한다. 회사 자기 한 몸 버티기가 버거운데 누굴 지켜주겠는가. 국가가 국민을 지켜주지 못하듯이 회사도 마찬가지다. **나는 내가 지켜야 한다.** 나를 지킬 수 있는 방법 중 하나로 필자는 '틈새재미'를 든다. 힘든 시기를 틈새재미로 이겨낼 수도 있다. 스트레스를 틈새재미로 이겨낼 수 있다. 나와 착 맞는 일이기 때문에 기쁨과 희열을 만끽할 수 있다. 재미만을 추구하기 때문에 출세욕, 물욕이 사라진다. 어차피 한 번 왔다가는 인생 재미라도 실컷 보고 가는 게 현명하다. 재미는 오래 걸리지 않는다. 하는 즉시 맛볼 수 있는 것이 재미다.

틈새재미 57

재미있으면 안 피곤하다

회사가 재미있는 곳이라고 '쑈'하지 말자. 회사는 솔까(솔직히 까놓고 말해) 졸라 재미없는 곳이다. 그저 먹고 살려니까 재미있는 '척'하면서 다니는 거지, 재밌기는 개코나. 2박3일로 제주도 가족여행을 다녀왔다. 초딩4 아들은 비행기를 타본 적이 없다. 아내도 제주도에 가본 적이 없다. 나만 대학 수학여행 때 한 번 갔다왔을 뿐이다. 우리는 촌티 팍팍 내가며 제주도로 향했다.

새벽같이 일어나서 오랜 시간 운전하고, 오침도 하지 않고, 늦은 밤까지 먹고 마시고 놀고 즐겼음에도 불구하고 전혀 피곤하지 않았다. 2박3일 내내 전혀 피곤하지 않았다. 즐거웠고, 재미있었고, 올 때는 아쉬웠다.

2박 3일을 달콤하게 보내고 출근을 했다. 머리가 아프기 시작했고, 살짝 긴장이 되었으며, 급 피곤해졌다. 일이 밀려 있는 것도 아니요, 스트레스 거리가 있었던 것도 아닌데, 그냥 피곤했다. 여독이 안 풀려 피곤한 느낌이 아니다. 그냥 직장에 나가면 그런 증세가 나타나는 것이다. 재미없으니까 그런거다.

재미있으면 피곤하지 않다. 잠도 줄이면서 더 하고 싶어 안달난다. 억지로 하거나 어쩔 수 없이 하니까 별로 힘들지 않은 일도 '그냥' 힘든거다. 시간을 때우려고 하고, 시간이 언제가나 계속 시계만 쳐다보게 된다. 즐겁지 않고, 유쾌하지 않고, 사는 게 사는 거 같지 않고, 시무룩해지고, 심드렁해지고, 한숨이 나오기도 하고, 신경이 곤두서기도 한다.

일이 재미있는 미친놈이 있을까? 극소수지만 분명 존재한다. 이들은 일을 하는 건지 놀이를 하는 건지 분간을 하지 못한다. 그냥 매일 제주도 여행하는 같은 기분이다. 그냥 놀았을 뿐인데 밥 먹을 돈이 생기고, 옷 사 입을 돈도 생기는 것이다. 이런 사람들은 얼마나 행복한 사람인가. 이런 시스템 속에 폭 빠질 수만 있다면 얼마나 행복해질까. 가장 부럽고 질투나는 사람들이다.

우리가 불행한 이유는 이 책을 잡은 독자나 필자나 이렇지 못하다는 점이다. 오늘 출근하면서 나는 전혀 기쁘지 않았다. 어서 빨리 가서 일하고 싶다는 생각이 들지 않았다. 할 수 없으니까 시무룩한 표정으로 간 것뿐이다. 재미있게 일할 수 있다면 정말 행복할텐데... 나는 왜 매일 행복할 수 없을까.

하루 온종일 재미있으면 얼마나 좋을까? 그렇지만 현실이 녹녹치 않다고 포기할 필요는 없다. 할 수 있는 만큼이라도 하면 된다. 아예 손 놓고 살 수는 없다. 조금씩 틈새를 노려 재미를 보는 수밖에 없다. 이거라도 해야 내가 살 수 있지 않겠는가. 그래서 잠시 짬을 내서 나는 내가 좋아하는 재미(글쓰기)를 맛보고 있다.

매일 제주도 여행가는 기분으로 살 수 있는 꿈을 간직한 채, 매일 틈새 재미를 보는 거다. 회사가 재미있는 곳이라고, 보람된 곳이라고 나를 속이면서까지 살고 싶지는 않다. 원래 재미없는 곳을 억지로 재미있다고 세뇌하지 않을 것이다. 정신병자가 된다. 그건 그렇게 내버려두고, 내가 진짜 좋아하는 일을 짬짬이 즐겨야겠다.

틈새재미 58

내 모습 그대로를 사랑해 준 적이 있는가?

자신을 있는 그대로 인정한 적이 한 번이라도 있는가? 꼭 뭔가 발전적이지 않으면 퇴보하고 있다는 느낌으로만 산 것은 아닌가? 뭘 하지 않고 가만히 있어본 적은 있는가? 노력을 해야만 안심이 되었나? 영어를 못하는 내 모습을 그대로 사랑해준 적이 있는가?

우리는 매순간 틀에 맞춰 살고 있다. 토익 900점이라는 틀에 맞추기 위해 안간힘을 쓰고, 석사 박사 스펙을 쌓기 위해 노력하고 회사에서 요구하는 목표를 달성하기 위해 달린다. 이런 것들이 진정 자신이 원하는 것인지, 남에 의해 강요된 것인지 곰곰이 생각할 필요가 있다. 강요된 목표로는 궁극의 기쁨을 느낄 수 없다. 작은 성취감이야 있겠지만 자신의 것이 아니라 곧 허망해진다. 내가 원하는 것을 위해 살아본 적이 있는가?

그냥 지금의 내 모습을 사랑해본 적이 있는가?

지금 자신의 모습 자체를 사랑한다는 것은 무엇을 이뤘기 때문이 아니다. **그냥 그 모습 그대로를 말한다.** 꾸미지 않고, 뭔가 덧씌우지 않은 천연의 모습이다. 영어를 못하는 나, 달리기를 못하는 나, 옆구리에 살이 뒤룩뒤룩 찐 나, 눈이 나쁜 나, 머리가 곱슬인 나를 사랑해줄 수 있는가?

거울로 자신의 얼굴을 바라보자. 5분 정도 바라보자. 웃고 있는가? 울고 있는가? 무표정인가? 불만이 가득한가? 기뻐하는가? 슬퍼하는가? 무뚝뚝한가? 그 모습 그대로를 인정하는가? 뭔가 부족해 보이는가? 아니면 너무도 훌륭해서 더 이상 바랄 것이 없는가?

지금 모습 그대로를 부끄러워하지 말자. 자랑할 필요는 없다. 내 모습에 자부심을 갖는거다. 돈이 있든 없든, 못 생겼든 잘 생겼든 상관없다. 돈이 있는 것과 없는 것의 기준은 뭔가? 못 생기고 잘 생긴 기준은 또 뭔가? 그 기준은 누가 만들었는가? 왜 그런 틀에 나를 맞추려고 하는가? 나는 그저 나의 모습인 것을 왜 다른 것과 비교하는가? 아버지와 어머니께서 만들어주신 나라는 존재를 그냥 인정하고 안아주자.

나를 찾을 수 있다. 내 안에 내가 침잠하는 거다. 남의 눈치를 살필 필요가 없다. '이런 말을 하면 상대방이 기분 나빠하겠지?' 라는 생각 따위는 접어넣자. '이런 행동은 남에게 불쾌감을 주지는 않을까?' 고민하지 말자. 그냥 내 모습 그대로 나를 인정하고, 그 어떠한 틀에도 나를 넣지 않겠다고 다짐하자. 남과 비교하지 않는 것, 남의 눈으로 나를 바라보지 않는 것, 남이 뭐라고 해도 흔들리지 않는 것들이 쌓이면 나를 알 수 있다.

나를 알면 그때부터 삶에 생동감이 흐르게 된다. 남에 의해 휘둘리지 않게 된다. 상황에 휘청거리지 않게 된다. 내가 나의 가치를 스스로 인정할 때 가 세상의 중심이 된다. 세상 모든 것이 나를 중심으로 흐르게 된다. 실제로 그렇지 않더라도 그렇게 느껴지기만 해도 괜찮다. 이제 더 이상 남을 위한 삶, 남에게 휘둘리는 삶, 남에게 잘 보이려는 삶을 접는다. 내가 좋아하는 것, 나를 위한 것, 나를 위로하는 것, 나를 기쁘게 하는 것, 나를 행복하게 하는 것에 집중해서 온전히 나로 살아 보는 거다.

틈새재미 59

돈 때문에 재미를 포기하진 말자

돈을 왜 벌까? 돈은 사랑하는 사람과 같이 쓰기 위해서다. 잘 먹고 잘 살기 위해서다. 돈 벌어서 맛있는 음식 먹고, 여행도 다니고, 차도 사고, 집도 산다. 왜? 사랑하는 사람과 같이 행복하기 위해서다. 사실 그런 거 포기하면 돈을 그리 많이 안 벌어도 된다. 최저생계만 있어도 좋다. 나는 사랑하는 가족과 함께 제주도로 여행도 다니고 싶고, 삼겹살이나 소곱창구이를 먹고도 싶고, 좋은 옷도 입고 싶고, 안락한 집도 사고 싶고, 잘나가는 자동차도 사고 싶고, 부모님께 매달 용돈도 드리고 싶어서 돈을 번다.

그런데 돈 버는게 쉽지 않다. 시쳇말로 남의 돈 뺏어먹는 게 녹록하지 않다. 어떤 때는 간, 쓸개까지 다 빼줘야 할지도 모른다. 그럼에도 우리는 그런 감내를 하고 돈을 번다. 왜? 가족과 행복하기 위해서다. 이 점을 잊어서는 안 된다.

고로 돈을 벌려고 가족과 함께하지 못하면 뭔가 잘못 된거다. 돈이 가족과 행복하기 위해서 벌어들이는 수단인데, 주객이 전도되어 돈이 우선시 되면서 가족을 등한시 하게 되면 잘못된 것이다. 그런데 가만히 주위를 살펴보면 다들 이러고 산다. 잘 사는 게 아니니다.

어떤 이는 미래를 위해 지금의 고통을 감내한다고 말한다. 미래에 잘 살기 위해서 지금은 어쩔 수 없다고 말한다. 내가 보기에 대한민국 사회에서 그렇게까지 안 살아도 된다. 외국인 노동자처럼 정말 벌어먹을 것이 없어서 고향을 떠나 타국에서 돈을 벌기위해 어쩔 수 없이 가족과 헤어지지 않아도 된다. 다 먹고 살 수 있다.

먹고 사는 것에 급급해 자신을 놓지는 말자. 미래를 위해 현재의 고통을 감내하지도 말자. 미래는 없다. 오늘 죽을지 내일 죽을지도 모르는데 만날 감내만 하다가 골로 가고 싶은가. 먹고 사는데 혈안이 돼서 즉, 돈 버는데 미쳐서 재미를 버리지 말자는 얘기다. 좋아하는 일도 하고 가끔 여유도 부리면서 살자. 형편에 어울리지 않게 가끔은 호텔뷔페에 가서 가족과 함께 밥을 먹자. 형편에 어울리지 않게 고급 시계를 사서 외출 시 패용해보자. 사치가 아니니다. 자신에게 주는 선물이라고 생각하자.

집을 사기 위해 가족들과의 여행을 포기하고 30년 내내 집대출만을 위해 산다고 하면 얼마나 삭막한가. 나중에 집이 완전히 내 것이 되었다고 한들 얼마나 기쁘겠는가. 지금 전세, 사글세를 살아도 가끔은 가족과 여행을 떠나자. 쌈짓돈 풀어서 집값 갚는데 몰빵하지 말고 여유를 좀 부리자. 허구헌 날 궁상만 떨면서 집 사면 뭘 하나? 홀랑 사기당하면 자살할 텐가? 그러지 말고, 때론 빚을 져서라도 가족과 함께 여행을 다녀보자. 가족이 남는 거다.

돈이야 언제든 다시 벌면 된다. 돈돈돈하면서 살 필요 없다. 좀 더 젊었을 때 여행도 다니는 것이지 나이 들면 관절염 때문에 나다니지도 못한다. 돈을 위해 젊음을 팔지 말자. 집 조금 늦게 사면 어떤가? 집 좀 안 사면 어떤가? 가족과 재미도 좀 보면서 살자. 너무 사치스럽게 사는 것도 죄악이지만, 너무 개궁상 떨면서 사는 것도 멋대가리 없는 짓이다. 아낄 땐 아끼고 쓸 땐 쓰는 거다. 돈 때문에 재미를 포기하며 살지 말자.

틈새재미 60

우리는 자체가 빛나는 존재들이다

갓 회사에 들어온 신입사원에게 나는 간혹 묻는다. 꿈이 뭐냐고. 그러면 거의 대부분은 이렇게 말한다.

"(이 회사의 오너인 회장 다음의) 사장이 되고 싶습니다."

회사에 들어와 직장인에게 걸맞는 그럴듯한 대답이다. 뭐 어차피 직장 선배가 물으니 직장에 한해서 자신의 꿈을 그렇게 말했는지도 모른다. 굳이 개인적인 꿈을 말한들 자신에게 이로운 것이 없기 때문이겠다.

그렇지만 진짜 꿈이 사장이라면 심각한거다. 어떻게 꿈이 사장이 될 수 있지? 사장이라는 직함이 꿈이 될 수 있다니. 왜 돈을 많이 벌어서? 왜 하는 일 없이 그저 먹고 노는 것처럼 편해보여서? 왜 많은 사람들 위에 군

림할 수 있어서? 왜 전권을 가지고 뭔가 휘두르고 싶어서? 왜 회사에서 나오는 고급승용차가 타고 싶어서?

사장이 돈을 많이 받는 이유는 그만큼 일하기 때문에 받는 것이다. 그저 아무 일도 하지 않고 앉아있는 거 같아도 그들은 엄청난 고민과 생각들로 짱구를 굴리고 있다. 우리가 퇴근하고 편하게 텔레비전 앞에서 시시덕 거릴 때도 그들의 머릿속은 회사일로 꽉 들어차 있다. 골프 치러 가는 것이 부러운가? 골프도 비즈니스고, 하기 싫어도 할 수밖에 없는 일일 수도 있는 것이다. 자신의 판단으로 회사의 존립 자체가 왔다갔다 할 수도 있으니 얼마나 힘든 직책인가. 그런데도 사장이 되겠다고?

사장 같은 거 하지 말자. 너무너무 힘든 일이다. 자기 생활이 거의 없다. 완전 회사에 목 매고 살게 되는 것이다. 물론 그만큼 돈과 권력은 따라오겠지만 그걸로 충분하지 않다. 하루 온종일 나 자신을 회사에 올인하는 것에 비하면 턱없이 부족한 금액이다. 회사의 사장은 이렇듯 굉장히 피곤한 직업이다. 그럴 바엔 자신의 사장이 되는데 초점을 맞춘다. 나의 일에 초점을 맞추는 거다. 내가 회사라는 신념을 가진 사람이라면 그렇게 미친 듯이 일을 해도 좋을 것이다. 그러나 그게 아니라면 사장 같은 것을 꿈으로 삼지 말자.

돈을 많이 버니까 그저 좋은 직업이고, 잘 사는 것처럼 생각되지만 그 직을 떠나게 되면 사실 남는 것도 많지 않다. 물론 경력이나 인맥 등이 생길 수 있으나 그건 어디까지나 업무적으로 생긴 일들이지, 정말 본인이 좋아하지 않는 일이라면 그것도 그다지 쓸모 없는 것들이다. 아무리 잘나가는 의사라도, 잘나가는 변호사라도, 잘나가는 대기업 임원이라도, 오너에게 신임을 받고 있는 사장이라도 하는 일이 정말 자신의 일이 아니면 나중에 굉장히 허망해질 수 있다.

토사구팽을 아는가? 그 꼴 날 수 있다. 조선 중종 대에 조광조라는 걸출한 인물이 있었다. 얼굴도 잘 생기고 학식도 높고 집안도 명문이었다. 그가 과거에 급제해서 중종에게 많은 신임을 받았다. 그는 유학을 숭상하는 자로 배운대로 행하는 실천하는 지식인이었다. 그래서 중종에게도 여러 가지를 권했다. 이상 국가를 설립하고자 중종과 함께 했다. 중종은 그런 그를 밀어줬지만 어느 순간 갑자기 돌변하여 그를 죽여버렸다. 신임하던 신하를 죽이는데 국문조차 하지 않고 쪽지 하나 달랑 보내서 죽여버렸다. 소위 팽당한거다. 아무리 잘나가던 조광조라도 그의 오너의 마음이 돌변하면 죽게 되는 것이다. 조광조가 사사로운 이익을 위해 열심히 일했겠는가. 나라와 국가를 위해 미친 듯이 일한 것이다. 그러나 돌아온 것은 사약이었다.

절대로 자신을 회사와 국가에 맞추려 하지 말자. 우리는 자체가 빛나는 존재들이다. 우리를 무시하지 말자. 내가 있기에 회사도 있고 국가도 있는 것이지, 그 반대로 생각해서는 재미없다.

틈새재미 61

착하게 살지 말자

착한 사람들은 매번 양보한다. 왠지 그래야 될 것 같고, 또 그래야 자기 마음이 편하다. 남의 기분을 살피며 남이 기뻐하는 모습이래야 마음이 놓인다. 남이 불쾌한 표정을 지으면 마음이 편치 못하다. 이런 사람들은 자신을 잃고 사는 사람들이다. 남이야 니미 지랄을 하든 말든 그게 나와 무슨 상관이란 말인가. 남 기분 살피면서 사는 일이 얼마나 피곤한가. 이런 사실조차 착한 사람들은 안다. 알지만 어쩔 수 없이 눈치 보면서 산다. 매번 이러지 말아야지 하면서도 안 못하고 있다.

그러다보니 자신이 없다. 어디를 가나 자신은 늘 뒷전이다. 늘 타인을 배려하기 때문에 나를 개무시 한다. 그리고 나를 위로해주지도 않는다.

'너는 늘 양보를 해야해' 라고 인이 박힌 듯이 행동한다. **내가 나를 위해 주지 않으면 도대체 누가 나를 위해주겠는가?** 괜히 밖에서 그리 착한 척하고 돌아다니고 와서 엄마에게 버럭 소리를 질러버린다. 그간 쌓인 스트레스를 엄마에게 푸는 것이다. 이게 무슨 개지랄인가.

몇 번 보고 말 사람들, 내가 호의를 베풀었다는 사실조차 알지 못하는 사람들에게 그리도 친절하게 했음에도 사랑하는 엄마에게는 왜 그따위 짓을 하는가? 이제 그런 삶이 지겹지 않은가. 도대체 나는 어디 있는가. 왜 나는 늘 주변을 신경쓰고 늘 주변을 챙기고 늘 착한 척하면서 살고 있는가. 사실 착하지도 않다. 착한 척할 뿐이지 않은가. 이렇게 꼬여버린 삶을 어떻게 해결할 수 있을까?

다 해결책이 있다. 나는 친절한 작가이므로 문제만 툭 던져주지 않는다. 두 가지가 있다. 몇 가지 더 있지만 공통적으로 적용하기 힘드니까 딱 두 가지만 말하겠다.

① 이 책에서 누누이 강조하고 있는 틈새재미를 계속 노리자. 내가 좋아하는 일을 계속 해주시라. 남들 신경 쓰지 않는 연습이 자동적으로 되고, 나를 사랑하는 법을 자동적으로 알게 된다. 매순간 나를 위로하기 위해 틈새를 노리고 있게 된다. 매순간 나를 사랑하기 위해 틈새를 노리게 된다. 매일, 자주 틈새재미를 하다보면 자신을 세울 수 있게 된다. 자신이 주인공이 된다. 이런 틈새시간이 모이고 모이면 우뚝 솟은 쇠기둥처럼 흔들림 없이 떡 하니 버티고 설 수 있게 된다.

② 글을 쓴다. 학창시절 일기를 썼지 않은가. 숙제로 늘 일기를 내주셨다. 그거 다 이유가 있는 거다. 글을 쓰면 자연치유가 된다. 글에는 힘이

있다. 글을 쓰면서 생각을 정리하고, 나를 표현하게 되고, 나를 위로하고 사랑하게 된다. 나와 독대하는 시간을 가질 수 있게 된다. 늘 남에게 의지하고, 남의 눈치를 살피던 내가 글을 쓰면 나를 생각하게 되고, 나만 바라보게 된다. 매일 자기 전에 일기를 써보자. 아무거나 좋다. 형식파괴. 내용파괴다. 아무거나 무조건 쓰는 거다. 그렇게 매일 쓰다보면 자기애가 생겨나게 된다. 나를 사랑하게 된다. 나를 중심으로 세상을 돌릴 수 있게 된다.

어디까지나 재미난 인생이다. 왜 이렇게 재미난 인생을 얼굴 박박 구기고 살 필요가 있겠는가. 아무리 힘든 일이 닥쳐도 틈새재미를 봐봐라. 그 속에서 희망을 품고 밝게 살아갈 수 있다.

틈새재미 62

텔레비전을 보지 말자

퇴근 후 집에 돌아와서 텔레비전부터 보는가? 텔레비전을 본다는 것은 남을 본다는 거다. 밖에서 일하면서 상사눈치, 동료, 부하들 눈치까지, 사실 하루종일 남만 보다가 오는 거다. 그리고 집에 와서 또 텔레비전으로 굳이 남을 본다. 이러니 내가 누군지 모르는 거다. 나를 본 적이 없으니 나를 모를 수밖에.

눈으로 밖을 본다. 상대방을 살피고, 상대방의 얼굴을, 상대방의 생각을 읽으려 노력한다. 상황을 보고, 물건을 보고, 흐름을 본다. 깨어있는 순간부터 잠들 때까지 계속된다. 도대체 나는 언제 바라봐 줄 것인가.

나를 알고 싶으면 나를 봐야 한다. 남을 보는 눈을 닫고 나를 바라봐야 한다. 집이라는 독립된 공간에 있으면서 텔레비전이라는 매체를 통해 남을 보지 말고 나를 바라보자. 내가 누구인지. 내 지문이 어떻게 생겼는지, 손가락 모양은 어떤지, 팔자 주름은 잘 잡혔는지, 어떤 생각을 자주 하는지 바라보자.

여자가 남자보다 알차게 사는 이유가 다 있다. 여자가 남자보다 거울을 더 오래 본다. 그만큼 자신을 바라보는 시간이 긴 것이다. 화장을 하거나 머리 손질을 하거나 피부를 보거나 하면서 거울을 많이 본다. 자신을 사랑해주는 거다. 그에 반해 남자는 어떤가 대충 세수하고 수염 났나 쓱 보고 만다. 거울을 거의 보지 않는다.

나를 알고 싶다면 혼자 있는 시간을 잘 활용해야 한다. 텔레비전을 틀지 마시라. 컴퓨터 켜지 마시라. 스마트폰 보지 마시라. 그냥 나를 바라보고 생각하자. 나에게 말을 걸어보기도 하고, 나를 있는 그대로 바라봐주자. 그런 과정이 계속 쌓이면 나를 알 수 있다. 내가 좋아하는 일을 알게 된다. 이 녀석이 이런 걸 좋아했구나. 나를 객관적으로 보게 된다. 그러면 그걸 가지고 나를 기쁘게 해주는 것이다.

자신을 객관적으로 볼 수 있다면. 나를 나로 생각하지 않고 타인으로 생각하는 거다. 내가 행동하고 생각하는 것은 내가 아닌 그 어떤 것이라 보는 관점이다. 나를 위에서 바라보는 듯한 느낌으로 나를 관찰하는 거다. 내가 뭔가를 보지만 그건 내가 보는 것이 아니라 그 놈이 보는 거라고 생각하는 것이다. 내 머릿속에 뭔 생각이 떠올랐으면 그건 내가 생각하는 것이 아니라 그 놈이 생각하는 거라고 나를 객관적으로 계속 바라보는 것이다. 이런 작업을 꾸준히 계속하게 되면 나를 알 수 있게 된다. 만날 텔레비전이나 보는 사람들에게는 생각할 수도 없는 것들이다.

남만 보고서는 절대로 나를 세울 수 없다. 나를 세우기 위해서는 나를 봐야 한다. 끌려가는 삶을 살고 싶다면 남을 봐라. 끌고 가고 싶다면 나를 보자. 남을 보고 갈 것인가, 나를 보고 갈 것인가. 결정은 본인 스스로 할 일이다. 가끔 이런 좋은 책(?)을 만나서 이런 깨달음을 얻었다면 반드시 실천하도록 하자. 아는 것과 실천하는 것은 완전히 다르다. 차라리 모르고 살았더라면 고민도 없을테지. 그러나 알면 뭐하나 행동하지 않으면 모르는 것만 못하다. 후회와 번뇌가 따르기 때문이다. 아, 그때 했어야 하는데, 라고 자책하게 된다.

틈새재미 63

최선이 안 되면 차선이다

어릴 때는 모든 일이 다 재미있다. 특별히 진짜 재미없거나 하기 싫은 일이 없다. 그런데 나이가 들면 재미없고 하기 싫은 일들이 점점 는다. 귀찮은 일들이 동시다발적으로 발생되기도 한다. 예전에는 좋았던 일이 그리 귀찮아지기도 하고, 영원히 재미있을 것만 같던 일들이 피로와 피곤으로 다가오기도 한다.

그렇게 어영부영 정신 놓고 살다가 어느날 문득, "아, 인생이 왜 이러지? 왜 이렇게 재미없지? 도대체 내가 여기서 뭐 하는거지? 나는 누구지? 나는 왜 여기서 이러구 있는거지?"라는 의문이 들게 된다. "도대체 내가 어쩌다가 이렇게 된 것이지!" 인생자체가 허무해지고, 헛살았다는 느낌에 낙심하게 된다. 그때부터 인생이 고달파지고, 재미없고, 힘들어지는 거다. 이건 누구의 잘못도 아니다. 내가 그렇게 못 산 것도 아니고, 그저 남들처럼 할 거 하면서 그래도 성실히 산 거 같은데 그래서 더 미칠 노릇인 거다. 돌아가기엔 너무 멀리 온 것 같고, 다시 시작하려니 나이가 너무 많이 든 거 같다.

하루는 우리 농장에서 (장기)실습하는 학생이 고민을 상담해 왔다. 지금 자기가 여기서 도대체 뭐 하러 온 건지, 왜 여기 있는 건지, 휴학을 해야 하는지, 학교를 그만둬야 하는지 고민이 된다는 것이었다. 그래서 나는 차분히 그에게 물었다.

"진짜로 네가 하고 싶은 게 뭐니?"

그 학생은 간호사나 교사가 되고 싶다고 말했다. 학생의 나이는 21살, 팔팔한 나이다. 다시 시작해도 되는 나이다. 그래서 나는 네가 정말로 원한다면 학교를 그만두고 다시 공부해서 하고 싶은 일을 하라고 말해주었다.

그러나, 학생의 상황을 다시 듣고 보니 그 또한 힘들었다. 학교를 그만두면 그동안 학교에서 받았던 혜택(학자금)을 다시 토해내야 하는데, 집에는 돈이 없고, 또 다시 공부하려니까 돈도 들고, 군대도 가야 하고, 이거 저거 도저히 안 될 것 같다는 얘기를 들었다. 학생은 안 될 이야기만 늘어놓고 있던 것이다. 그래서 내가 한 마디 해주었다.

"그래, 네 말이 맞다. 네 상황이 그러면 꿈을 포기하고 현실을 직시하고 지금 여기서 최선을 다해보자."

학생은 내 말에 또 다시 힘들어했다. 그러려니 지금 하는 일에 가슴이 뛰지 않는다는 것이었다. 이러지도 저러지도 못하는 학생이 안타까웠다. 그리고 더 이상 조언을 해주지 않았다. 이래나 저래나 학생에게 씨알이 안 먹힐 것 같았기 때문이다.

이렇게 하면 괜찮을 듯싶다. 진짜 간호사나 교사가 되고 싶다면, 어떻게 해서든 **되는 방법**을 찾는다. 나이도 아직 젊고, 다시 시작하기에도 부담없다. 돈을 벌면서 공부해도 좋고, 독서실 총무나 학원 알바를 하면서 해도 좋다. 안 될 핑계만 되니까 계속 거기에 갇혀 있는 것이다.

그러나 상황 상 도저히 안 될 것 같으면 현실에 적응하는 거다. 지금 하는 일이 가슴을 뛰게 하지 않지만, 틈틈이 좋아하는 일로 대신 가슴을 뛰게 만들면 된다. 최선이 안 되면 차선을 선택하는 것이다. 빨리 선택할수록 자신에게 유리해진다. 자꾸 망설이고 마음을 결정하지 못하면 1년 후에도 똑같은 고민으로 시간을 허송할 가능성이 커진다. 현재 나는 최선이 안 되기 때문에 차선에서 최선을 다하고 있다. 틈을 노려 가슴이 뛰는 일로 재미를 보고 있는 것이다.

틈새재미 64

돈 때문에 나를 포기하지 않을 것이다

41살이다. 돈 욕심이 없어서 그런지 아직 1억도 모으지 못했다. 5천 겨우 모은 듯하다. 남들은 2억이네, 3억이네 하는데 뭐하고 있는지 답답할 때도 있다. 내후년에 평수를 넓혀 아파트 한 채를 분양받았다. 매달 갚아야할 대출금이 백만 원 이상이다. 하여 아내가 돈을 벌기로 했다. 아이도 이제 제법 컸으니 아내도 돈을 벌러 나가기로 했다. 아내가 버는 돈은 거의 빚 갚는데 쓰일 것 같다. 그나마 아이가 하나니까 다행이지 둘이었으면 어떻게 했을까? 남들은 부모가 도와주기라도 하지만, 나는 그런 부모를 두진 못했다. 온전히 내 힘으로 살아야만 할 팔자다.

가끔 은행잔고를 확인하여 특별히 많이 쓰는 거 같지도 않은데 돈이 모이질 않으면 울화통이 치민다. 내가 번 돈은 다 어디로 사라졌단 말인가. 아내를 타박해보지만 아내와 대판 싸울 뿐 해결책은 나오지 않는다. 그래서 사실 포기했다. 그냥 한 달 벌어 한 달 먹고 사는데 만족하기로 했다. 그랬더니 마음이 굉장히 편해졌다. 돈 모은다고 전전긍긍하지 않기로 했다. 대신 재미를 보며 살자고 결심했다.

가끔 직장 동료와 얘기할 때가 있다. 벌어놓은 돈이 얼마며, 집대출이 얼마며 이런 식의 이야기를 하다보면, 그 동안 뭐 했길래 그 것 밖에 돈을 못 모았냐며 내 기분을 더럽게 만든다. 자신은 2억은 모았다면서 자랑하는데, 부럽기도 하고 짜증나기도 하지만, 포기했더니 그런 기분도 들지 않게 되었다.

고민하고 머리 싸매고 누워봤자 해결나지 않는다. 대신 나는 내가 좋아하는 일을 하기로 했다. 돈이 들더라도 그 일을 하기로 했다. 돈을 모으지는 못할 망정 오히려 쓰는 일을 하기로 했다. 재미있게 살기로 했다. 내일을 위해 오늘을 참아야 하는 인생을 살지 않기로 했다. 가진 돈이 5천뿐이지만 돈을 더 모으기 위해 아득바득 살지 않기로 했다.

버트런드 러셀이라고 유명한 사람이 이런 말을 했다.

'항상 미래에 닥쳐올 불행을 염려하는 것이 정말로 현명한 것일까? 미래에 닥쳐올지도 모르는 재앙을 고민하느라고 현재의 즐거움을 모조리 잃어버리는 것이 과연 신중한 것일까?'

벌어 놓은 돈도 없고, 나중에 노인이 되어서 쓸 돈도 없지만 그의 말처럼 걱정하지 않기로 했다. 대신 내가 좋아하는 일을 오늘도 하면서 즐기기로 했다. 내가 좋아하는 책 읽기, 글 쓰기, 책 내기, 필사하기, 수영하기를 하면서 살고자 한다. 책을 내서 많은 돈을 벌 수는 없지만 그냥 그 일만 하기로 했다.

돈을 위해 나의 가치를 망치지 않을 것이다. 가슴이 시키는 일을 하면서 살 것이다. 남들이 보기에 병신 같아도, 나이 처먹고 벌어놓은 돈이 없어도, 가난해도, 허접스럽게 보여도 신경쓰지 않을 것이다. 나는 나만의 길이 있다. 남들과 비교하기 싫다. 나의 템포로 나의 길을 갈 뿐이다. 인생을 사는 이유가 돈을 모으려고 사는 것이 아니다. 나는 재미있게 살려고 돈을 버는 것이다. 돈 때문에 내 재미를 포기하지 않을 것이다. 좁은 다락방에 살든, 차가 없어 두발로 뚜벅거리든, 라면에 김치만으로 끼니를 해결하든 내가 좋아하는 일을 결코 포기할 수는 없다.

틈새재미 65

더 이상 나를
속이지 말자

하루를 거창하게 보내고 업무마감을 하고 퇴근하는 길이 왜 이리 우울한 걸까. 월요일 아침부터 토요일 퇴근할 때까지의 삶이 늘 같다. 출근하고 퇴근하는 것을 여섯 번 반복하면 겨우 일요일이 주어진다. 왜 나는 이렇게 살아야만 하는 것일까. 날씨 좋으면 급작스럽게 여행을 가고도 싶고, 일하고 싶은 날만 일하면 안 되는 것일까? 왜 누군가 정해준 시간에 일을 해야 하며, 왜 그 시간에 얽매여 살아야 하는가. 이런 삶이 서른부터 시작되었는데 도대체 언제까지 이렇게 살아야만 하는 것일까? 도대체 어디서부터 잘못된 것일까? 이러고 사는 게 맞는 것일까?

9월에 여행을 가려면 한 달 전에 휴가원을 제출해야 한다. 될 수 있으면 한가한 날을 예상해서 여행계획을 잡아야 한다. 남들은 쉬는 추석 연휴에 나는 일을 해야만 했고, 그걸 핑계로 추석연휴 다음날부터 3일간 여행을 갈 수 있게 되었다. 한 달 전에 여행계획을 세워야 했기에 많은 변수들이 존재했다. 여행가는 날 급한 일이 발생할 수도 있고, 부득이한 사정이 발생할 수도 있음을 안다. 그런거 이런거 다 예상해야 겨우 여행을 갈 수 있는 것이다. 도대체 무엇을 위해 살길래 이리도 힘들게 사는 것일까. 그냥 훌쩍 가면 안 되는가? 왜 한 달 전부터 휴가원을 써서 결재를 받아야만 하는 것인가.

나를 위한 일을 하면서 살지 않았다. 그 결과로 지금 이렇게 살고 있는 것이다. 남 눈치 안 보고, 부모님 말씀 안 듣고, 내가 하자 하는대로만 살았다면 이러고 살지는 않았을 거 같다. 이게 다 부모님 속 안 혀드릴려고 산 대가이고, 사회적 통념에 벗어나지 않게 산 결과이다. 내 꿈을 위해 살지 않았기 때문에 지금 남의 꿈을 위해 일하는 것은 아닐까.

어디서부터 잘못된 것일까. 앞으로도 계속 이렇게 살아야만 하는 것일까? 잘 나가는 영화배우처럼 좋은 작품 골라서 일하고 싶을 때만 일하면 안 될까? 한 6개월 쭈욱 놀다가 일하고 싶을 때 일하면 안 될까? 매달 몇 백만 원 손에 쥐기 위해 월요일부터 토요일까지 그렇게 꼬박꼬박 직장에 나가야만 하는 것일까? 그러지 않으면 먹고 살기 힘든 것일까? 나는 오늘 직장에서 내 꿈을 위한 일을 했는가? 남의 꿈을 위한 일을 했는가?

어쩌다가보니 여기까지 흘러와버렸다. 한 가지 확실한 건 지금 아무리 내가 푸념을 늘어놔봤자 현실은 변하지 않는다는 것이다. 이 현실이 싫으면 벗어날 궁리를 하는 것이 맞다. 벗어나지 못할 것 같으면 차라리 즐겨야 한다. 그렇다. 많은 자기계발서에서 말했듯이 이럴 때 긍정의 힘을 써야 한다. '현실이 이러해도 나는 긍정할거야.' '나답게 사는 거 같지 않아도 난 긍정주의자니까 기뻐해야지.' '부정하면 기분만 더러우니까 날 속여서라도 기쁜 척 해야지.' '맨날 오늘 같을까? 내일은 좋아지겠지.' 라는 말로 나를 속여보지만, 우울하다.

나는 나를 속이기 싫다. 현실을 긍정하기도 싫다. 싫은 건 싫은 거다. 현실을 포장하기 싫다. 있는 그대로 직시한다. 다만 계속 이러고 있지는 않을 것이다. 현실을 인정하되, 나를 위한 시간을 사용할 것이다. 과거를 후회하지 않을 것이고, 미래를 멋지게 꿈꾸지도 않을 것이다. 다만 현실 속에서 내가 할 수 있는 정도만 하면서 오늘을 재미나게 즐기고, 내일을 기다릴 것이다.

틈새재미 66
부처를 만나면 부처를 죽여라

흔히 자기계발서들은 '~해라' '~해보자' '~하는 게 좋다' 등의 권유투를 쓴다. 좋은 거니까 공유하고 싶은 마음인 거다. 보통 책을 쓰는 이유는 공유하고 싶기 때문이다. 인간의 본성이 본래 착한지라 그렇다. 자신의 것을 함께 나누고 싶어한다. 물론 돈을 벌려고, 명예를 드높이려고 책을 내기도 하겠지만, 기본적으로 좋은 것은 함께 하자는 좋은 의도가 더 많다.

나도 자기계발서를 써본 사람으로 다음과 같은 말을 해서 독자들에게 혼란을 줄까 한다. 그런데 자기계발서의 한계가 있다. 저자의 글에 수긍은 하는데 실천이 문제인 것이다. 속된 말로 '그래 좋은 말 인줄은 알겠는데, 그래 다 아는 얘긴데, 말이 쉽지 실천이 어렵다'고 말한다. 이거 당연한거다. 실천이 어려운 건 당연하다. 저자가 아무리 좋은 말을 해주어도 듣는 쪽에서는 100% 저자의 말을 흡수해서 100% 실천할 수 없다. 왜냐면, 저자와 독자는 다르기 때문이다.

어떻게 다르냐? 사람이 다르다. 저자와 독자와의 관계가 아니라 남남이기 때문에 다른 것이다. 세상에 같은 사람이 없다. 그런데 어떻게 저자에게 통한 방법이 독자에게 먹힐 수 있겠는가. 어디 하나 닮은 구석도 없는 마당에 말이다. 한 배에서 태어난 쌍둥이도 다른데, 어찌 피 한 방울 섞이지 않은 남남이 같을 수 있겠는가. 자기계발서의 한계다. 그래서 자기계발서를 읽으려면 다 가지려 하면 안 되고, **자신에게 맞는 것만 취해야 된다.**

이게 중요한 것이다. 자신에게 맞지도 않는 옷을 입겠다고 억지춘향을 부려봐야 결국 실패해서 '난 역시 안 돼'라고 자책하게 된다. 당연히 안 되는 것을 하려고 했으니 되겠는가. 저저의 말처럼만 된다면 세상에 실패한 사람은 한 명도 없겠다. 저자가 해 준 말 중 자신에게 맞을 만한 것을 딱 하나만 건져서 체화시키기만 해도 성공한 것이다. 그렇게 접근해야지 무조건 다 따라서 해서는 안 된다.

저자의 말이 진리도 아니다. 그건 저자에게만 통하는 방법일 수도 있다. 나는 서울에서 부산까지 버스타고 가는 게 좋은데, 자꾸 저자가 기차타고 가라고 '썰'을 푼다고 따라해서 되겠는가. 남 따라만 하다가 결국 자신을 잃고 방황하게 된다. 자기 것을 지킬 줄 알아야 한다. 참조 정도만 하면 된다. 자신이 할 수 있는 것만 취하면 된다.

나보다 권위 있는 사람들의 말을 다 따르지 말자. 나보다 나이 많은 사람들의 말도 따르지 말자. 부처를 만나면 부처를 죽이고, 조사를 만나면 조사를 죽이고, 나한을 만나면 나한을 죽이고, 부모를 만나면 부모를 죽이고, 친족을 만나면 친족을 죽여야 나를 올곧이 볼 수 있다. 나를 볼 수 있어야 내가 누군지 알고, 어떻게 살아야 하는지 알 수 있는 것이다. 나보다 나를 더 잘 아는 사람은 아무도 없다. 내가 나를 제일 잘 안다. 가장 나답게 살 수 있는 방법이 무엇인지, 가장 나다운 것이 무엇인지 자신에게 묻고 답해보자.

얻을 것만 얻고, 버릴 것은 버린다. 세상 사람들이 다 진리라고 외쳐도 내가 아니라고 생각하면 아닌 것이다. 지구가 태양 주위를 돈다고 아무리 떠들어도 내가 아닌 거 같으면 아닌 거다. 내 눈으로 봤나? 내가 느꼈나? 내가 증명해 낼 수 있나? 그럼 그렇게 말하는 너는 증명해 낼 수 있나? 따지고 완전히 내 머리로 이해했을 때 내 것으로 만드는 거다.

자신을 우뚝 세우고 싶다면, 자신의 뜻으로 세상을 살고 싶다면 자신을 반드시 알아야 한다. 그래야 틈새재미도 할 수 있는 자격이 된다. 남들 좋다고 해서 따라했다간 허송세월만 하게 된다. 내가 무엇을 할 때 궁극의 희열을 느끼는지 자문해보자. 남에게 묻지 말고.

틈새재미 67
재미를 택할 것인가? 돈을 택할 것인가?

아는 형이 나보고 물었다.

"너는 한 달에 얼마나 저금하냐? 재테크 뭐 해?"

나는 이렇게 대답했다.

"그냥 집 대출 갚는 게 전부죠. 재테크는 못 해요. 돈도 없고."

형도 이렇게 말했다.

"나도 그랴. 한달 벌어서 먹고 쓰고 하면 저금 하나도 못해. 빚만 없다는 거지."

그 형은 아이가 셋이다. 형수도 일을 하지 않는다. 대출금도 없다. 아버지가 땅도 갖고 있어서 크게 걱정할 거 없다. 아이가 셋이니 들어가는 돈이 만만치 않다. 학원비에 운동도 시키고 형도 권투를 배운다.

집에 돈이 없더라도, 저금을 못하더라도 하고 싶은 일을 하는 것은 중요하다. 보통은 참는다. 미래를 위해 허리띠 졸라매고 돈 버는데 혈안이 돼서 전전긍긍한다. 1년에 1,000만 원을 저금하기 위해 돈 들어가는 것은 절대로 하지 않는다. 빚을 갚기 위해 열심히 일한다. 돈이 들어가니까 놀지 않는다. 바람직하지 않다.

놀아야 된다. 저금 못해도 된다. 없으면 없는 대로 살면 된다. 돈을 모으려고 지지리 궁상을 떨면 나중에도 버릇이 붙어 그러고 산다. 평생을 지지리 궁상을 떨며 살고 싶다면 그렇게 해도 좋다. 때론 사치도 부리고, 빚도 만들면서 하고 싶은 거 하는 게 낫다. 집 대출 갚으려고 10년간 어디 여행도 못 다니는 삶이 좋은가? 회사에서 잘릴 걱정에 돈 모으는 것에만 혈안되어 있는 것은 아닌가? 자신의 지극한 기쁨이 통장에 돈이 쌓이는 일인가?

금덩이를 땅에 묻어놓고 그것을 매일 보는 수전노와 뭐가 다른가. 돈이 있으면 써야하지, 돈 자체만을 좋아하다니. 돈 때문에 재미를 포기하고 살지 말자. 가족과 여행도 다니고, 야구장도 가고, 콘서트장도 가고, 비싼 음식점도 가고, 호텔에 가서 자보기도 하는 거다. 그거 할려고 돈 버는 거 아닌가? 충분히 벌어서 나중에 쓰려고 한다고? 그게 돈도 써본 사람들이 쓴다.

재미를 택할 것인가? 돈을 택할 것인가? 돈 때문에 재미를 또 포기하면서 살텐가? 돈을 아무리 모아도 쓸 때 되면 또 궁상 떨게 뻔한데. 죽어서 가져갈 수도 없는 건데, 왜들 그러고 사는지 모르겠다. 돈이 없으면 벌면 되고, 벌면 써야지, 벌기만 하고 모으기만 해서 도대체 뭐하려고 하는지. 그냥 통장잔고를 보면 든든해서 그런가? 그게 그의 재미인가? 그런 재미는 내가 말하는 재미와 같은 건가? 다른 건가?

친구의 아버지는 통장에 돈이 쌓이는 게 그렇게 재미있다고 하셨다. 그게 삶의 낙이요, 보람이라고 했다. 사람은 다양하니까 그걸 비판할 마음은 없다. 그 자체를 재미로 느낀다면 그렇게 즐기면 된다. 하지만 돈이 없다는 두려움, 돈을 쓰지는 못하지만 그냥 가지고 있는 든든함이라면 그건 아닌거다. 즉, 다른 재미거리가 있는데 돈 때문에 못하고 있는 것은 바른 것이 아니다. 돈을 벌지 않던 학창시절에 돈 때문에 못했던 것이 얼마나 많았던가. 지금 돈을 버는데도 또 돈 때문에 못하고 있는 것이 있다면 도대체 인생을 왜 사는가? 그냥 참기 위해 사는가? 그렇게 참다 참다가 죽으려고? 그건 아니잖아.

틈새재미 68

지금이라도 꺼내자

매일 출근하지 않는 옆집 남자가 부럽고, 빨간 날 꼬박꼬박 쉬는 공무원인 사촌 형이 부럽다. 돈을 많이 벌어 재야로 숨어버린 유명 연예인이 부럽고, 제주도에 집을 짓고 사는 유명가수도 부럽다. 가만히 보면 남과 비교하면 백전백패하는 것 같다. 내가 그렇게 못 살았나? 하긴 잘 산 건 아니지. 그래도 그렇지.

같은 수능점수대의 아이들이 모여 우리 과에 모였다. 점수로만 놓고 보자면 다 고만고만한 녀석들이었다. 그러나 20년이 지난 지금은 고만고만하지 않다. 인생의 격차가 생겼다. 어떤 놈은 사장이 돼서 벤츠 끌고 다니고, 어떤 놈은 공부를 많이 해서 박사가 되었고, 나란 놈은 시골에 내려와 양계장에서 일하고 있다. 이런 격차는 더 벌어질 수도 있고, 좁혀질 수도, 역전될 수도 있겠다. 물론 기준이라는 것이 남들 눈에 보였을 때를 말한다. 사장이나, 박사나, 양계장 김씨나 높낮이가 어디 있겠는가마는 사회적 눈으로 봤을 때는 그렇다는 얘기다.

사회적인 눈으로 보며 살 것인가, 자신만의 눈으로 살 것인가 결정해야 한다. 전자로 살면 곧 불행처럼 느껴질 것이고, 후자로 살면 나름 자부심도 느끼며 살 수 있다. 양계장 김씨가 전자라면 낙오자의 모습처럼 보이지만, 후자라면 한국 축산을 위해 현장에서 노력하는 사람으로 보일 수도 있다.

그런데 다 됐고, 다 좋자고 하는 말이고, 앞서 말한 기준은 다 필요없다. 출세를 했든지 못 했든지 돈을 많이 벌었든지 못 벌었든지 다 필요없다. 앞으로 20년이 흐르면 인생이 어떻게 변할지 누가 알겠는가. 잘나가던 사장은 사업이 시원치 않아 망할지도 모를 일이고, 공부 많이 한 박사는 넘쳐나는 박사들로 인해 노가다판에 나가야 할지도 모르고, 닭밥 먹는 양계장 김씨는 닭을 잘 키워 대통령 훈장을 받게 될 지 어떻게 알겠는가. 어떤 분야든 상위 10%는 먹고 살 걱정이 없다는 말이 있듯이, 분야를 비교할 필요는 없을 듯싶다.

사실 더 중요한 것이 있다. 진정 나의 일인가. 내가 좋아하는 일인가. 돈을 버는 것을 좋아하기 때문에 사장을 한 것인가. 공부를 좋아해서 박사가 된 것인가. 닭을 좋아해서 양계를 하는 것인가. 이게 제일 중요하다. 일에 자신을 맞춰 진정 재미있는 일이라고 세뇌시켜서 살고 있지는 않은가. 진정 자신이 원하는 것이 따로 있는데, 그걸 꼭꼭 숨겨두고 거짓으로 좋아하는 척 하는 거 아닌가. 돈을 많이 버니까, 박사로서 대접 받으니까 그것에 취해 자신을 잊고 사는 것은 아닌가.

내 말은 지금 현실을 다 때려치우고 자신이 좋아하는 일으로 확 갈아타자는 얘기가 아니다. 자신의 재미를 숨기지 말고 드러내자는 거다. 사장하면서, 박사하면서 자신을 속이지 말고 좋아했던 일, 재미있어하는 일을 하자는 거다. 거짓에 취해 자신을 속이지 말자는 얘기다.

남에게 비춰질 때 비루한 일이라서 못했던 일을 지금이라도 꺼내서 해보는 거다. 부모님이 반대해서 못했던 일을 이제는 꺼낼 때가 되었다. 돈이 없어서 할 수 없었던 일을 이제 해보자는 거다. 상황이 여의치 않아 포기했던 일들을 하나하나 꺼내서 이제는 해보자는 거다. 누굴 위해? 자신을 위해. 나를 사랑하고 아껴줄 타이밍이다. 바로 지금!

틈새재미 69

밥벌이의 지겨움

나는 항상 웃으면서 살고 싶은 사람이다. 가식적이지 않게 궁극의 기쁨을 느끼며 살고 싶다. 그런데 이 놈의 밥벌이라는 놈이 가끔은 나를 힘들게 하니 미치고 팔짝 뛰겠다. 회사일로 내 기분이 좌지우지 되는 게 참 싫다.

나는 양계장에서 일하면서 밥을 벌고 있다. 매일 산란율을 기록하는데 어떤 날은 계란수가 적게 나온다. 이럴 때는 아주 기분이 찜찜해진다. 원인이 뭐지? 왜 산란율이 낮지? 뭔가 문제가 있나? 나는 이렇게 하루하루 신경 쓰는데, 다른 직원놈들이란 것들은 별 신경쓰지 않는 모습을 보이면 더욱 기분이 안 좋아진다. 이러지 말아야지, 이런 날도 있고 저런 날도 있는 거지, 맨날 산란율 때문에 내 기분이 좌우되는 게 너무 싫다.

돈이란 것도 재미있게 벌고 싶은데 그게 안 되니까 짜증이 난다. '재미난 책 읽기로 돈을 벌 수는 없을까? 글쓰기 생계를 해결할 수는 없을까? 이런 생각이 든다. 회사일로 고민하고 성적이 안 좋아 고민하는 쳇바퀴 속에 갇혀있는 내가 불쌍하다.

그렇다면 어쩌면 좋겠는가? 계속 이러고 살 것인가? 그럴 필요는 없을 거 같다. 회사에서 받은 스트레스는 퇴근하면서 말끔히 버려두고 오자. 어차피 집에서 한숨 푹푹 쉬어봤자 해결되는 것도 없다. 대부분의 일이 시간이 지나면 자연스럽게 해결되지 않던가. 집에까지 회사일을 가지고 오지 말자. 싹 잊고 재미를 찾자고 다짐해본다.

회사 스트레스를 나만 받는 것도 아니다. 세상 모든 밥을 버는 사람들의 공통이다. 아마 인류가 멸망하기 전까지 계속될 스트레스일 거다. 다른 사람들도 그런 환경 속에서 잘 살고 있다. 다들 잘 버티면서 살고 있는데, 유독 나만 죽네 사네 할 필요는 없는 거 같다. 우리가 가장 많이 착각하는게 고통과 고난이 나에게만 적용된다고 생각하는 것이다. 그렇지 않다. 나 이외의 모든 사람이 다 똑같다. 같은 환경에서도 어떤 놈은 잘 버티고 가고, 어떤 놈을 픽 쓰러진다. 마음먹기 달렸다. 나도 이겨낼 수 있다. 퇴근 후 집에 와서 내가 좋아하는 일을 하면서 하루의 피곤함을 싹 씻는 것이 한 방법이다.

인생은 고해라고 했다. 고통의 바다다. 쉽지 않은 길이다. 태어났으니 다들 그러고 살 수밖에 없다. 힘들고 피곤하고 재미없다. 그렇다고 계속 고통 속에서만 살 필요도 없다. 일체유심조라고 했다. 마음먹기 달렸다. 같은 현상도 어떻게 보느냐에 따라 달리 보일 수 있다. 버티고 나아가는 사람이 특별한 게 아니다. 마음자세만 이렇게 가지고 있으면 된다. 이 작은 차이가 삶의 태도를 완연하게 달리해준다.

인생이 장밋빛일 수만은 없다. 늘 화창한 봄날일 수도 없다. 어떤 때는 폭풍도 불고, 태풍도 온다. 거기에 맞춰 요령껏 살면 된다. 좋은 날도 재미난 일하면서 틈새시간을 노리고, 궂은 날도 틈새재미를 꾸리는 거다. 최소한 회사일로 내 기분을 망치고 싶지는 않다. 죽음의 수용소에서 살아 나온 빅터 프랭클 박사의 명언이 생각나는 밤이다.

'나의 허락 없이는 그 어떤 고통도 나를 힘들게 하지 못할 것이다.'

틈새재미 70

을의 슬픔

10월 1일은 토요일, 10월 2일은 일요일, 10월 3일은 개천절인 해가 있었다. 황금연휴에 해당되지만 농장일을 나와는 하등 상관없는 날이다. 일요일만이라도 아무의 방해도 받지 않고 가족들과 시간을 보내고 싶은 마음인데, 농장에서 전화가 왔다. 사료가 안 들어간다는 거였다. 좀 마음 푹 놓고 오후의 여가를 즐기고 싶었는데, 일단 흥이 깨졌다.

아이와 아내와 함께 도서관에서 빌린 책을 가지고 카페에 들어왔다. 커피를 시켜놓고 찬찬히 책을 살피던 찰나에 전화가 온 것이다. 그놈의 사료가 안 들어간다고. 전화로 이거 저거 해보라고 하고, 원격으로 컴퓨터를 작동시켜서 이거 저거 해봤다. 당장 농장으로 달려가야 하는건지, 직원들이 알아서 할 수 있을지, 그때부터 책이고 뭐고 심란했다. 오후를 망치고 있었다.

이런 사고가 발생하면 응급조치를 할 줄 아는 직원이 있어야 하는데, 다들 못한다. 그나마 얼마전 새로 온 정주임이 있기에 다행이지만, 일단 심란한 마음은 짜증을 돋우었다. '아, 일요일만이라도 편하게 쉬고 싶다. 에잇, 힘든 농장생활!' 한숨이 절로 나왔다.

오후에 받은 전화로 하루를 깡그리 망치고 분한 마음에 이렇게 펜을 들게 되었다. 나는 왜 이렇게 편히 쉴 수 없는 것일까? 남들은 3일 연짱(연장) 쉰다고 여수로, 서울로 여행갔는데 나는 도대체 뭔가? 또한 양계장에서 일하는 우리 직원들은 뭔가? 주 5일이 뭐며, 일요일, 개천절이 다 뭔가? 매일 일한다.

결국 나는 농장에 가지 않았다. 정주임이 일단 응급조치로 해결을 했다. 그가 있어서 참 다행이다. 만약 그가 없었더라면 나는 무조건 농장으로 달려가야 했다. 내일 줄 사료를 무조건 오늘 받아놔야했기 때문이다. 아, 사람이 없다. 너무 사람이 없다. 내가 아니면 나를 대신할 만한 사람이 없다. 그러니 쉬는 날도 전화기를 꺼 놓을 수가 없다. 내가 관리를 잘못해서 그런 거다. 나의 아바타를 만들어놨어야 하는데, 뭐라도 만들만한 사람이 있어야지. 농장에서 근무하는 사람이 정주임 말고 나만 한국인인 걸. 회사는 인력을 여유있게 설정해놓지 않는다.

오늘은 푸념을 좀 늘어놓자. 나도 편히 쉬고 싶다. 주 5일 근무도 하고 싶고, 개천절도 찾아서 쉬고 싶다. 3일 연짱 쉬고 싶다. 아들 놈은 내일 개천절이라 학교에 안 간다고 하는데, 나는 출근해야 한다. 출근해서 어제 문제점을 찾아서 해결해야 할 것이다. 남들은 개천절이라 노는데. 이렇게 남들과 비교하기 시작하면 힘들어진다. 중이 절이 싫으면 떠나면 그만이다. 그렇지 못하면 아가리 닥치고 있어야 한다. 그나마 이렇게 글에서라도 떠드니까 좀 풀린다.

인생이 쉽지 않다. 이 직을 버리고 다른 곳으로 가면 해결이 될까? 주5일 확실히 보장 받는 직업으로 갈아탈까? 그러나 옮겨봤자 거기서 거기다. 모든 직장인은 다 똑같다. 오너가 아닌 이상, 자기 것이 아닌 이상, 자신의 본령이 시키는 일이 아닌 이상 모두 '을'일 뿐이다. 어쩔 수 없이 내일 아침이면 나는 또 성실하게 출근할 것이다. 하늘이 열린날 새벽공기를 가르며 농장으로 들어갈 것이다. 내키지 않은 일이지만 일단 그래야 한다. 그리고 틈새를 노려 재미를 보는 것으로 위안을 삼을 것이다. 모레도, 글피도…….

틈새재미 71
남의 눈치보다가 완전 쫄딱 망했다

나는 체육을 좋아했다. 그리고 잘 했다. 턱걸이 만 점. 평행봉 만 점. 고등학교 2학년 때 농구를 처음 배웠는데도 곧잘 했다. 금세 실력이 늘어서 시합도 뛰었다. 못 하는 것이 하나 있었으니 오래달리기였다. 지구력은 정말 꽝이었지만 몸으로 노는 것이 좋았다.

그때 진로를 사회체육학과나 체육교육과로 택했으면 어땠을까 싶다. 당시 '똘반'이라고 해서 그쪽 대학을 준비하는 애들이 있었다. 실기시험이 있어서 학교공부가 끝나면 남아서 운동을 했다. 많은 아이들이 그들을 비웃으며 똘반이라고 불렀다. 내가 그것을 했어야 하는데... 딱 내 적성인데...라는 후회가 남는다.

똘반을 다들 우습게 보니까 나도 그랬다. 그래서 아예 그쪽은 생각하지도 않았다. 만약 당시의 내 성적에 운동을 조금만 연습했더라면 서울대는 가지 않았을까 싶다. 서울대 출신에 좋아하는 운동하면서 살았을텐데... 이제는 건강이 대두되는 시대다. 앞으로 더하면 더 했지 못하지는 않을 것이다. 오래 살기 때문에 건강에 대해서 많은 이들의 관심이 집중되 것이다. 그때 내가 전공을 그쪽으로 선택하고 공부했더라면, 지금쯤 좋아하는 일하면서 재미나게 돈 벌었을텐데...라는 후회가 남는다.

남의 눈치보다가 완전 쫄딱 망했다. 내가 좋아하는 일을 택했어야 하는데, 남들이 무시하는 일을 감히 하지 못했다. 정말 나다운 일이었을텐데... 분위기에 휩쓸려 나를 제대로 보지 못했던 것이다.

그래, 남들 눈치보면서 이렇게 살아왔는데 잘 살았나? 아니다. 전혀 그렇지 않다. 현재의 모습에 나는 화딱지가 난 상태다. 내가 원하는 모습이 아니다. 남들 눈에 맞게 살았는데 이게 뭐람? 분통이 터진다. 내가 좋아하는 길을 걸었더라면 실패하더라도 최소한 후회는 남지 않았을 것이다.

따라서 지금부터라도 내가 좋아하는 일을 찾아서 그것을 해나가야 한다. 남들 눈치는 이제 더 이상 보지 않아야 한다. 남들이 나를 도와주지 않는다. 내가 아무리 힘들어도 어느 누구 하나 나를 도와줄 수 없다. 나만이 나를 도울 수 있다. 나만이 나를 챙길 수 있는데, 나를 무시하고 남들 눈에 차기 위해 산다는 건 미친 짓이다.

더 이상은 남에 의해 살지 않을 것이다. 어떻게 해서든 내가 좋아하는 일을 찾아서 할 것이다. 먹고 살기 힘들어도 어떻게든 틈새시간을 내서 나를 위로할 것이다. 더 이상 나를 그대로 방치해두지 않을 것이다. 나를 내가 사랑하지 않으면 누가 나를 사랑하겠는가. 아무도 없다. 이제 우리는 자신을 사랑해주어야 한다. 위로도 해주어야 한다. 더 이상 참는 것에 익숙해지지 말자. 내가 좋아하는 일을 돈 때문에, 시간 때문에, 일 때문에라는 핑계로 미루지 말자. 지금 아니면 언제 할 수 있는가? 죽기 직전에 할 것인가? 언제 죽을지 어떻게 아는가? 지금 당장 나를 사랑해야 한다. 내가 좋아하는 일 참지 말고 바로 질러버리자. 틈새를 노려 재미를 보자. 사실 그거라도 없으면 이 험난한 세상 뭔 재미로 살겠는가? 더 늦기 전에 어서 재미를 보자.

틈새재미 72

무슨 재미로 사세요?

억지로 뭔가 하지는 않는가? 엄청난 노력을 하면 다 이뤄낼 수 있을 것 같은가? 혹시 지금 힘쓰고 있는 일이 정녕 나에게 맞지 않는 일이라서 그리도 힘들지는 않는지? 맞지 않는 옷을 입기 위해 엄청난 노력을 하고 있는 건 아닌지? 자신이 갈망하고 있는 것이 진정 자신이 원하는 일인지?

삶은 즐겨야 한다. 고통 속에 있더라도 즐길 수 있어야 한다. 즐기는 것이 있어야 한다. 각박한 현실에 갇혀 지내지 말고 자신을 일으켜 세울 수 있는 그 무엇을 해야 한다. 식민지 시대에 살았던 사람도, 전쟁통에 있던 사람도, 닥친 현실에만 매몰되어 살지는 않았다. 다 나름의 재미를 추구했다.

자신이 진정 갈망하는 것이 무엇인가? 그것을 바로 알고 그것을 **매일 조금씩만 해주면 된다.** 여기에 참 행복이 있고, 궁극이 희열이 있다.

대신 안 될 만한 것은 깨끗이 포기하는 거다. 억지로 우겨넣지 말고, 아니다 싶으면 끝까지 하지 말고, 그냥 접는 거다. 버트런드 러셀은 이런 고귀한 말을 해주고 있다.

"지금 나는 삶을 즐기고 있다. 한 해 한 해를 맞을 때마다 나의 삶은 점점 즐거워질 것이다. 이렇게 삶을 즐기게 된 비결은 내가 가장 갈망하는 것이 무엇인지 알아내서 대부분은 손에 넣었고, 본질적으로 이룰 수 없는 것들에 대해서는 깨끗하게 단념했기 때문이다."

내가 이 책을 통해서 계속 외쳐대고 있는 대목과 완전 일치하는 말이다. 자신이 진정 좋아하는 일을 할 것. 시간이 안 나면 틈을 이용해서 할 것. 자신에게 맞지 않는 일은 포기할 것. 진정 나답게 살아 갈 것. 그것으로 결국 삶이 행복해진다는 것.

자신이 진정 갈망하는 것이 무엇인지 모른다면 찾아라. 찾았으면 해라. 그리고 행복을 느껴라. 본질적으로 자신에게 맞지도 않은 일을 갈망하지 말라. 되지도 않을 뿐더러 힘만 든다. 노력 대비 성과가 없다. 가성비가 떨어진다. 이런 일은 깨끗이 포기해라. 좋아하는 것에 초점을 맞춰 살게 되면 거기에 행복을 얻을 수 있다.

오랜만에 예전에 같이 일했던 직장후배를 만났다. 후배는 다른 직장으로 옮기고서 현재의 삶에 만족해했다. 3년 만에 만났는데 신수가 훤해졌다. 점심을 먹고 커피를 마시던 중 후배가 나에게 물었다.

"팀장님은 요즘 무슨 재미로 사세요?"

나는 이 질문에 확실한 답을 알고 있지만 그냥 뭉뚱그려 답했다.

"책 읽는 재미로 살지."

역시 반신반의하는 눈치였다. 사실 나는 그렇다. 나는 책 읽고, 글 쓰고는 재미로 살고 있다. 이게 나의 본령이란 것을 확신하고 있다. 내가 무엇을 갈망하는지 잘 알기 때문에 나는 그것을 매일 조금씩 해주고 있다. 거기에서 행복감을 느낀다. 뭐 거창한 게 없다. 남들처럼 주식을 하거나 부동산을 해서 재테크를 할 줄도 모르고, 어디 쏠쏠한 돈벌이도 잘 모른다. 직장후배는 아마도 이런 대답을 원했을지도 모르겠다. 돈이 되는 그 어떤 일. 그런 재미. 그러나 나는 그런 재미가 나에게 맞지 않는다는 것을 너무도 잘 알고 있다. 나에게 맞는 것에 올인하는 거지 맞지도 않는 것을 따라 여기 힐끔 저기 힐끔 거리지 않는다.

자신의 본령을 알고 살게 되면 다른 고민이 크게 줄어든다. 아예 포기하기 때문이다. 나에게 고민거리는 오로지 책 읽기와 글 쓰기에 한정된다. 그 외의 고민거리는 그저 스쳐지나가는 바람에 불과하다. 어떻게 하면 책을 더 재미있게 읽을까? 어떤 책을 더 읽을까? 어떻게 하면 책 읽는 시간을 늘릴까? 어떤 글을 쓸까? 어떤 글을 써야 독자들이 좋아할까? 글 쓸만한 소재가 없을까? 이런 고민이 주를 이루지 그 외의 고민은 그저 왼 귀로 들어왔다 오른 귀로 빠져나갈 뿐이다.

누군가 나에게 왜 사냐고 묻는다면 나는 1초만에 답을 할 수 있다.

'읽고 쓰기 위해 삽니다.'

이렇게 답할 수 있으면 된 거다. 그것 뿐이다.

자, 이번에는 내가 독자님들에게 묻겠다.

"왜 삽니까?"

대답해 보시라.

틈새재미 73

돈만 보고 직업을 선택하지 마시라

우리는 보통 취직자리를 얻을 때 자신의 적성이나 기호를 보지 않는다. 그저 연봉이 얼마나 되는지 궁금하고, 일이야 가서 하면 된다고 생각한다. 시작부터 잘못된 것이다. 이렇게 시작을 하니까 2~3년이 지나도 일이 재미없고, 회사에 나가는 게 죽을 것만큼 싫은 거다. 일에서 재미와 보람을 찾아야 하는데 그냥 호구지책으로 취직을 했으니 그럴 수밖에.

직장을 구할 때 자신이 좋아하는 일이나 재미있는 일을 찾았다면 상황은 달라졌을 것이다. 일하는 것이 노는 거 같고, 성과도 그만큼 잘 나왔을 것이다. 연봉이 중요한 것이 아니다. 연봉이야 일이 재미있으면 덤으로 올라가게 된다. 좋아하는 일을 따라갔어야 하는데 돈을 따라갔으니 그렇게 매일 힘든 것이다.

운이 좋은 경우라면 그냥 들어왔는데 일이 재미있을 때다. 자신이 일을 선택한 것이 아니고 일을 하다보니 재미가 들린 것이다. 참 운이 좋은 사람이다. 자신이 무엇을 좋아했는지도 모르는데 어떨결에 자신의 적성과 기호를 알게 된 것이다. 일하는 게 재미있어서 빨리 출근하고 싶을 지경이다.

어떤 사람은 좋아하는 것을 일로 삼지 말라고 한다. 연극을 좋아하던 친구가 있었는데 연극을 취미로 할 때는 그렇게 재미있더니, 직업으로 하려니까 그렇게 힘들다고 말했다. 그래서 그는 좋아하는 일을 직업으로 삼으면 안 된다고 말했다. 그러나 나는 그렇게 생각하지 않는다. 어차피 일은 힘들다. 좋아하지 않는 일로 돈을 버는 것은 너무도 고통스럽다. 어차피 해야할 일 그래도 좋아하는 일을 해야 힘들어도 보다 쉽게 버티고 이겨낼 수 있는 거다. 성과도 좋고, 일 자체를 즐기기 때문에 훨씬 수월하게 돈을 벌 수 있게 된다.

나라도 잘 했던가. 나도 전자다. 나는 원래 좋아하는 일을 따라가고자 했다. 병아리감별사로 외국취업을 하려고 했는데, 소개비문제로 그 일을 접었다. 그리고 시간에 쫓겨 양계장에 취직하게 되었다. 잘못된 선택이었다. 좀더 심사숙고해서 직업을 선택했더라면 이라는 후회가 있다.

일 자체에서 재미를 추구하지는 못하지만 성과가 좋을 때면 재미가 생기기도 한다. 어떤 일에 탁월해지면 재미가 생기고 행복해지는 것이다. 재미없던 일도 성과가 좋으면 재미있게 느껴진다. 좋아하는 것과 잘하는 것과의 차이점인데, 여기서도 고민이 생긴다. 좋아하지만 잘 못하는 일을 택할까? 좋아하지는 않지만 잘하는 일을 택할까? 굉장히 고민되는 질문이다. 나도 여기에 대해서는 확실한 답을 가지고 있지 않다.

그러나 이 정도는 생각한다. 둘 다 정답이다. 좋아하지만 못하는 일도 계속 하다보면 잘하게 된다. 어떤 일이든 우보천리의 마음자세로 하게 되면 성과가 반드시 나오게 된다. 그 과정을 잘 버티느냐 못 버티느냐의 문제일 뿐이다. 또, 좋아하지는 않지만 잘하는 일도 성과가 좋기 때문에 재미가 생기게 된다. 그러나 성과가 항상 좋을 수는 없다. 나빠질 때 어떻게 버텨야 할지 그게 관건이다. 따라서 나는 전자에 비중을 약간 더 두고 싶다. 좋아하면 결국 잘 할 수 있고, 행복할 수 있는 것이다.

틈새재미 74

자신의 일을 찾자

얼떨결에 취직을 했으니 일이 재미있을 수 없다. 적성을 고려했더라면 좀 더 재미나게 일을 할 수 있었을 텐데 말이다. 그러나 이미 여기까지 와버렸는데 어쩌겠는가? 다 때려치우고 처음부터 다시 시작할 수도 없는데. 그렇다고 마냥 손 놓고 허덕거리며 살 수야 없지 않은가. 우리도 사랑받고 자란 한 집안의 아들딸 아니었던가. 부모님이 우리를 애지중지 키웠는데 회사의 폭압 아래서 허덕거려야 되겠는가.

회사라는 곳이 엄청나게 직원들을 쥐어짠다. 하나라도 더 빼먹으려고 혈안이 되어있다. 노는 꼴을 못 본다. 적게 주고 일을 많이 시켜먹으려고 한다. 그리고 왜 이렇게 잡다하고 손에 피 묻히는 일이 많은가. 사장은 뒤로 쏙 빠지고 더럽고 힘든 일만 주어지는 것만 같다. 올해 3%성장했으면 내년에는 한 숨 돌려도 될 것만 같은데, 내년이 되면 또 성장을 해야 한다며 직원들을 쪼기 시작한다. 매년 반복이다. 성장하지 못하면 망한다고 은근 겁도 주면서 직원을 부린다. 그러니까 자꾸 불만이 생긴다.

이게 다 일이 재미없기에 발생되는 일이다. 재미없으니까 모든 게 다 싫은 거다. 일이 재미있으면 회사가 왜 그러는지 이해가 된다. 단편적 사고에 그치지 않고 종합적 사고를 해서 왜 그런지, 우리가 무엇을 해야 하는지 알게 된다. 회사에서 주인의식을 갖으라고 말하지 않아도 이미 주인인 것처럼 일을 하게 된다.

그런데 우리는 일이 재미가 없다는데 문제가 있다. 아무리 정을 붙이려고 해도 재미없는 걸 어떻게 한단 말인가. 아주 미칠지경이다. 다시 시간을 돌려 과거로 돌아갈 수도 없다. 집에 가져갈 돈이 필요한데, 매일 쓴 소주로 대충 때우고 있다.

자신의 일을 하고 있지 않다면, 찾으면 된다. 지금 일에 충실하되, 퇴근 후 쓴 소주로 아까운 시간을 낭비하지 말고, 자신이 좋아하는 일을 찾아서 하면 된다. 그 일이 돈이 안 되고, 오히려 돈이 드는 일이라도 자신을 위로하는 차원에서 해야 한다. 그렇게 매일 계속 그런 과정을 거치게 되면 그 일이 나중에 자신의 세컨드잡(second job)이 될 수도 있다. 재미로 했는데 나중에 돈을 벌어다주는 일이 될 수도 있다.

그렇게 되면 그때부터는 자신이 좋아하는 일로 생계를 해결하게 된다. 일이 재미있으니까 이게 일하는 건지 노는 건지 모르게 된다. 남 눈치 안 보고 매일 재미있게 일을 할 수 있다. 예전에는 그렇게도 싫었던 차기

사업년도 계획 짜기가 재미있어지고, 기획안 작성하는 것이 이렇게 재미있던 일인지 알게 된다. 일을 해서 돈을 버는 게 아니라 일을 해서 행복해지는 감정을 느끼게 된다. 돈은 덤으로 그저 따라오는 존재가 되어버린다. 그것도 예전보다 아주 많이.

지금 할 수 있는 것에 집중하면 된다. 주변을 돌아보고, 나 자신에 대해서 성찰한 후 무엇을 할지 결정하자. 그리고 그것을 매일 시간을 내서 해보는 거다. 10년이 걸릴지 20년이 걸릴지 그것은 자신의 능력에 달려있다. 열심히 하면 보다 빨리 그 날이 올 것이고, 천천히 하면 그만큼 늦어질 것이다. 중요한 것은 곧장 시작하고 그것을 끝까지 해내는 것이다. 그게 바로 틈새재미다.

틈새재미 75
결국 인간은 모두 죽는다

태어나서 좀 놀다가 공부하고 취직하고 승진하고 퇴직하고 노후생활하다가 죽는다. 많은 사람들의 삶이다. 좀 잘 살기 위해 여기에 첨언하면 이렇다.

태어나서 좀 놀다가 공부 열심히 해서 좋은데 취직해서 승진하고 돈 많이 벌고 퇴직해서 여유로운 노후생활을 하다가 죽는다. 많은 사람들의 바람이다.

결국 인간은 태어나서 살다가 죽는다. 짧으면 60년, 길면 90년이다. 그래 길게 봐서 90년이라 보자. 그 중 잠으로 1/3을 써버린다. 60년 깨어있지만, 자신의 마음대로 사용하는 시간은 극히 미미하다. 하루만 놓고 보자. 일어나서 씻고 밥 먹고 출근하고 일하고 점심 먹고 일하고 퇴근하고 씻고 저녁 먹고 잠잔다. 과연 깨어있는 16시간 중에 마음대로 쓰는 시간은 얼마나 되는가? 많이 잡아야 2시간 아닐까? 하루 24시간 중 2시간이라니. 인생 90으로 보면 7.5년 밖에 되지 않는 거다. 인생의 10%도 내 마음대로 할 수 없다니 갑갑하기만 하다. 모든 인간의 삶은 이렇듯 해야만 하는 일로, 누군가 시키는 일로 거의 대부분이 채워진다.

그나마 지각이 있는 사람이라야 이 정도 시간을 사용하는 거다. 아무 생각 없이 사는 사람들은 대충 시간 때우기식으로 살다가 간다. 일할 때도 대충하고, 잠잘 때도 대충 먹고, 쉴 때도 대충한다. 시간이 그리 아깝지 않다. 그냥 하루 되는 대로 살다가 간다. 뭘 크게 이루고 싶은 것도 없고, 뭐 대충 돈이나 많이 벌어다주면 다 되는 줄 알고 산다. 자본주의 사회니까 그냥 돈이나 많이 벌어다주면 되는 거 아닌가. 그 이상도 그 이하도 아니다.

그게 틀린 얘기는 아니지만 어딘가 공허하다. 인생에 돈이 전부는 아닌데, 돈 버는 것에 초점을 맞춰살다보니 그거로 모든 것을 다 덮으려 한다. 돈 많이 벌어다주니까 가족에게 잠시 소홀해도 괜찮은거야. 돈 많이 버니까 집에 늦게 들어가도 되는거야. 돈 버니까 아이 생일도 잊을 수도 있는거고, 돈 버니까 돈 버니까.

남들 여행가니까 우리도 갔으면, 남들 해외여행 가니까 우리도, 남들 좋은데 외식하러갔으니까 우리도, 넓은 아파트에 사니까 우리도, 비싼 족집게 과외하니까 우리도, 고급세단 타니까 우리도… 이러면서 산다.

남들보다 못한 게 뭐가 있는데, 내가 그렇게 못 산다는게 말이 돼? 라고 하면서 열을 올린다. 정작 자신은 고급세단에 관심도 없고, 넓은 아파

트도 별론데, 여행가는 거 별로 좋아하지 않는데… 남들 하니까 그러고 산다.

그렇게 열나게 살다보니 어느새 늙어버렸다. 죽음이 가까워졌다. 해 놓은 것은 30평 대 아파트와 고급승용차 그리고 조금의 땅과 주식, 현금이 있다. 애들도 장성해서 잘 커주었다. 그나마 다행이다. 이제 마음편히 죽을 수 있을 거 같다. 남들만큼 벌었으니 말이다.

그런데 나는 왜 이렇게 살기 싫지? 남들이랑 똑같이 살기가 왜 이렇게 싫지? 난 좀 튀면서 살고 싶은데, 왜 남들 기준에 맞춰살지? 꼭 넓은 아파트와 고급승용차가 있어야 하는 건가? 내가 좋아하는 것들은 따로 있는데, 주변 눈치 보면서 이러고 산 것은 아닐까?

내가 꿈꾸던 삶이 진정 내가 원하던 삶인지 고민해봐야 한다. 지금 내가 사는 삶이 남의 삶은 아닌지 꼬집어봐야 한다. 이만은 해야 어디 가서 꿇리지 않으니까 내가 원치 않더라도 이 정도는 살아줘야 해라고 말하는지 점검해봐야 한다. 진정 내가 원하는 것이 무엇인지 바로 알고 그걸 이루기 위해 살아야 한다. 남들 보기에 좋은 것이 아니라.

틈새재미 76

늦어버린 우리는 어떻게 할 것인가?

우리 농장에 장기실습을 온 학생들이 있다. 1년 동안 우리농장에서 일하면서 실습하는 것이다. 한국농수산대학교 학생들은 2학년이 되면 이렇게 필드에 있는 농장에 가서 1년간 실습을 받게 된다. 학자금은 무료이고 남학생의 경우 군면제의 특혜도 주어진다. 대신 졸업 후 농수산업에 종사해야 한다.

그래서 이들은 비교적 자신의 진로에 대해 일찍 생각하는 편이다. 갓 스므살 넘은 사내아이가 앞으로 뭐를 해먹을지, 어떤 사업을 할지, 어떻게 해야할지 나에게 물어올 때면 나는 사실 속으로 놀란다. 나는 재 나이 때 뭘 했던가? 오늘도 학생이 별 얻을 것 없는 나에게 이런 저런 상담을 해왔다.

"저는 서른 전에 승부 볼 거예요. 그리고 마흔이면 좀 여유롭게 여기저기 여행 다닐 겁니다."

사실 부러웠다. 나는 마흔 한 살에 아직도 이러고 있는데, 녀석 꿈이 야무지다. 일찍부터 자신의 진로에 대해 고민하는 사람은 반드시 그에 상응하는 대가를 받게 된다. 나는 너무도 늦게 진로를 생각했고, 아니 생각을 거의 하지 않았고, 녀석은 이른 나이부터 자신의 진로에 대해서 심각하게 고민하는 중이었다. 당연히 녀석이 나보다 빨리 자리를 잡을 것이다. 분명 녀석은 자신이 그리는 대로 이루게 될 것이다. 남들 놀 때, 남들이 진로에 대해서 신경 쓰지 않을 때 저리도 치열하게 고민하고 있지 않은가. 22살에 졸업해서 23살부터 뭔가를 하다보면 7년이면 자신의 꿈을 이룰 수 있을 것이다.

그렇다면 나 같은 종족들은 어떻게 살아야 할까? 이미 늦어버린 것을 소주로 위로만 해 줄 것인가? 그러지는 말자. 늦었지만 지금이라도 하면 된다. 녀석처럼 전속력으로 달릴 수는 없어도 틈새를 이용해서 **짬짬이 달리면 된다.** 그 정도만 해도 후회하지 않을 것 같다.

어릴 때는 진득이 앉아서 끝까지 해내는 특징을 보이는 사람들이 유리하다. 책을 한 번 잡으면 다 읽을 때까지 놓지 않는 애들이 유리하다. 공부하려고 책상에 한 번 앉으면 주구장창 몇 시간이고 책을 볼 수 있는 학생들이 유리하다. 그런데 나이가 들수록 그럴 수가 없다. 해야 할 일들이 있기 때문에 전속력으로 달리지 못한다. 이럴 때는 치고 빠지는 틈새 공략을 잘 하는 사람이 유리해진다. 뭔가 한 번 잡으면 끝장을 보는 성미의 사람들이 불리해지기 시작한다. 끝장을 보지 못하니 아예 시도조차 하지 않게 된다. 한 번에 왕창 먹어야 되는데 조금씩 깨물어 먹으려니까 성에 안 차는 것이다. 따라서 나이가 들면 전략을 바꿔야 한다.

틈새공략이다. 치고 빠져야 한다. 체력도 점점 떨어지기 때문에 딱 맞는 전략이다. 시간도 별로 없기 때문에 적절한 전략이다. 틈새시간을 노리고 섰다가 확 치고 빠지는 전략이다. 이렇듯 틈새시간만 공략해도 꽤 시간을 확보할 수 있다. 틈새재미를 보지 않고 그냥 흘려보내는 것보다야 1년 후, 10년 후에 이뤄놓은 것들이 달라지게 된다. 티끌은 모아도 티끌이라는 헛된 말이 있는데, 그게 아니다. 진짜 티끌모아 태산을 이룰 수 있다.

틈새재미 77

내 이름으로 살자

내 이름 석 자로 살기 위해 애써본 적이 있는가? 우리는 흔히 자신이 속한 조직에 기대서 살게 된다. ○○주식회사 ○○○과장, ○○공사 ○○○○주임 등속의 간판이 마치 자신인 양 생각하며 산다. 사실 그건 자신의 본 모습이 아니다. 자신의 모습은 아버지가 지어주신 이름 석 자로 살 때 찾을 수 있다.

물론 처음부터 그렇게 살 수는 없다. 어쩌면 시작은 조직에 기대서 해야 할지도 모른다. 그러나 거기에 젖어서 자신을 찾는 노력을 게을리 하면 그렇게 믿고 섬겼던 조직으로부터 어느날 갑자기 도태 당할 수 있음을 잊어서는 안 되겠다. 나중에 후회하지 말고 자신 이름 석 자로 살 생각을 늘 강구하는 편이 좋다.

이름 석 자로 사는 사람들은 누가 있을까? 연예인을 들 수 있다. 배용준, 정우성, 장동건 이런 사람들을 말한다. 이들도 소속사가 있다. 그런데 우리는 그들의 소속사는 잘 모른다. 그냥 이름 석 자로 그 사람에 대한 설명이 끝난다. 이런 사람이 되어야 한다. 작가도 그렇다. 공지영, 황석영, 조정래 등도 그렇다. 이름으로 사는 사람들이다. 분명 난 사람들이기에 가능하다. 그러나 이들도 처음부터 난 사람들이 아니다. 다들 열심히 노력해서 그 자리에 오른 것이다. 이들처럼 우리도 노력이란 것을 해보면 어떨까.

자신의 것을 찾고 그것을 갈고 닦으면 가능해진다고 생각한다. 매일 죽어라 회사일에만 쫓겨서 사는 것보다 **자신의 것을 돌아볼 줄 아는 여유가 있었으면 좋겠다.** 매일 밥벌이에만 혈안이 되어서 인간돼지처럼 먹고 살 것만 걱정하지 말고, 진정 자신에게 위로가 되고, 행복이 되어줄 그 무언가를 찾아서 조금씩이라도 하다보면 자신의 이름 석 자로 살 수 있다고 믿고 있다.

최소한 자신의 이름 석 자로 나중에는 살아보자고 결심이라도 해보면 삶의 태도가 많이 달라지게 된다. 그저 한 조직에서 승진하고 정년퇴임해서 여유있는 노년을 맞다가 죽는 그런 꿈이 아니라, 진정 자신을 어떻게 하면 행복하게 해 줄 수 있을지 고민하고 그것을 실천하는 삶을 살기를 바란다. 내 이름으로 살아보자고 당장 결심하자. 현재 하는 일의 태도가 바뀌게 된다. 수동적인 인간에서 능동적인 사람으로 변화한다. 회사를 위해서 일하는 것이 아니라 자신을 위해서 일해야겠다는 생각이 든다. 그러면 성과도 종전보다 더 좋게 되는 덤을 얻을 수 있다.

이름 석 자로 살고 싶다는 생각만으로도 변화가 느껴진다. 이 조직을 떠나서 내 이름으로 살 수 있을지 고민해보자. 이 조직을 떠나도 지금과 같은 돈과 명예를 가질 수 있을지 생각해보자. 그게 아니라면 지금 잘못 살고 있는 것이다. 조직과 상관없이 아버지가 지어주신 이름만으로 자신의 가치를 드러낼 수 있어야 한다.

평범한 누구나 가능하다. 일단 생각을 이름 석 자로 살고 싶다고 고쳐 먹는 게 우선이다. 그 다음엔 자신이 무엇을 좋아하는지 파악하고 그것을 매일 조금씩 틈새시간을 노려서 재미를 보면 된다. 그게 다다. 결국 시간이 흐르면 자신의 이름으로 살 수 있게 된다. 지금 하는 자와 지금은 시간이 없으니까 은퇴하고 해야지 하는 자와의 차이는 10년 후면 확연히 드러날 것이다.

틈새재미 78

잠은 충분히 잔다

틈새재미에 익숙해지면 더 많은 시간이 갖고 싶어진다. 어찌보면 하루를 사는 이유가 틈새재미 때문인지 헷갈리기도 하지만, 행복한 기분이 드는 걸로 봐서 잘못된 것 같지도 않게 생각된다. 하지만 늘 시간에 허덕이다보니 욕심이 생긴다. 틈새재미만으로 충분하지 못한 것이다. 그래서 생각한 것이 잠 줄이기다.

결론부터 말하자면 아주 위험한 생각이다. 잠은 우리가 살기 위해 꼭 필요한 고귀한 시간이다. 잠자는 동안 낮에 망가진 유전자를 복구시키고, 피로를 풀어주고, 다음날을 상쾌하게 해주는 재충전의 시간이다. 이를 갉아먹으면 당연히 건강상에 이상 신호가 온다. 남들 따라서 새벽형 인간이니 뭐니 해서 잠을 하루에 4시간만 자도 충분하다는 말만 믿고 되지도 않는 도전을 하지 말자. 잠이 많으면 많은대로 생긴대로 사는 것

이다. 이는 어쩔 수 없는 운명이라 생각하자. 태어나기를 잠 많이 자는 족속으로 태어난 것을 한탄해도 소용없다. 흑인이 백인으로 태어나지 못했다고 한탄한다고 뭐가 바뀌겠는가.

그 대신 깨어있는 시간에 보다 많은 틈새재미를 노리는데 치중하자. 생각보다 더 많은 틈새가 널려있다. 틈새가 더 없나 찾아보는 것이 더 낫다. 잠을 충분히 자고 깨어있는 시간만 잘 이용해도 많은 재미를 볼 수 있다.

이 책에서 누누이 강조하고 있는 것을 잊지 말자. **우리 생긴대로 살자는 거다.** 남들 좋다고 해서 따라가지 말자. 내가 생긴대로 태어난대로 나답게 사는 것이 정답이다. 정말 내가 좋아하는 것을 하는 거다. 남들이 좋다고 해도 나에게 맞지 않는다면 그건 틀린 방법이다. 아무리 많은 사람들이 좋아하더라도 내가 싫으면 그만인 거다. 언제까지 남들에 의해 살아갈 것인가? 도대체 내 것은 무엇인가? 언제 나를 위해서 살아본 적이 있는가? 본래부터 갖고 태어난 것을 향유하자. 되지도 않는 영어공부 하지 말자. 되지도 않는 운동도 하지 말자. 그냥 태어난대로 정말 나답게 살아보는 거다.

잠이 많으면 그런 나를 인정해주고 존중해주자. 그냥 그런 거다. 그게 바로 나다, 라고 인정하는 거다. 거기에는 잘잘못이 있을 수 없다. 왜냐면 그냥 그게 바로 나기 때문이다. 이런 자신을 사랑하자. 그것부터 시작해야 틈새재미를 찾을 수 있고 또 끝까지 할 수 있다. 대신 내가 정말 누구인지는 확실히 알아야 한다. 그래야 휘둘리지 않게 된다. 나라는 존재를 확실히 알게 되면 나답게 살 수 있다. 그러나 그걸 모르고 살면 아주 약한 유혹에도 흔들려 나를 잃고 또 남들 하자는대로 따라가게 된다. 그러니 내가 누구인지 확실히 하자.

내가 누구인지 알면 환경에 휘둘리지 않을 수 있다. 그냥 나다운 것이 무엇인지 알기 때문이다. 키는 작고, 뚱뚱하고, 시력도 좋지 않고, 후각도 별로고, 얼굴은 찐따고, 약간 대머리에다가 털도 많은 나를 온전히 인정하고 사랑해주자. 이런 내가 무엇을 좋아하는지, 그것을 따라 가는 거다. 나답게, 온전히 나다울 수 있는 그 무언가를 찾아 매일 틈새를 노려 재미를 보게 되면 바로 그곳에 행복이 숨어 있다. 이제 비교는 그만하자. 오히려 보다 더 어떻게 하면 나다울 수 있을지 고민하자. 나답게 잠 퍼자고 깨어있는 시간을 충분히 활용하자.

틈새재미 79

지금이라도 자신의 본령을 찾아라

일찍부터 나를 알았다면 이 고생 안 하면서 살았을 것이다. 물론 인생이란게 힘들지만 내가 좋아하는 일로 직업을 갖고 돈을 벌었다면 최소한 덜 방황하거나 덜 낙담했을 것이다. 똑같은 고생을 해도 멋지게 버티면서 살았을 것이다. 그걸 늦게 안 죄로 이렇게 틈새재미만 보고 산다.

하찮은 미물인 지렁이도 땅을 파는 사명을 갖고 태어난다고 한다. 하물며 만물의 영장이야 말해 더 무엇 하겠는가? 그러나 인간이란 동물은 자신의 사명(혹은 본령)을 알아내야하는 수고로움이 있다. 지렁이처럼 단순하지 않기 때문이다. 영장이기 때문에 생각할 수 있는 기회를 신께서 주신 것이다. 성경에도 누구에게나 똑같은 은사를 주지 않았다고 표현한다.

모두 사도일 수야 없지 않습니까? 모두 예언자일 수야 없지 않습니까? 모두 교사일 수야 없지 않습니까? 모두 기적을 일으킬 수야 없지 않습니까? 모두 병을 고치는 은사를 가질 수야 없지 않습니까? 모두 신령한 언어로 말할 수야 없지 않습니까? 모두 신령한 언어를 해석할 수야 없지 않습니까?

이걸 신께서 보다 일찍 찾아주셨으면 얼마나 좋았을까? 늦게 찾은 죄로 '울며 겨자 먹기' 인생을 살게 된 것이다. 한편으로 모두 같은 본령을 가지고 태어났다면 그만한 아비규환도 없을 것이다. 다른 것이 좋은 것이고, 다양하기에 세상이 굴러가게 된다.

본령의 일을 하게 되면 재미를 누릴 수 있다. 자신에게 찰싹 달라붙는 일이기 때문에 힘들어도 힘든 줄 모른다. 이게 일인지 놀이인지 분간이 가지 않는다. 그래서 오래도록 해도 지치지 않는다. 힘든 일이 있어도 보다 쉽게 이겨낼 수 있고, 본령의 일에서 꿈과 희망을 품을 수 있게 된다. 현재는 힘들어도 끝까지 버티면서 결국 그 바닥에서 일가를 이루게 된다. 본령의 일이 자신의 주업이 된다면 얼마나 행복한 사람이겠는가? 그러나 대다수의 사람들은 그런 혜택을 받지 못하고 살고 있다. 자신을 돌아볼 시간을 갖지 않았기 때문이고, 그 길을 알아도 용기가 없기 때문이다.

나도 나의 본령을 늦게 찾았다. 책 읽기와 글 쓰기가 내 본령이었다니 실로 놀랍기 그지 없다. 어릴 때에는 싫어할 정도였는데, 언젠가부터 그것이 내 본령이었다는 것을 깨닫게 되었다. 나는 어릴적부터 책 읽기와 글 쓰기를 좋아하지 않았다. 살다보니 그렇게 된 것이다. 원래부터 타고 났는데 그걸 살다보니 깨닫게 된 것인지, 나중에 본령이 만들어진 것인지는 잘 모르겠다. 책을 읽고 진리의 정수를 만나게 되면 궁극의 희열을 느낀다. 깨닫는 바를 한 편의 글로 완성시켜도 마찬가지다.

본령이라는 것도 사람에 따라 다양하게 표출되는 게 아닐까 싶다. 똑같이 책읽기와 글쓰기를 좋아하는 A라는 사람은 어릴 때부터 그것을 좋아해서 계속 쭉 좋아하는 것이고, 나같은 사람은 어릴 때는 싫어했지만 살다보니 좋아지게 되는 것이다. 어릴 때는 그런 것을 볼 줄 아는 눈이 없었던 것일까? 상황이 그랬던 것일까? 그 어떤 이유가 있었는지는 모르겠다. 하지만 결론적으로 지금은 그게 본령이라고 확신하고 있으니 사람마다 본령 발견은 각자의 시간이 따로 정해져있는 것이 아닐까 생각한다.

그러니 일찍 찾은 이나 늦게 찾은 이나 사실 큰 차이는 없다. 각자의 타임이 있는 것이다. 그냥 거기에 맞게 살면 된다. 주어진 운명인 것이다. 일찍부터 그림을 그렸던 피카소와 나이 80 넘어서 그림을 그린 모제스 할머니와의 차이라고 보면 된다. 결국 그들은 그림을 그려서 궁극의 희열을 느꼈다. 본령의 일을 하니까 가능한 것이다.

문제는 아직도 자신의 본령을 못 찾았다는데 있다. 인생이 힘들다. 왜 사는지 모른다. 고통의 현실을 이겨내기가 더 힘들어진다. 재미있는 일을 찾아보자. 그러다보면 알게 될 것이다. 나처럼 처음에는 싫었던 일이 재미있어질 수도 있다. 어서 찾아서 틈새재미를 보는거다.

틈새재미 80

궁극의 희열

필자의 얘기를 좀 더 해볼까 한다. 나는 책 읽기와 글 쓰기에 상당한 재미를 느끼며 살고 있다. 아마도 내 본령이 아닐까 싶다. 본령이라는 것은 나에게 찰싹 달라붙는 일, 정말 내 일 같은 일, 나 자체 같은 일, 내가 이 일을 하려고 태어난 일, 내가 꼭 해야만 하는 일, 이 일을 하면 재미를 느끼는 일, 이 일이 나에게 오르가슴의 백 만배의 기쁨을 주는 일, 천직, 하늘에서 정해준 일, 사명이라는 말과 상통한다.

그러나 나는 본령의 일을 늦게 찾았다. 살다보니 알게 되었다. 오히려 어릴 때에는 책 읽기와 글 쓰기를 좋아하지도 않았다. 오히려 싫어했다. 혐오했다. 그런데 나이가 들고 어찌어찌 살다보니까 그게 그렇게 재미있게 느껴지게 되었다. 우연이었다.

나는 현재 양계장에서 일하고 있다. 양계일은 나의 본령의 일은 아니다. 어떻게 먹고 살려다보니 얻게 된 직업이다. 그러니 별 재미를 느끼지 못한다. 물론 일에서의 어떤 보람, 어떤 기쁨도 얻기도 하지만 그것이 궁극의 기쁨은 아니다. 열심히 땀 흘리고 퇴근할 때의 보람, 성과가 좋아 칭찬받았을 때의 기쁨이 나를 행복하게 만들어주지 않는다.

나는 책을 읽고 진리의 정수를 만났을 때 궁극의 희열을 느낀다. 내 생각을 정리해서 글 한 편을 완성했을 때 궁극의 희열을 느낀다. 이는 어릴 적에는 경험해볼 수도 없던 것들이었다. 그러니 자연히 나이가 들어야지만 알 수 있었던 일이라 생각된다. 또한 내가 쓴 글이 책으로 나왔을 때도 굉장한 기쁨이 있다. 내 이름 석 자가 박힌 나의 첫 책이 나왔을 때의 기쁨은 아들이 태어났을 때의 기쁨과 거의 맞먹을 정도다.

책을 써서 낸다고 돈방석에 앉는 것도 아니다. 인생이 크게 변하지도 않는다. 책을 냈다고 곧바로 대박이 나서 100만권이 팔려 베스트셀러 작가가 되지도 않는다. 현실은 책을 썼던 지금과 쓰지 않았던 과거와 별반 차이가 없다. 오늘도 새벽같이 일어나서 출근했고, 늦게 퇴근했다.

그러나 다른 것이 있다. 본령의 일을 틈새를 내서 하게 되니 같은 현실이라도 힘들게 생각되지 않았다. 또한 책 읽기와 글 쓰기는 매일 할 수 있는 것이다. 따라서 나는 매일 궁극의 희열을 맛볼 수 있게 되었다. 매일 궁극의 희열을 느끼게 되니 인생이 뭐 그리 힘들다는 생각이 덜하게 되었다. 희열을 맛보기 위해 내일이 기다려질 정도가 되었다.

틈새재미는 결과를 가지고 말하는 것이 아니다. 과정이다. 책 읽는 과정이 재미있는 것이고, 글 쓰는 과정이 재미있는 것이다. 돈이 되지 않는다. 오히려 내 돈을 쓰게 된다. 책값이 만만치 않게 들고, 글 쓰는데도 컴퓨터 전기세에 손가락을 놀리고 머리를 굴려야 하니 영양보충 등 돈이 들어가는 일이다. 쓴 글이 나중에 책이 되어도 그게 돈이 되지 않는다. 뭐 치킨 한 마리 정도는 사먹을 수 있을 정도다. 그럼에도 불구하고 내가 이 일을 계속하는 이유는 뭔가? 재미있기 때문이다. 궁극의 희열을 맛볼 수 있기 때문이다.

로마의 정치가 키케로는 "잡것들이 너나 할 것 없이 책을 내려고 한다"는 말을 했다. 맞다. 나는 잡것에 불과하다. 그러나 읽고 쓰는 과정이 재미있는 걸 어떻게 한단 말인가.

틈새재미 81

죽을 때 후회하지 않기 위해서는

다들 힘들게 여기까지 잘 살아왔다. 꿈이 있던 사람도 현실적으로 어쩔 수 없어서 꿈을 접고 살기도 하고, 꿈 없이 그냥 살다보니 여기까지 온 이들도 있을 것이다. 이게 무슨 큰 잘못이 아니다. 꿈이 있든 없든 다 잘 살아온 것이다. 모든 사람이 다 꿈이 있어야 하는 것도 아니고, 모든 사람이 다 꿈이 없어서도 안 된다. 인간은 인간으로서 충분히 가치가 있는 존재다.

자신이 특별히 좋아하는 것을 모르는 사람도 현실에 주어진 환경에서 최선을 다해 산다면 그 또한 좋은 것이다. 자신에게 주어진 것에 노력하고 최선을 다하는 삶도 고귀하다. 회사에 충성하고 회사일 열심히 해서 월급 받아다가 가족부양하는 것은 숭고하기까지 하다. 뭐가 잘못 됐나?

잘못 된 거 하나 없다. 자신이 누구인지 잘 모르지만, 뭘 좋아하는지도 잘 모르지만 하루하루 최선을 다해서 열심히 사는 게 뭐가 잘못된 것은 아니다.

자식들 잘 키우고 뒷바라지 하면서 훌륭한 사람으로 양육하는 것도 가치있는 것이다. 꼭 자신이 뭐가 되려고 하는 것보다 그렇게 후손들을 키워내는 것도 참된 일이다. 그리고 거기에 만족하며 사는 삶도 괜찮은 거다. 모두가 다 자신이 누구인지 알아야 하는 것도 아니고, 어떻게 살아야 하는지 몰라도 되는 거다.

아내 사랑해주고, 회사 열심히 다니고, 아이들 잘 챙기고, 사고 안 치고 한 집안의 가장으로 사는 것도 사실 어렵다. 행복한 가정을 만드는 것도 대단한 일이다. 좋은 남편, 좋은 아빠로 기억되는 것이 얼마나 어려운가. 자신이 누군지 모르고, 뭘 좋아하는지 몰라도 좋은 남편과 아빠로서 사는 것도 의미있는 일임엔 틀림없다.

다만, 내 말은 죽을 때 후회하지 말자는 얘기다. 죽을 때 후회 안 할 자신이 있다면 그렇게 살아도 된다. 죽을 때 '아, 내가 좋아하던 그 일을 해봤어야 했는데……'라고 후회하지 말자는 거다. 가족들 챙기느라 다 포기하고 가족들에게 헌신한 것에 만족한다면 괜찮지만, 그게 아니라 회환이 된다면 잘 살았다고만 할 수 없는 것이다. 자식들이 제일 듣기 싫어하는 말이 있다. '내가 너희 때문에 이러고 살았다.' '내가 너희를 위해 살았기에 입을 거 못 입고 먹을 거 못 먹었다.' '내가 왜 이렇게 살았는데……' '내가 너희 때문에……' 이런 말 안 할 자신이 있다면 된 거다.

그러나 이런 말을 하게 된다면 잘못 산거다. 자식과 가족을 위한 희생의 대가를 바라는 마음이 있다면 그것은 비즈니스라고 볼 수밖에 없다. 참된 희생은 대가를 바라지 않는 것이다. 그런 할 바엔 차라리 가족에 대한 희생을 조금만 하고 나를 돌아볼 수 있는 시간을 내보는 거다. 사랑하는 아내와 자식들이 채워줄 수 없는 그 무엇이 있다. 그건 자신만이 채울 수 있다. 그거까지 포기하면서 가족을 위해 살지 말자. 만약 가족을 위해 살기로 했다면 '너희 때문에……'라는 말은 하지 말자. 그러면 존경은 받을 수 있다. 나를 돌아보는 시간을 갖자. 많은 시간이 필요한 게 아니다. 틈새를 노려서 재미만 보면 된다. 뭐 거창한 것도 아니다. 짬짬이 하는 거다. 그 정도는 하면서 살 수 있잖아.

틈새재미 82

꾸준히 하면 반드시 실현된다

나는 '어떤 것에 대해 꾸준히(거의 매일) 생각하면 그것이 적어도 7년~10년 사이에 실현된다'고 믿는다. 줄기차게 그것에 초점을 맞추고 매일 꿈꾸고 상상하면 그것을 실재로 손으로 만질 수 있는 것이 된다. 머릿속 상상이 현실화되는 것이다. 이는 내가 직접 경험했기에 확신할 수 있다.

내가 낸 몇 권의 책에서 같은 예를 들어 필자의 책을 꾸준히 읽고 있는 독자들은 식상한 얘기가 될 수 있겠다. 나는 또 그러한 얘기를 해볼까 한다. 너무도 강렬한 경험이었기 때문이다. 나는 32살에 본격적으로 책을 읽기 시작했고, 내 이름으로 된 책을 출간하고 싶은 꿈이 생겼다. 거의 매일 나는 그것에 대해 생각을 했고, 즐겼다. 억지로 하지 않았다. 자동적으로 꿈을 꿨고 또 마음이 설랬다. 물론 의구심도 들었다. '이루어지지 않으면 어떻게 하지? 뭐 별 수 없지. 그런데 만약 이루어진다면 참 좋을거야.' 그렇게 나는 계속해서 '그것'에 대해 상상했다. 그러고나서 8년쯤 지나고 진짜 상상속의 그것이 실현되어 내 손에 쥐어지게 되었다. 정말 끔찍할 정도로 강렬한 경험이었다.

수많은 자기계발서, 동기부여 강연자들이 떠들어대고 있는 것도 바로 이것이다. 상상하면 진짜로 이루어진다. 물론 노력을 해야 한다. 그런데 꿈이 강렬하면 자연스럽게 노력을 하게 된다. 따라서 강렬한 꿈을 꿀 수만 있다면 자연스럽게 노력을 하게 되고 결국 이뤄낸다. 그 무엇을 매일 할 수만 있다면 가능한 것이다.

그 무엇을 매일 한다는 것은 하루종일 하자는 얘기가 아니다. 잠시 틈만 잠깐 내도 괜찮다. 대신 매일 하는 거다. 매일 조금씩만 해주게 되면 그게 7년~10년 정도 시간이 흐르면 뭔가 딱하고 손에 잡히게 된다. 이것에 관한 내용은 내 첫 책 〈오늘도 조금씩〉에서 확인할 수 있다(역시 난 대단한 장삿꾼이다. 이렇게 또 책을 홍보하고 있다).

또한 뭔가를 해야하긴 하는데 뭘 할지 모르겠다면 나의 두 번째 책 〈꿈 잃은 직딩들의 꿈 찾기 프로젝트〉를 권한다. 이 책을 통해 자신의 본령을 알 수 있을 것이다.

자신이 무엇을 좋아하는지 알고, 매일 조금씩만 해준다면 반드시 이루어지게 되었다. 어느 누구나 가능하다고 생각한다. 나는 잘나서 책을 낸 게 아니다. 그냥 매일 조금씩만 책 읽고 글을 썼을 뿐이다. 그리고 책을 낸다는 상상을 했을 뿐이다. 그렇게 매일 하니까 되더란 말이다. 누구나 가능하다. 뭐든 가능하다. 강렬한 꿈을 꿀 수만 있다면.

요즘 현대인들 바쁜 거 다 안다. 졸라 바쁘다. 나도 졸라 바쁘다. 그래도 나는 퇴근 후 틈새시간을 이용해서 이렇게 글을 쓰고 있다. 졸라 바쁘다고 핑계를 남들에게 대 봤자 해결되지 않는다. 그냥 바쁜 것이다. 바쁘지만, 그럼에도 불구하고 어떻게든 시간을 내서 내가 좋아하는 뭔가를 꾸준히 할 수만 있다면, 삶을 획기적으로 바꿀 수 있다. 뭘 할 것인가? 어떤 꿈을 꿀 것이가? 거창한 꿈 말고 뭐 좋아하는 거라도 있는가? 그것만이라도 매일 틈새를 내서 한 번 해보자. 7년~10년 사이에 뭔가 손에 쥐어질 것이다.

틈새재미 83

매일 조금씩 하게 되면

영어를 공부해야할 지 말아야할 지 수년째 고민을 하고 있다. '남들 다하는 거니까 나도 해야지'라고 생각이 들지만, 그건 답이 아닌 거 같다. 나에게 맞지 않은 옷을 억지로 입을 필요가 없다. 과연 나에게 영어가 필요한가 물었다. 꼭 필요하지는 않지만 하면 좋다. 못하는 것보다 낫다. 이와 같은 질문을 던지다보면 영어는 나에게 필요한 것이 맞다. 나의 몸값를 올려주고, 영어를 마스터해서 책도 쓸 수 있고, 먹고 살 걱정 없애주니까 필요한 거다.

그런데 문제가 있다. 재미있는가? 이게 제일 큰 문제다. 재미 없으면 본령의 일이 아니다. 남들의 기준에 살 필요가 없고, 사회적 기준에 맞춰 살 이유가 없다. 오로지 나답게 살아야 하는데 필요하지만 재미없는 일에 매진을 해야 하는가에 대한 질문에 봉착했다. 아무리 가치없는 일처럼 보여도 나에게 재미만 있다면 충분히 가치있는 것으로 변화시킬 수 있을진대. 나는 수년째 계속 고민해오고 있었다.

결론적으로 나는 포기한 상태다. 재미있게 살기로 작정했기 때문이다. 더 이상 나를 괴롭히지 않기로 결심했기 때문이다. 내가 정말 좋아하는 일에 초점을 맞춰 살고자 했다. 내 본령이 시키는 일에 중점을 두고자 했다. 거기서 궁극의 희열을 느낀다면 인생을 제대로 살 수 있다고 믿었다. 그리고 영어를 포기했다. 나에게 맞지 않는 것을 억지로 하고 싶지 않았다. 영어 말고도 나를 기쁘게 해주고 재미있는 일들이 있는데, 왜 우거지 상을 쓰면서 해야하는가. 나는 책 읽기와 글 쓰기만 하고자 했다.

그렇다고 전혀 영어를 하지 않는 것은 아니었다. 출퇴근 운전 중에 영어 팟캐스트 방송을 듣는다. 영어를 포기했지만, 그래도 매일 조금씩 하고 있다. 왜냐면, 운전 중에 책을 읽을 수 있겠는가. 글을 쓸 수 있겠는가. 물론 글쓰기 영감이 떠오르면 녹음하기도 하지만, 그건 가끔 있는 일이다. 그냥 버려지는 시간에 버린 영어를 하게 된 것뿐이다. 욕심도 없다. 완전 포기했기 때문이다.

그런데 신기하게도 한 1년쯤 하자 영어가 조금씩 재미있어지고 있는 것이다. 매일 10분 정도 청취하는 것밖에 없는데, 그냥 버린 시간 버린 영어로 채운 것 뿐인데, 그 버려진 영어가 나를 유혹하고 있는 것이다. '영어가 이렇게 재미있었나?' '어라, 영어도 재미있네?' 재미가 생기면 찾기 마련이다. 요즘 슬금슬금 틈새시간을 이용해서 영어 재미를 보려고 마음먹고 있는 중이다. 그렇지만 아직까지 확신은 없다. 약간의 호기심은 생겼지만, 이리저리 재고 있는 중이다.

매일 조금씩 뭔가를 하게 되면, 그것이 좋아하는 일이든 싫어하는 일이든, 7년에서 10년이면 뭔가를 얻게 된다. 담배를 7년에서 10년 피우면 건강상의 선물(?)을 얻게 된다. 술을 7년에서 10년간 마시면 꽤 괜찮은 선물(?)을 받게 된다. 자신이 좋든 싫든 그건 상관없다. 매일 조금씩만 하면 뭔가 얻게 된다. 이런 이론으로 접근하자면 나의 영어는 앞으로 몇 년이 지나면 나에게 뭔가를 던져줄 것 같다. 재미없는 놈인데, 매일 하니까 뭔가 나에게 선물(?)을 줄 것 같다. 재미없는 놈인데, 하기 싫은 놈인데, 시간이 지나면 과연 나와 어떤 관계가 될지 사뭇 궁금해진다. 내가 약속하나 하겠다. 10년 후 반드시 이 이야기에 대한 결과를 발표하겠다.

틈새재미 84
이런 상황에서 나는 어떻게 하면 될까?

정말 내가 원하는 삶을 살 수 있을까? 너무 늦어버린 것은 아닐까? 방법이 없을까? 계속 이러고 살아야만 하는가? 어린 시절 꿈도 많고 하고 싶은 것도 많았는데. 더 이상 빠져나갈 구멍이 없는 것만 같아 답답하다. 미쳐버릴 것만 같다. 왜 내 인생은 이렇게 된 것일까? 어디서부터 꼬인걸까? 그때(과거의 어느날) 약간의 돈만 있었더라면, 부모의 후원만 있었더라면, 용기를 조금만 더 냈다면…….

많은 사람들이 이렇게 후회하며 하루를 살아내고 있다. 벗어날 수 없는 굴레에 갇혀 소모되는 부속품이 되어버린지 오래다. 필자도 마찬가지다. 이것을 너무 늦게 깨달았다. 나는 살 길을 모색했다. 그냥 이대로 살다가 죽어야 되는가! 그냥 아내에게 잘하고 애 잘 키우면서 살면 그게 단가! 직장에서 승진하고 월급 따박따박 갖다주고 정년에 퇴직해서 국민연금 받고, 퇴직연금 받아서 죽을 날 기다리면 되는 건가! 가끔 여행이나 다니고, 쇼핑이나 하고, 나이에 맞게 자동차 가격만 높이면 되는가!

이건 아니다. 이건 정말 아니다. 나는 이렇게 살려고 태어난 것이 아니다. 여러분도 마찬가지 일 것이다. 나는 내 삶을 다시 정립할 필요를 느꼈다. 혁신이 필요했다. 개혁이 필요했다. 나를 세우기로 결심했다.

방법을 찾았다. 그렇다면 어떻게 하면 될까? 과거로 돌아갈 수도 없고, 결국 지금부터 해나가야 하는데 어쩌지? 물론 모아놓은 돈도 없고, 딸린 식구도 생겨 몸이 무거워졌다. 사실 상황은 청년시절보다 더 안 좋았다. 이런 상황에서 나는 어떻게 하면 될까?

모든 것을 다 때려치우고 처음부터 시작할까? 아내와 이혼하고 아들은 고아원 보내고 혼자 훌쩍 떠나서 내가 하고 싶은 일을 해버릴까?

방법은 하나밖에 없었다. 틈새재미다. 지금 내가 할 수 있는 최선이었다. 틈새재미를 하는 지금이나 틈새재미를 모르고 살던 과거나 바뀐 상황은 없다. 남편으로서, 아빠로서, 아들로서 살아가고 있다. 다만, 나에게 시간을 조금만 더 투자하기로 한 것이다. 그동안 놓치고 있었던 것을 찾고자 했다.

하고 싶은 거 접고, 재미있던 일 꾹 참고 지금까지 살아왔는데, 사실 내 손에 쥐어진 것은 내가 원하던 것이 아니었다! (사실 하고 싶은 것도 없었지만) 아니 어떻게 이럴 수가 있지? 뭔가 불공평한데? 그래서 역으로 생각했다. 에잇 그럼 하고 싶은 일 할래!!

이래나 저래나 원치 않은 인생을 살고 있다면 기왕지사 하고 싶은 일하는 게 낫지 않겠는가. 그렇다고 현실을 마냥 버릴 수는 없었다. 그래서 생각해 낸 것이 틈새재미다. 현실을 유지하되, 틈새시간을 노려서 재미를 보자. 이것밖에 방법이 없었다.

나는 믿고 있다. 이렇게 10년 살게 되면 반드시 인생이 긍정적인 방향으로 변하게 된다. 내가 한 만큼 얻어갈 수 있다. 억지로 참아가며 살았던 인생에서 한 만큼 얻어갔는가? 좋아하는 일을 해야 한 만큼 얻어갈 수 있다.

미친듯이 할 필요도 없다. 전력질주 할 필요가 없다. 한 1년 미쳤다고 생각하고 모든 거 다 때려치우고 할 필요도 없다. 3시간 자면서 용맹정진 할 필요도 없다. 가족과 보내야할 주말시간을 송두리째 투자할 필요도 없다. 지금처럼 할 거 하면서 약간의 시간만 내면 된다.

틈새재미 85

뭘 준비하란 말인가?

이번 생은 길다. 큰 사고가 없으면 100살까지 살아야 한다. 좀 있는 사람들에게는 희소식이지만 없는 사람들에게는 이보다 더 큰 재앙은 없을 것이다. 젊었을 때야 몸 팔아서 먹고 살 수 있지만, 나이 들어 팔다리 아플 때는 어찌 벌어먹고 산단 말인가. 그리고 어디 써주는대도 없다.

이런 시대를 예전처럼 그냥 살면 된다 안 된다? 안 된다. 예전의 방식으로는 버텨낼 수 없다. 금수저면 그에 대한 대비를 할 필요가 없다. 돈이 무기니까. 그러나 그게 아닌 흙수저들은 대비를 해야 한다. 나라가 보장하는 국민연금을 믿을 수 있는가? 열심히 다닌 회사의 퇴직연금이면 충분할까? 뭔가 부족해서 개인연금까지 들어야 되는 상황 아닌가.

30세까지 배우고, 60세까지 일 다니고, 90세까지 즐겨야 하는데, 그거 어렵다. 90까지 계속 일해야 할지도 모른다. 지금이야 먹고 살기 바쁘니까, 어딘가 소속되어 부품으로 돌기 바쁘니까 미래를 신경쓰지 못한다. 그런데 잠깐만 시간을 내서 인생 2막에는 어떻게 살아야 할지 고민을 해봐야 한다. 이러고 계속 소모품처럼 살 것인가? 아니면 뭔가 본인 스스로 세울 수 있는 그 무엇을 위해 살 것인가?

인생에 있어 기회는 3번 온다고 한다. 이 기회라는 것은 준비된 사람에게만 오는 것이다. 준비하지 않으면 기회가 와도 기회인 줄 모른다. 그동안 과거 일을 생각해보자. 얼마나 많은 기회가 왔다 갔는가. 100번도 더 넘을 것이다. 알았더라면 다 써먹을텐데. 모르니까 그냥 스쳐보냈다. 기회가 3번 온다는 말은 거짓이다. 기회는 준비하면 100번이고 1,000번이고 온다.

준비를 해야하는데 뭘 하겠는가? 지금도 바빠 죽을 지경인데 미래까지 준비하라고? 인생 살기 너무 버겁지 않은가. 이 준비라는 것을 의무감에 하면 힘들다. 그것을 재미로 바꾸면 그때부터는 상황이 달라진다. 인생2막은 자신이 좋아하는 일을 하는 것이라고 마음을 먹게 되면 가뿐해진다. 한번 왔다가 가는 인생 하고 싶은 일도 좀 해봐야지 왜 맨날 하기 싫은 일을 해야하는가. 이러려고 태어났는가?

지금 당장 재미를 찾는다. 그리고 그것을 꾸준히 실행한다. 즐기면 된다. 그렇게 꾸준히 재미를 보다가 나중에 인생2막이 시작될 때 이것을 가지고 홀로 설 수 있게 된다. 인생 2막부터는 홀로 서보자.

쉬운 예를 들어보겠다. 나는 글쓰기를 좋아한다. 틈새시간을 내서 글을 쓰고 책으로 출판한다. 계속 해오고 있고 아마도 계속 할 것이다. 운이 좋으면 그 책으로 당장 홀로 설 수 있다. 인생 2막이 시작될 때 아마도 틈새재미를 보던 글쓰기가 나를 세워줄 수 있을 것이다. 그때 가서 어디 수위자리 없는지, 경비자리 없는지 찾지 않아도 될 것 같다.

사진을 예로 들어볼까? 사진찍기를 본래 좋아했다면 지금부터 시작한다. 틈새재미로 즐긴다. 그렇게 꾸준히 즐기다보면 사진이라는 분야에서 일가를 이룰 때가 온다. 결국 틈새재미로 시작한 일로 홀로서기를 할 수 있게 된다. 돈 모으려고 아득바득 하지 말고, 그 돈으로 자신을 위해 쓰자. 다 투자다. 몸에 장착되면 어디 도망가지도 않는다. 열심히 피땀 흘려 돈 모아서 홀랑 사기당하지 말고 자신에게 투자하자.

틈새재미 86
자신의 미션과 비전은?

요즘 어느 회사를 가나 벽에 꼭 걸려 있는 것이 있다. 그 회사의 '미션과 비전'이다. '연 매출 5,000억 달성!' '정직과 봉사의 정신으로 고객을 섬긴다' '성실, 정직, 도전' 등등. 그 회사의 가치관을 나타내는 문구나 단어를 써놓는거다. 그런데 이건 누구의 것인가? 회사 오너의 가치관이다. 오너는 자신의 가치관에 직원들이 맞추길 원한다. 그리고 그 가치관에 벗어나는 직원은 해고한다. 그러니 회사의 미션과 비전에 가슴이 뛰는 직원이 있겠는가? 오너만 가슴이 뛸 뿐이다.

물론 열심인 직원들은 오너의 가치관을 마치 자신의 가치관인양 뇌에 때려박는다. 그리고 그 기준으로 열심히 회사를 다닌다. 하지만 정작 자신의 가치관은 없다. 지금까지 그런 것을 생각해본 적도 없고 단지 회사에서 일러준 가치관대로 회사만 열심히 다니면 되는 줄로 믿는다. 그러다가 회사를 나가게 되서야 헛살았다는 것을 깨닫는다. 너무 늦다.

회사를 다니는 입장에서 회사의 가치관을 따르는 것은 직장인의 숙명이다. 잘 따라야 한다. 하지만 마치 그것이 **자기 것인 양 착각하지는 말자.** 그건 어디까지나 회사 오너의 것이다. 회사는 직원들에게 주인의식을 강요하지만, 정작 회사는 직원들 것이 아니다. 아무리 열심히 발 벗고 나서서 이 꼴 저 꼴 다보면서 열심히 해봤자 회사의 수익은 나에게 오지 않는다. 월급이나 오고, 잘해야 보너스만 쬐끔 쥐어진다. 주인이 아니기 때문이다. 그렇지만 오너는 주인의식을 가지고 열심히 하는 직원들 덕에 많은 수익을 가져간다.

회사는 주인의식을 강요하지만, 사실 주인의식을 가지면 열심히 할 필요가 없다. 내 건데 뭐 적당히 돈벌 만큼만 하면 되는 거 아닌가. 뭘 더 가지려고 아득바득 한단 말인가. 그저 먹고만 살면 되지. 무슨 성과에 그리 목숨을 걸겠는가. 남의 것이니까 열심히 하는 거다. 나는 내 것이라면 그냥 편하게 조금만 벌고 말겠다.

회사의 미션과 비전만 열심히 외우지 말고 자신의 것도 만들어보자. 자신의 것을 바탕으로 한 후 회사의 것을 지키는 것이 맞는 순서다. 자기 것이 없으면서 남의 것만 따라간다는 건 뭔가 자존심 상하는 일 아닌가. 회사의 주인이 아버지라면 얘기가 달라지겠지만 그게 아니라면 문제가 있는 것이다. 자기 것 없이 남의 것으로 자신을 채운다? 뭘 위해 사는 건가? 회사를 위해? 오너를 위해?

회사도 이런 직원을 원하지 않는다. 자신의 것을 확고하게 갖고 진취적으로 일하는 직원을 선호한다. 자신의 미션과 비전이 확고한 사람은 누가 시키지 않아도 알아서 척척 일을 해낸다. 왜냐하면 회사를 위해 일하는 것이 아니라 자신을 위해 일하는 것이기 때문이다. 자신을 위해 일할 때 성과는 자연스럽게 따라오는 것이다. 일단 자신의 가슴을 뛰게 만들어야 한다.

나를 기쁘게 만들자. 나를 가슴 뛰게 만들자. 내 가슴이 뛰지 않으면 남의 가슴도 뛰게 할 수 없다. 삶의 주인이 내가 되어야 인생이 살맛나는 것이지, 만날 뒤따라가다가는 그저 소모품으로 전락할 뿐이다. 나를 세우고 일을 해야 한다. 일만 하지 말자. 일이 먼저가 아니다. 내가 먼저다. 내가 있고 회사가 있는 것이지 회사가 있고 내가 있는 것이 아니다. 당장 생각해보자. 자신이 무엇을 했을 때 가슴이 뛰었는지.

틈새재미 87

낙동강 오리알 신세를 면하려면

아무리 열심히 일한 직원이라 할지라도 회사에서 쓸모없는 존재라고 평가되면 단연 잘리게 된다. 최고경영자가 아니라고 생각하면 아닌 것이다. 그가 과거에 아무리 훌륭한 성과를 냈어도, 지금 이 회사가 이렇게까지 클 수 있었던데 가장 큰 공헌을 했어도 회사가 이제는 필요없다고 말하면 그대로 잘리는 것이다.

내가 회사에 해준 게 얼만데 이렇게 나를 간단하게 처리할 수 있지? 내가 평생을 목숨받쳐 일했는데 대가가 이거란 말인가? 일요일도 못 쉬고 휴일도 다 반납하면서 일했는데 나한테 이러면 안 되지. 단물만 쏙 빼먹고 이제 내치겠다? 아직도 막내가 초등학생인데 이러면 안 되지. 몇 년만 더 다녀고 싶은데… …. 이렇게 후회해봤자 아무 소용없다. 그냥 댕강 잘리는 거다.

원망, 분노, 실망, 절망, 고뇌, 번뇌, 좌절의 감정들이 들 것이다. 정말 회사 하나만 바라보고 살았는데 돌아오는게 이런 대접이라니. 남들 놀 때 정말 열심히 일만 했는데. 가족과 여행 한번 가지 않고 그렇게 열심히 했는데. 남들 투잡이다 쓰리잡이다 딴짓할 때 회사에 절대복종하며 그렇게 박박 기었는데. 원래 계획은 임원으로 승진해서 회사에서 나오는 차 타고, 억대 연봉에 스톡옵션까지 생각했었는데 말이다.

사회가 원래 이런 거다. 잘 나가다가도 CEO가 바뀌면 하루 아침에 낙동강 오리알 신세로 전락할 수도 있고, 못 나가다가도 급작스레 중용되어 출세가도를 달릴 수도 있는 것이다. 그래서 짜증난다. 외압에 의해, 환경에 의해, 바깥 사정에 의해 내가 휘둘려서 힘들다. 우리는 왜 환경에 지배당해야 하는가. 아무리 환경이 거지같아도 잘 살 수는 없는 것일까? 실력이 출중하면 될까? 뭔가 독특한 무기가 있으면 될까?

자신의 본령에 맞는 삶을 추구하면 다 해결된다. **자신이 진짜 원하던 일을 하면 다 버텨낼 수 있다.** 회사의 주인이 바뀌어도 본령의 일이었다면 상관없다. 다른 곳에 가서 같은 일을 하면 된다. 어디를 가나, 어디에서나 나의 일을 할 수 있으니 크게 상관없어지는 거다. 그러나 대부분의 노동자들은 본령의 일을 하지 못하고 있다. 그저 한 달 벌어 한 달 먹고 살 요량으로 근근이 버티고 있는데 무슨 개소린가 싶을 거다. 그렇다. 나도 그렇다. 나도 한 달 벌어 근근이 살아가고 있다. 그러나 나는 생각이 조금 다르다.

버티되 내가 좋아하는 일을 꾸준히 계속한다. 남들 놀 때 나는 '그 일'

을 한다. 남들 쉴 때 나는 그 일을 한다. 남들 게임할 때, 남들 텔레비전을 볼 때, 남들 놀러갈 때 나는 그 일을 한다. 현실을 탓하고만 있지 않는다. 꾸역꾸역 살아가되 나를 위한 작업을 계속 하고 있다. 결국 나를 마지막까지 지켜줄 것은 '그 일'밖에 없다. 그 일로 인해서 나는 하늘 높이 세워질 것이며, 바깥 환경에 흔들림없이 꿋꿋하게 살아나갈 수 있음을 확신하고 있다.

나와 비슷한 처지에 있던 사람이 성공한 이야기를 찾아서 읽는다. 그런 사람들을 만나면서 나 또한 희망을 품는다. 그냥 하루를 버리지 않는다. 최선을 다한다. 시간을 아끼고 효율적으로 사용한다. 힘든 일은 희망을 떠올리며 버텨낸다. 매일 하루도 쉼 없이 '그 일'을 하면서 나를 위로하고 나를 만들어 낸다. '그 일'은 바로 틈새재미다. 틈새를 노려 재미를 본다. 결국 그것이 나를 홀로설 수 있게 도와줄 것이다. 같이 하자. 누구나 가능하니까.

틈새재미 88

주어진 상황에서 최선을 다할 뿐이다

10년 전으로 거슬러 올라가보자. 10년 전에 매일 조금씩이라도 독서를 했다면 10년 후 지금쯤 많은 책을 읽었을 것이다. 10년 전 종이학을 매일 한 마리씩 접었더라면 10년 후 지금 3650마리를 접었을 것이다. 10년 전 매일 1,000원씩 저금했더라면 지금은 3,650,000원을 모았을 것이다. 별것 아닌 것 같지만 시간이 오래 지나면 꽤 많은 것을 이룰 수 있게 된다.

10년 전부터 틈새재미를 봤더라면 지금쯤 뭐라도 이루지 않았을까? 이렇게 확실한데 지금이라도 뭔가 시작해야하지 않겠는가. 지금부터 하면 10년 후엔 뭔가 만들어져 있을 것이다. 누가 힘든 거 억지로 할 만한 거 하자고 했는가. 좋아하는 거 하는거다. 즐거운 마음으로 누리면 되는 거다. 그러면 10년 정도 지나면 뭔가 어렴풋이라도 모습을 드러내게 되어있다.

과거에 포기하고 아예 안 했던 거를 다시 꺼내자. 늦었지만 지금이라도 시작해보는 거다. 돈 때문에 연기를 포기했다면 그것을. 시간 때문에 할 수 없었던 사진을. 뭐라고? 지금도 돈과 시간이 없다고? 결국 또 못하게 되는구나.

핑계대면 그냥 그걸로 끝이다. 누가 알아주지 않는다. 그냥 본인만 못하게 되는 거다. 될 방법을 생각해야지 안 될 방법만 생각하고 있지는 않는지 점검해보자. 시간이 많이 들면 시간이 안 드는 것을 하면 되고, 돈이 아직도 없으면 돈이 안 드는 일을 찾아서 하면 된다. 지금은 안 되니까 아무것도 하지 않고 나중에 시간과 돈이 되면 하겠다는 마음을 접자. 지금 당장 할 수 있는 일을 찾는 거다. 내일로 미루지 말자. 10년이 지나도 돈과 시간이 있을 리가 없다. 분명히 없을 것이다. 그러면 10년 후에 또 같은 소리를 하게 된다. 그러지 말고, 지금 할 수 있는 일을 찾자. 그냥 넋 놓고 핑계만 대면 정말 아무것도 하지 못한다.

나는 말을 타고 싶었다. 어렸을 때 말을 타는 게 꿈이었다. 지금 알아보니 조랑말보다 작은 말이 500만 원 정도 한다. 웬만한 말도 자동차값 정도는 한다. 그런데 유지하려면 돈이 더 들고, 말을 보관할 장소도 필요하다. 나는 아직까지 돈이 없어서 지금 집도 겨우 대출로 살고 있다. 그러나 말타기에 대한 것을 아직 포기하지는 않았다. 일단 미래로 접어두었다. 대신 다른 재미를 찾는다. 돈이 적게 들고, 현실성 있는 재미를 찾았다. 책 읽고 글 쓰기다. 일단은 그것으로 재미를 보고 있다. 말타기를 현재 못한다고 아무것도 안 하고 있지 않을 거다. 며칠 전부터는 수영을 배우고 있다. 일주일에 세 번 수영장에 간다. 물론 시간을 쪼개서 가는거다. 시간을 쪼개다 보면 틈새가 보인다. 그 틈을 노려 재미보는 거다. 일주일에 세 번이지만 시간이 안 되면 두 번 가면 어떻고, 한 번만 가도 괜찮다.

뭐든 조금씩이라도 틈새를 노려 하다보면 괜찮은 성과가 나온다. 책을 읽으니까 꽤 많은 지식과 지혜를 얻게 될 것이다. 글을 쓰니까 나중에 책도 많이 나올 것이다. 수영도 다니니까 자유형, 배영, 평영, 접영을 마스터할 수 있게 될 것이다. 그러다가 돈 많이 벌면 말 사서 타고 다니면 된다. 안 되면 말고다. 나에게 주어진 운명 안에서 최선을 다할 뿐이다.

틈새재미 89
나답게 살다가 죽자

우리는 많은 것을 요구받는 시대에 태어났다. 스페셜리스트이면서 제너럴리스트이기도 한 멀티형 인간을 선호하는 시대에 살고 있다. 그만큼 세상 사는 게 더 각박해졌다. 아니 과거에는 스페셜리스트만 되어도 인정받았고, 제너럴리스트이기만 해도 괜찮았다. 스페셜리스트 되는 건 뭐 누워서 떡 먹기처럼 쉬운가? 제러럴리스트는 쉬운가? 이거 되기도 힘든데 둘 다를 원하니 참, 더러운 세상이다.

또 오래 사는 부담이 있다. 있는 사람이야 아주 좋은 세상이지만, 없는 서민들은 이게 고통으로 다가왔다. 그러니 인생 2막, 3막이라는 단어도 나오고, 정년 후 제2의 직업을 구해야 한다느니, 정년 없이 평생현역으로 살아야 한다는 말로 겁을 주고 있다.

이렇게 각박한 세상을 돌파할 만한 뾰족한 수는 없는 걸까? 점점 노령화되는 사회에서, 경제발전은 정체된 상태에서 알싸하게 살 방도는 없는 것일까? 나는 그 방법을 틈새재미에서 찾는다. 어차피 어느 시대나 힘들었다. 중세시대에는 편했나? 흑사병이다 전염병이다 해서 사람목숨을 파리목숨처럼 확 쓸어버렸지. 잔인의 시대라서 사람눈깔 빼거나 손가락 자르거나 유리조각 위에 무릎을 굽히는 형벌들이 실행되지 않았는가. 전쟁은 또 얼마나 많았는가. 사랑하는 가족의 죽음을 눈앞에서 지켜볼 수밖에 없는 상황이었다. 100년 전만 해도 일제식민지 시대에서 얼마나 학대받고 고통받으며 살았는가.

그러고 보면 사실 지금이 제일 좋은 시대가 아닐까 싶다. 일단 큰 사고만 아니면 목숨부지하기 이보다 쉬운 시절은 없었다. 웬만한 병도 거의 치료가 가능하다. 나 또한 태어나자마자 장 때문에 크게 앓았고, 4학년 때는 폐결핵에 걸렸고, 군대에 갔다와서는 말라리아에 걸렸다. 100년 전 같았으면 벌써 죽은 목숨이었다. 현대의료로 지금까지 살고 있는 것을 보면 그리 한탄할 일만은 아닌 듯싶다.

물론 지금도 지금 나름의 고통이 있다. 그럼에도 불구하고 이대로 낙담만 하면서 살 수는 없지 않겠는가. 나름의 해결방안을 찾아야 한다. 이왕 사는 거 좀 더 재미나게 살아야되지 않겠는가. 시대적 요구인 스페셜+제너럴리스트가 되는 것도 중요하지만, 자신의 정체성을 잃지 않는 것이 더 중요하다. 스페셜리스트가 맞지 않는데 굳이 그래야 하니까 하는 것도 문제요, 제너럴이 맞지 않는데 그렇게 살 필요도 없다. 자신에 맞게 살면 된다. 사회에서 너란 존재는 쓸모 없어라고 한다면 그냥 받아들이고 살자. 꼭 일류로 살 필요 있는가. 나답게 사는 게 더 중요하지 않을까.

물론 어느 정도 능력이 돼서 하기는 싫지만 할 수 있다면 하는 게 좋겠다. 제너럴이고 스페셜이다 다 싫은데 특출난 능력으로 둘 다 가능하다면 그렇게 살자. 대신 거기에 매몰되서 자신을 잃고 살지는 말는 얘기다. 그리고 능력부족으로 둘 다 안 되더라도 낙담하지 말고 살자. 나답게 살면 된다. 안 되면 되게 하지 말고 안 되면 안 되는대로 나답게 살면 된다. 우리를 너무 사지로 내몰지 말자. 만약 나답게 사는 게 힘든 세상이라면 차라리 세상을 탓하자. 세상이 잘못된 것이다. 좋은 세상은 국민 하나하나가 자신답게 살 수 있도록 만들어주는 것이다. 건전한 생각과 건전한 몸으로 나답게 살 때 거기에 희망이 있고, 행복이 있다고 믿는다.

틈새재미 90
남을 위해 내 시간을 낭비하지 말자

여러분에게 주어진 시간은 유한합니다. 그러니 남의 인생을 사느라 그 시간을 낭비하지 마십시오.
스티브 잡스

나는 누구인가? 스스로 물으라. 자신의 속 얼굴이 드러나 보일 때까지 묻고, 묻고, 물어야한다.
법정 스님

유명하신 두 분의 말씀의 공통점은 '주체적으로' 살라는 것이다. 꿈 있는 자가 꿈 없는 자를 지배하고, 자신을 아는 자가 자신을 모르는 자를 지배하는 세상이다. 내가 누구인지 알아야 나를 위해 시간을 쓸 수 있고 인생을 보다 값지게 살 수 있는 것이다. 만날 허드렛일만 하다가 가고 싶은 사람은 없다. 하지만 자신을 찾기 위해 노력하는 사람도 거의 없다. 그래서 허드렛일만 하다가 간다.

자신이 누구인지 알지만 시간이 없어서 자신을 못 찾는 사람들도 허다하다. 이 핑계, 저 핑계를 대면서 못할 이유를 찾는다. 필리핀 속담에 '하고 싶은 일은 방법을 찾지만, 하기 싫은 일은 핑계를 찾는다'고 했다. 이 속담에 빗대어 본다면, 핑계를 대는 행위는 결국 자신을 찾는 일이 하기 싫은 일이라고 볼 수 있다. 핑계를 대고 있는가? 결국 자신을 알지 못하고 죽음에 이르게 될 것이다.

자신이 누구인지 아는 일은 사실 굉장히 흥미롭다. 나를 알기 위해 나를 관찰하는 것은 특이한 경험이 될 것이다. 나를 객관적으로 평가하면서 무엇을 좋아하는지, 무엇을 싫어하는지를 관찰하는 것이다. 그렇게 하나하나 파악해 나가다보면 나를 알게 되는데 그 과정이 참으로 재미있다. 본래적으로 타고난, 본인의 의지가 들어있지 않는 그것을 찾게 되면 신기할 정도로 행복감을 느끼고 세상 살맛이 나게 된다.

앞서 훌륭하신 분들은 '자신을 아는 자'다. 역사적으로 이름깨나 날리신 분들은 모두 다 그렇다. 내가 누구인지 알고 살게 되면 어떻게 살아야 되는지 방향을 잡을 수 있다. 그리하여 변화와 흐름에 흔들리지 않고 자신의 길을 뚜벅뚜벅 고수할 수 있는 것이다. 역사적으로 이름을 날리고 싶다면, 훌륭한 사람이 되고 싶다면 가장 먼저 해야 할 일이 '자신을 아는 것'이다.

자신을 알았다면 다음으로 해야 할 일은 자신에 맞게 일을 하는 것이다. 자신에 맞는 일을 직업으로 가지면 최상이고, 그렇지 못할 때에는 취미로, 재미로 하는 것도 괜찮다. 늦게라도 알았다면 다행이다. 나처럼 틈새시간을 내서 재미를 보면 되니까. 늦은 것은 문제가 되지 않는다. 조금 고달플 뿐이다. 문제는 모르고 계속 사는 것이다. 그리고 죽을 때쯤 후회하는 것이다.

나는 그런 인생을 살고 싶지 않다. **나답게 살다가 가고 싶다.** 남의 인생을 사느라 내 시간을 갖다바치고 싶지 않다. 이제야 비로서 내가 누구인지 제법 알아챘지만, 거기에 그치지 않고 계속해서 나를 알아갈 것이다. 혹시 나도 모르는 그 무엇이 또 숨어있을 수도 있으니까. 그리고 혹 지금 알고 있는 내가 거짓으로 날 현혹하고 있을지도 모르니까 말이다.

틈새재미 91

효율적인 일처리는 기본

같은 일을 해도 굼뜬 사람이 있다. 일을 착착 진행시켜야 하는데, 세월아 내월아 하는 것이다. 뭐, 급한 게 없다. 시간이 다 해결해주겠지, 나 아니면 다른 누군가 도와주겠지 하는 마음으로 사는 것 같다. 나는 이런 사람을 증오한다.

일단 시간관념이 없다는 데 화가 난다. 꼭 해야 할 일과 먼저 해야 할 일에 대한 구분 없이 그저 보이는 대로 하는 거다. 일에 있어서 뭐가 중요한지 모르는 것이다. 하루종일 열심히는 했으되 일의 진척이 없고 쓸데없는 일로만 바빴던 것이다. 그러니 어디 틈새시간을 낼 수 있겠는가. 무엇이 중요한지 모르기 때문에 발생되는 일이다.

다음으로 책임감 결여다. 어떤 일을 하든 내 선에서 해결하고자 하는 마음이 없는 것이다. 다른 사람이 도와주겠거니 전가한다. 누가 보면 하루종일 움직거려서 열심히는 일하는 것 같지만 일의 우선순위를 모른 채로 하다보니 몸만 바빴지 이루어진 일은 하나도 없는 것이다.

이렇듯 일의 핵심을 잡고서 해야 하는데 그저 시간 때우기식, 책임감 부재의 상태로 하다보니 일을 열심히 하는 거 같지만 실상 자세히 보면 헛일을 하고야 만다. 이런 사람들은 절대로 틈새재미를 꾸릴 수 없다. 틈새재미를 노릴려면 일단 주어진 과업을 깔끔하게 끝내야 가능하기 때문이다. 일처리가 깔끔치 못한 상태에서 자신의 재밋거리만 찾을 수는 없는 것이다. 이건 직무유기요 근무태만인 것이다. 자기 할 도리 다 하고서 틈새시간을 노려서 재미를 보는 것이지, 책임감 없이, 일의 우선순위 없이 그럭저럭 버티다가 자신만의 시간을 사용하는 것은 용서받지 못할 짓이다.

틈새재미를 누리고 싶으면 일단 일을 효율적으로 해야 한다. 같은 일도 1시간에 할 것을 40분으로 줄일 수 있는 능력이 되어야 한다. 반복적으로 하는 일도 보다 쉽게 만들어서 시간을 단축시킬 수 있어야 한다. 최소한의 노력을 최대한의 성과를 내려는 자세가 필요하다. 그래야 자신만의 시간을 낼 수 있는 것이다. 그게 일단 안 되면 틈새재미는 무슨 뜬 구름 잡는 소리로밖에 들리지 않는다. 자신의 과업도 쩔쩔 매는 상황이라면 틈새재미는 먼 나라 이야기일 뿐이다.

따라서 틈새재미를 제대로 구현하고 싶다면 자신의 일에 효율성을 극대화 시켜야 한다. 그런 일머리가 없으면 절대로 틈새재미를 누릴 수 없다. 하루종일 전전긍긍, 아등바등거리는데 무슨 틈새재미인가. 제 일도 제대로 못하는 상황에서 어디 될 법한 이야기인가. 자신에게 주어진 일 제대로 해놓고, 짬을 내서 재미를 보는 거지. 일도 제대로 못하면서 재미 본다고 지랄하는 것은 쌍판대기 맞을 각오를 해야 한다.

업무의 효율성을 높이자. 반복적인 일의 시간을 줄이자. 놀지 말고 열심히 일을 하자. 그렇게 해서 남는 시간에 재미를 보자. 틈새재미를 누리기 위해 업무의 효율성을 높이려고 계속 노력하면 일에도 도움이 되고, 자신의 재미도 제대로 찾을 수 있게 되는 일석이조의 효과를 얻을 수 있다.

틈새재미 92

영원히 살지 못한다

영원히 살 것처럼 우리는 살아가고 있다. 영원히 청춘일 줄 알고, 영원히 사랑하는 가족과 함께 살 줄 알고, 영원히 내 집과 자동차를 소유할 줄로 알고, 영원히 자신의 기득권이 유지될 줄 알면서 살아가고 있다.

사실은 죽어가고 있는데 말이다. 우리는 하루하루 죽어가고 있다. 죽음을 향해 한 발 한 발 내딛고 있는 것이다. 점점 가족과 헤어질 날을 향해 가는 것이고, 이 세상과 작별을 하기 위해 죽어가고 있는 것이다. 죽으려고 태어난 것이다.

그런데 우리는 지금 어떻게 살고 있는가. 조금이라도 더 가지려고 하고, 조금이라도 더 출세하려고 하고 있다. 땅을 늘리고, 건물을 올리고, 연봉을 더 받기 위해 타인을 짓밟고 올라서려고 하고 있다. 나의 이득을 위해 타인을 불행하게 만들면서 하루하루 죽어가고 있다. 자신의 기득

권 유지를 위해 죄 없는 수많은 제주도민들을 죽인 위정자. 광주의 수많은 민중을 처참히 죽인 위정자. 그리고 서민들 사이에서도 자기 혼자 잘 먹고 잘 살아가겠다고 잔대가리를 굴리는 소시민들. 이들은 모두 자신이 영원히 살 줄 알고 있다.

누구든 태어나면 다 죽는다. 어차피 뒈질 인생 악하게 살 필요가 있는가. 많이 벌어 뭐에 쓰려고? 죽을 때 저승에 가져가려고? 자식들 물려주려고? 많이 가질수록 시간이 잡고 싶을 터. 그러나 시간은 누구에게나 공평하다. 다 뒤진다.

어차피 뒤질거 뭐하러 열심히 사는가. 오늘 뜻하지 않는 사고로 비명횡사할지도 모르는데 뭐 하러 열심히 사는가. 급작스럽게 세상을 저버린 지인들을 보면서 무엇을 느끼는가. 그런 면에서 인생이 너무 허무하지 않은가.

너무도 허망하고 허무하다. 뭔가를 이뤄놓아도 결국엔 다 주고 가야 한다. 집이 100채라도 죽으면 끝이고, 세계 1등 기업을 만들었어도 죽으면 땡이다. 아니 그렇게 열심히 했는데 결국엔 다 내줘야 하다니. 100년도 가지고 있을 수 없다니 너무 허무하다.

그러면 내일 당장 죽어도 후회 없거나 허무하지 않으려면 어떻게 해야 할까? 가족들 사랑하고, 다른 사람들 도와주어서 행복하게 만들어주고, 나를 기쁘게 해주면서 살면 좀 낫지 않을까? 미래의 큰 그림은 그리되 오늘을 미래를 위해 버리지는 말아야겠다. 최소한 내일 죽어도 후회 없도록 **오늘을 재미나게 살아야 되겠다.** 진정 나다운 일을 하면서 보람도 찾고, 재미도 찾아야겠다. 10년 후 대성할 나를 위해 가족과의 사랑할 시간도 버리고, 주변 사람 돌보지도 않고, 일에 매진하다가 오늘 교통사고로 죽으면 이 얼마나 열쳐받는 일이겠는가. 나는 그렇게 살고 싶지 않다.

내일 죽어도 후회 없으리만치 오늘 가족과 많은 사랑을 나누고, 이웃과 많은 사랑을 나누고, 또 나를 위한 틈새재미를 보면서 살아가겠다. 틈새재미라도 하나 괜찮게 꾸려가면 그렇게 허망하지는 않을 것이다. 어차피 죽을 때 다 내놓아야 하니까 물욕부리지 말고 적당하게 가지고 있다가 반납해야겠다.

틈새재미 93

틈새재미의 마법

오늘도 스마트폰 걸음수를 확인해 보니 32,692보가 나왔다. 폰을 놓고 걸은 것까지 하면 아마 40,000걸음은 되지 않을까 싶다. 그만큼 바빴다. 농장에 병아리 받을 날은 가까워오는데 진척이 되지 않아서 그리 된 것이다. 잠시의 쉴 틈도 없이 강력하게 몰아부쳤다. 다리에 피가 흐르고 있는데도 어디서 부딪혔는지도 모른 채 발발거렸다. 다행히 일을 완수하였고, 같이 수고한 직원들을 위해 족발집으로 향했다.

하루종일 나를 돌아볼 시간이 전혀 없었다. 밥을 콧구멍으로 먹었는지 입구멍으로 먹었는지도 모른다. 당장 내일이 오기 전에 마무리를 져야 한다는 생각밖에 없었다. 소위 말해 '비상'이었다. 정신없이 일할 때는 모르지만 퇴근 후 한가한 시간이 오면 뿌듯함보다는 허탈함이 더 크다.

일이란 것을 몰아서 하는 성격이 아닌 나에게 일이 이렇게 몰아닥칠 때는 일에 매몰되어 나를 돌아볼 수 없기에 그런 것이다. 일을 위해 태어난 것은 아닌데. 왜 일을 이렇게 할 수밖에 없을까. 사전에 찬찬히 준비했더라면.

예전 같으면 족발집에서 직원들과 소주를 마시며 하루를 마감했을 것이다. 술에 취해 집에 돌아와서 곯아떨어졌을 것이다. 그러고 다음날 또 일찍 일어나 출근을 했겠지. 그런데 지금은 그렇지 않다. 나는 술을 끊었다. 완벽하게 술을 끊은 상태다. 술을 끊은 여러 가지 이유가 있지만 그 중에서도 '나를 위한 시간'이 필요했기 때문이다. 술 마시고 곯아떨어지면 남는 게 없다. 좋은 건 그때 뿐이다. 다음날도 반복되는 삶의 패턴일 뿐이다. 발전이 없다.

나는 술을 끊는 대신 그 시간을 충분히 나를 위해 사용하기로 결심했다. 지금 이 글도 족발집에 다녀온 후 말짱한 정신으로 글을 쓰고 있는 것이다. 만약 술을 마셨더라면 아직도 족발집에 있거나 2차를 갔을 것이다. 그러나 나는 일찌감치 집에 왔고, 이렇게 글을 쓰면서 나를 위로하고 있는 중이다.

틈새재미를 위해 많은 시간을 사용하지 않는다. **나에게 허락된 시간을 잠시 잠깐 이용할 뿐이다.** 대신 버려지는 시간을 확실히 잡아두기 위해 노력한다. 술을 마시는 시간, 담배를 피우는 시간, 텔레비전을 보는 시간을 없애버렸다. 그 시간에 나는 책을 읽고 글을 쓴다. 그러면 궁극의 희열을 맛볼 수 있다. 술, 담배, 텔레비전이 줄 수 없는 기쁨이다. 온전히 나답게 살기 시작하자 덤으로 얻어지는 기쁨이다.

앞서 밝혔듯이 나는 틈새재미를 통해 책을 출간했다. 그리고 어제는 출판계약 2건을 동시에 했다. 이 원고도 내년에 책으로 나오게 된다. 또한 다음 달에 책이 또 한 권 나온다.

단지 틈새시간을 이용했을 뿐인데 이렇게 책을 계속 내게 되었다. 낭비되는 시간을 절약하고 그 시간에 틈새재미를 봤더니 이렇게 된 것이다. 예전처럼 술 마시고 곯아떨어졌더라면 평생을 양계장 김씨로만 살아야 될텐데, 출판되는 책이 점점 늘수록 나라는 존재를 과연 양계장 김씨로만 치부할 수 있을지 의문이다. 이게 바로 틈새재미의 마법이다.

틈새재미 94

목표보다는 재미다

목표를 설정하고, 그 목표를 위해 노력하는 모습이 나에겐 그리 멋져보이지는 않는다. 예를 들어 이런 거다. '2020년까지 꼬마빌딩 한 채를 소유한다!'. 목표를 잡고서 하게 되면 강박이 생긴다. 목표의식이 강할수록 더 자신을 옥죄게 된다. 어떤 사람들은 이렇게 말한다. 강한 신념과 목표의식은 자신의 잠재력을 가동시켜 반드시 이룰 수 있다고 한다. 그래 좋다. 꿈을 가지고 목표를 가지고 사는 것이 뭐가 잘못되었는가.

그런데 나는 목표보다는 재미에 치중하고 싶다. 축구를 한다고 치자. 메시처럼 세계적인 축구선수가 되어 부와 명성을 모두 손에 쥐고 싶다는 꿈보다는 그냥 축구 자체를 좋아하면 안 될까? 그냥 축구가 좋은 거다. 꼭

한 경기다 한 골씩 넣겠다는 목표보다는 축구를 즐기는 거다. 재미있으니까 계속하는 거지 세계적으로 위대해 지려고 축구를 하게 되면 주객이 전도 될 수 있다. 그 좋던 축구가 스트레스로 작용하게 되고, 수단으로 전락하게 된다. 목표는 '세계적인 축구 선수'니까 축구는 단순한 수단으로 내쳐지게 되는 것이다.

축구가 재미있어서 그것을 하는데 행복감을 느낀다면 그것으로 족한 것이다. 꼭 세계적인 선수가 되지 않더라도 계속 축구를 할 수만 있으면 좋은 것이다. 물론 경기에서 좋은 성적을 거두면 더 기분이 좋겠지만, 반드시 세계적인 선수가 되기 위해 축구를 하게 되면 부작용이 생긴다. 만약 세계적인 선수가 되지 못하면? 축구가 싫어지지 않을까? 재미있는 축구를 즐기다보니 세계적인 선수가 되는 것이 맞는 수순이다.

진정 좋아하는 축구에 매순간 재미를 느끼고 있다면 그리고 그것을 매일 즐기고 있다면 실력은 점점 향상되어 나중에 세계적인 선수가 되지 않을까? 축구가 주가 되고 세계적인 선수가 객이 될 때 진정한 행복이 있지 않을까. 재미있는 축구를 하다보니 세계적인 선수가 되었다면 좋은 거고, 만약 안 되도 그만이다. 재미난 일을 하고 있는 것 자체가 기쁨이요 행복이니까.

목표를 잡고 치열하게 목표를 향해 돌진해 가는 모습은 열정적으로 보여지기도 해서 박수 받을 만한 일처럼 비춰진다. 그러나 잘못되면 목표를 위해 수단과 방법을 가리지 않고 불법과 비윤리적인 짓을 할 수도 있다. 목표지향주의의 맹점이다. 따라서 목표는 '건전한' 목표라야 한다. 목표를 잡을 때 그것이 사회에, 사람들에게 바람직한 영향을 줄 수 있는지 꼭 점검해야 한다. 단지 개인적 욕구를 채우기 위함인지 말이다. 세계적인 축구선수라는 목표를 왜 이루려고 하는지 점검하는 것이 좋겠다. 그런 선수가 돼서 뭐 하려고? 왜 되려고? 되면 뭐가 좋은데? 이렇게 질문을 던지다보면 어쩌면 자신이 원하던 목표가 그리 대단하게 느껴지지 않게 여겨진다. 이럴 때는 목표를 수정해야 한다.

아들에게는 장난삼아 "아빠는 BS가 될거야. 아빠를 위해 기도해줘." 라고 말하지만 사실 안 되도 그만이다. 그냥 평생 글을 쓰고 책을 낼 수만 있다면 그것으로 만족한다. 그 행위 자체에 이미 엔돌핀이 만땅인데, 그 결과에 대해 뭐가 그리 신경이 쓰이겠는가. 그래서 나는 죽을 때까지 재미에만 초점을 맞출 것이고, 그 행위 자체에서 행복을 느낄 것이다. 여기서 BS는 Best Seller의 약자다.

틈새재미 95
즉시한다

틈새재미를 제대로 하기 위해서는 즉시 할 수 있게끔 시스템을 만들어 놓아야 한다. 준비동작이 크면 안 된다. 준비하는데 지쳐 정작 재미를 볼 수 없기 때문이다. 낚시재미를 가지고 있으면 늘 차에는 낚시대가 있어야 한다. 그래야 틈새가 나면 바로 떠날 수 있다. 준비가 안 되어 있다면, 낚시하러 가야지라는 생각이 들 때, 옷 챙겨야지, 모자 챙겨야지, 낚시대를 꺼내와야지, 차에 실어야지 이렇게 하다보면 뜻하지 않는 상황이 발생하게 된다. 결국 못 한다. 틈새가 보이면 즉각 행동할 수 있게 모든 것이 레디셋(ready-set)이 되어야 한다.

나는 언제든 틈새가 보이면 즉각적으로 할 수 있게 세팅해 놨다. 스마트폰에는 저장되어 있는 책이 늘상 10종을 이루고 있고, 컴퓨터만 있으면 순간적으로 글을 쓸 수 있게 영감덩어리, 소재거리를 미리 블로그에 저장

해놨다. 틈새만 보이면 읽거나 쓴다. 준비동작이 거의 필요없다. 1초 정도?

요즘 수영에 재미를 두고 있는데, 아직 수영에는 레디셋이 되지 않았다. 일단 수영모, 수영복, 물안경, 세면도구 등이 들어있는 가방이 준비되어 있지 않다. 일주일에 세 번(월, 수, 목) 강습이 있기 때문에 그 날에 맞춰 준비를 한다. 만약 다른 날(화, 금, 토)에 수영을 가고 싶으면 준비가 필요하다. 준비하려고 하다보면 아내의 잔소리, 아이가 놀아달라고 하기 등등 여러 가지 상황이 얽히면서 결국 수영을 못하게 된다.

어차피 틈새재미라는 것이 길게 주구장창하는 것이 아니다. 짬 시간을 노리고 섰다가 해야하는 일이다. 사수가 목표물이 나타나길 기다렸다가 저격하는 것과 같은 모습이다. 행동이 굼뜨거나 사변적이거나 잡스럽거나 깨어있지 않으면 못하는 일이다. 수험생이 공부하는 것이 핵심인데, 공부하려고 독서실에 가서, 책을 놓고, 세수를 한 번 하고 와서, 연필 예쁘게 깎아놓고, 연습장을 꺼내, 공부 계획표를 세우고, 거기에 흡족해 하면서, 준비하느라 피곤해서, 잠시 잠을 청하는 것과 같아서는 절대로 안 된다.

일도 마찬가지다. 꼭 해야 하고 먼저 해야 하는 일에 초점을 맞춰서 끝내야지. 내가 아닌 다른 사람을 시켜도 되는 일, 오늘 반드시 안 해도 되는 일에 매이면 안 된다. 할 일 먼저 해 놓고 나머지를 해야 한다. 그래야 시간이 나서 재미도 보는 거지. 재빠르지 못하고 느긋하다면 재미를 볼 수 없다.

나는 가끔 내 모습을 보면서 다람쥐 같다는 생각이 든다. 동작이 빠르다. 큰 힘을 들이지는 않는다. 굉장히 몸을 빨리 놀린다. 가만히 있지 않는다. 틈새를 노리기 위해 분주하게 계속 움직이고 생각한다. 한 마디로 멍 때리는 시간이 거의 없다. 틈새재미를 보려다보니 그럴 시간이 없어지는 것이다. 자동적으로 시간관리가 이루어진다.

그렇다면 직장을 그만두고 하루종일 느긋한 시간을 가지면 지금보다 더 많은 재미를 볼 수 있을까? 그건 꼭 그런 것만은 아닌 거 같다. 넓어진 시간만큼 내 행동이 느려지면서 오히려 나태해지는 경험을 휴일을 통해 알 수 있었다. 오늘도 나는 촉각을 곤두세우고, 목표물이 나타나기만을 기다렸다가, 빵하고 쏘는 다람쥐의 모습으로 살아가고 있다.

틈새재미 96
나는 전업작가가 아니다

원고를 쓰기 시작한지 약 6개월이 지났다. 그게 내 틈새재미니깐. 이제 책으로 낼 만큼의 분량도 되었다. 이제 이 원고를 가지고 출판사 문을 두드릴 것이고, 또 책으로 나오게 될 것이다. 꼭 책으로 나오지 않아도 한 장씩 쌓이는 원고를 보면 흐뭇하다. 무한의 감동을 받는다. 뭔가 보람되고, 기분이 좋아진다.

이렇게 한 권의 책을 내게 되면 나는 또 다른 컨셉을 잡고서 또 원고 집필에 들어간다. 그리고 늘 하던 것과 같이 매일 틈새재미를 보게 될 것이다. 그리고 원고의 양이 책을 낼 정도가 되었을 때 또 출판하게 될 것이다.

나는 전업작가가 아니다. 양계장에서 일한다. 바쁘다. 양계장 일은 육체와 정신을 모두 사용해야 한다. 전기도 다룰 줄 알아야 하고, 기계도 고칠 줄 알아야 하고, 닭의 생리도 알아야 한다. (사료)급이기가 고장나면 어느 정도 고칠 줄 알아야 하고, 전기가 고장나면 그것도 손볼 줄 알아야 하고, 왕겨도 퍼나르고, 닭도 날라야 하고, 추운 겨울날 물청소도 해야하고, 환기도 알아야 하고, 마을 사람들이 길을 막으면 민원도 해결해야 하고, 상사 비위도 살살 맞춰야 하고, 본사에 각종 서류를 써줘야 하며, HACCP도 심사 받아야 하고, 거기에 관련된 서류에다가 군청 및 면사무소도 방문해야 하며, 본사 교육도 참석해야하고, 회의도 참석하고, 면세유도 관리해야 하고, 직원들 불만사항도 해결해줘야 하는 등 새벽5시에 출근해서 저녁 7시 퇴근할 때까지 할 게 진짜로 많다.

그럼에도 불구하고 나는 틈새시간을 노려서 재미를 보고 있다. 많은 시간을 쓸 수 없다. 주어진 일을 해내면서 잠시 시간을 내서 읽고 쓴다. 남들 술 마시고 놀 때, 휴일에 쉴 때, 텔레비전 볼 때 나는 틈새재미를 본다. 그게 다다. 그렇게 해서 매년 300~500권 이상의 책을 읽고, 1~2권의 책을 내고 있다.

아마도 전업작가가 되면 더 많은 결과물을 내놓을지도 모르겠다. 그러나 이 정도에도 만족하고 있다. 틈새재미 보는 맛이 쏠쏠하기 때문이다. 시간을 아껴서 생산적인 일을 하는 맛이 꽤 짭짤하다. 낮에는 양계장 김씨지만 밤이 되면 글쟁이 김씨로 변신한다. 이중생활자다. 아직 확정할 수는 없지만 시간이 지나면 작가로 전업할지도 모르겠다. 그러나 지금의 삶도 크게 불만은 없다. 될 수 있으면 현재의 삶에 불만을 갖지 않기 위해 노력하고 있다. 현실적으로 지금 할 수 있는 선에서 최선을 다할 것.

양계장 일 열심히 하되, 시간이 나면 최선을 다해 재미를 볼 것. 내일 죽어도 여한이 없이 열심히 틈새재미를 볼 것. 이렇게 살다가 잘 풀려도 초심을 잃지 말 것. 등등 나에게 여러 가지를 주문해 놓고 있는 상태다.

프랑스 작가 기욤 뮈소도 이중생활자다. 그도 낮에는 학교선생님을 하고 밤에는 글을 쓴다. 그는 베스트셀러 작가로 사실 학교 선생님을 그만 둬도 되지만 계속 이중생활자로 살고 싶다고 한다. 이유는 하나. 현실감각을 놓지 않기 위함이란다. 나는 그의 말에 일면 동의한다. 현실을 몸으로 부딪힐 때 글이 더 잘 써진다는 것을 안다. 현실과 얽힐 때 틈새재미가 더 재미있다는 것을 안다.

그러나 내가 뮈소라면 당장 전업작가로 갈아탈 것이다. 내 그릇이 그 정도밖에 되지 않는다. 그래서 읽고 싶은 책 실컷 읽고, 공부하고 싶은 책 실컷 공부하고, 쓰고 싶은 글 실컷 쓰고 싶다. 그러나 그날을 위해서 지금을 투자하고 있지는 않다. 그날이 오든 말든 나는 오늘 하루 최선을 다 할 뿐이다. 그 정도만 해도 매우 행복하다.

틈새재미 97

때론 이기적이어야 한다

이기적이라는 단어에 혐오감이 있지 않은가? 이기적라는 말을 들었을 때 굉장한 모욕감을 느끼지 않은가? 개인적이기는 하지만 이기적이지는 않다고 변명한 적은 없는가? '이기적인 것은 나쁜 것이다. 극악무도한 것이다. 최소한 남에게 피해를 주지 않는 선에 합당한 개인주의는 인정하지만 이기적인 것은 도덕적, 윤리적으로 허용될 수 없다'고 생각하며 자라왔다. 우리는 그렇게 살아왔다.

남에게 잘 보이기 위해, 좋은 사람처럼 비춰지기 위해, 욕먹지 않기 위해 마지못해 하는 일들이 얼마나 많은가. 여럿이서 사는 사회다보니 그렇게 교육받아왔고, 자신의 욕구는 조금 감수하면서 공익을 위해 사는 것이 멋지게 판단되어 왔다. 그래서 그런지 지금까지 살면서 이기적으로 살아보지 못했다.

그러나 인생을 살 때는 이기적일 필요도 있다. 물론 남에게 피해를 주어서는 안 되겠지만, 피해를 주지 않으려다보니 정작 자신은 등한시한 채 나를 잃고 남에 의해 살게 된다. 바람직하지 않다. 이제 남 눈치는 그만 보자. 남은 절대로 나를 챙겨주지 않는다. 남들은 굉장히 이기적이다. 그런데 우리는 왜 이기적이면 안 되는가?

사업에 쫄딱 망해봐라. 형제자매가 거들어주겠는가? 부모가 챙겨주겠는가? 뭐 한 번은 도와줄 것이다. 그러나 두 번째는? 아무도 도와주지 않는다. 배우자도 떠날지 모른다. 자식은? 자기 살기 바쁜데? 그것도 장담 못하겠다. 결국 인생은 혼자서 살아가야 하는 것이다. 냉혹하지만 그렇다. 가족이라는 사랑공동체의 결속이 제대로 된 집이라면 모르겠지만, 대부분은 큰 위기가 오면 와해되어 버린다. 내가 잘되야 가정도 지킬 수 있는 것이고 내가 행복해야 가족도 행복해지는 것이다.

결국 혼자다. 내가 행복해야 된다. 내가 우울하면 가정도 곧 우울해지게 된다. 아무리 사랑하는 아내와 자식이 있지만, 결국 내가 해야 하는 것이다. 내가 아파 누워있어봐라. 오랜 병에 장사 없다고 10년 누워만 있어봐라. 아내가 나를 계속 사랑해줄까? 자식은? 장담하지 못할 것이다. 결국 밥도 내가 먹는 것도, 똥도 내가 싸는 것이다. 그 누구도 나를 대신할 수 없다.

따라서 우리는 좀 이기적일 필요가 있다. 가족을 위해 자신을 희생하지 말자. 실망하게 된다. 대가를 바라게 되면 실망하게 된다. 내가 이만큼 했으니 가족들에게 뭔가를 바라고 있다면 그건 실망의 길로 접어든 것이다. 진정한 희생은 대가를 바라지 않는다. 그게 가능하다면 열심히 희생하자. 남을 위해 자신을 양보하지 말자. 누군가가 미워진다. 양보에도 대가를 바란다. 내가 이만큼 양보했으니 너도 좀 나를 배려해줄래? 그러나 상대방이 나를 만족시키지 않으면 그가 미워지는 것이다.

해주고서 대가를 바라는 마음이 있다면 착한 척하는 거다. 대가를 바라지 않는 마음에서 진정한 희생이 있고, 양보가 있어 행복할 수 있는 것이다. 그러나 이런 마음이 생기지 않는다면, 개수작 떨지 말고 그냥 이기적으로 살자. 나를 위한 시간을 갖자. 틈새재미.

틈새재미 98

늦었다고 생각하는 지금이 가장 빠른 때다

평생 이렇게 살아왔으니 계속 이렇게 살란다. 지금 와서 뭘 바꾸냐. 됐다. 이만하면 잘 살았다. 애들도 잘 키웠고, 다들 장성해서 제 앞가림 잘 하면서 산다. 나도 건강하고 아내도 건강하고 모아놓은 돈도 조금 있고, 됐다. 잘 살았다고 본다. 나는 재미 같은 건 모르고 살았다. 그저 가족들 위해 평생 돈 벌어다 주었고, 그 돈으로 이 정도 살 수 있게 된 것에 만족한다. 벌어 놓은 돈으로 여행이나 다니면서 살다가 죽는 거지. 뭐.

이런 사람이 젊었을 때 하고 싶었던 일은 없을까? 가수가 되고 싶었거나, 배우가 되고 싶었다거나, 예술가가 되고 싶지 않았을까? 그저 돈 돈 돈이나 벌어다주는 기계처럼 평생을 살고 싶었을까? 사랑하는 사람을 만나 가정을 이뤘으니 마땅히 해야 할이겠지만, 정작 자신이 하고 싶었던 일은 접어두고 다시는 꺼내보지도 않은 채 죽는 날만을 기다리고 있는 것은 아닐까?

늦었다고 생각할 때가 가장 빠른 때다. 지금이라도 그 카드를 다시 꺼내봐야 한다고 생각한다. 이제는 나이가 들어 가수가 못 되도, 배우가 못 되고, 예술가가 못 되도 그 길을 가야한다고 생각한다. 가수가 되는 과정, 배우가 되는 과정, 예술가가 되는 과정을 즐기는 것만으로도 행복하지 않을까? 젊은 시절처럼 죽기살기로 승부보기 위해 애쓰지 않아도 될 것이며 좀 더 여유롭고 재미나게 취미삼아 할 수 있지 않을까?

나는 마흔이 넘어 수영을 배우기 시작했다. 예전에 수영을 배우고 싶었는데 여건이 허락되지 못했다. 거의 접은 상태로 지내다가 다시 수영 카드를 꺼내들었다. 더 늦기 전에 배워보고 싶었다. 지금 와서 굳이 수영을 하지 않아도 먹고 사는데 아무런 지장도 없고, 오히려 시간을 까먹는 일이고, 돈도 드는 일이지만 수영을 하기로 했다. 수영 선수가 목표가 아니다. 그저 수영을 제대로 할 수 있는 것에 만족하는 것이다. 수영강습을 받을 때 잘 못해서 선생님께 꾸중을 들어도 그냥 좋은 것이다. 좀 못하면 어때? 내가 수영선수가 되어서 이걸로 밥 먹고 살려고 하는 것도 아니고 그저 내 재미로 하는 건데 빨리 배우면 뭐해, 천천히 내 힘 닫는 대로 느긋하게 배우면 되지. 이런 마음으로 수영을 하니까 그리 재미지다.

겨울이 다가오면 스키를 배워볼까 한다. 내 재미를 찾는 것이다. 먹고 살기 위해 내 재미를 얼마나 많이 포기하면서 살았는가. 스키를 다 배우면 승마도 배워볼 참이다. 시간이 없다고? 시간은 내면 된다. 일주일에 한 번도 좋고, 이 주일에 한 번도 좋다. 돈은? 이런 거 하려고 돈 버는 거 아닌가. 돈 벌어서 은행통장에만 넣어놓고 기분 꿀꿀할 때 꺼내보려고 돈 버는 거 아니지 않는가.

배우도 한 번 해보고 싶은 마음도 있다. 그러나 연기엔 정말 소질이 없지만, 나중에 학원에 다니면서 한 번 해볼 것이다. 무대에 설 수 없어도 그냥 연기를 배우는 것, 하는 것에 만족하는 것이다. 그 재미지 더 큰 의미가 뭐가 있겠는가. 정말 잘 풀려서 노년 배우로 성공할 수도 있고, 안 되면 말고.

늦지 않았다. 하루하루 죽을 날만 기다리면서 살지 말자. 해보고 싶었던 거 다시 꺼내보자. 생각보다 하고 싶었던 일이 많았다는데 놀랄 것이다.

틈새재미 99
자, 이제 결정하자

틈새재미 좋다. 먹고 살기 위해 어쩔 수 없이 하는 일 말고 자신을 위한 시간을 갖자는 말인데 그걸 누가 모르겠는가. 내가 좋아하는 걸로 밥이 안 될 거 같은데, 그리고 남들은 다 돈 되는 일 하느라 혈안인데, 나만 뒤처지는 것은 아닌지 두렵기도 하다. 어디서 한가한 소리를 하느냐고 항변할 수도 있겠다.

이제 분명히 결정하자. A로 갈지, B로 갈지 결정해야할 시간이 왔다.

A는 돈 되는 일만 한다. 돈에 맞춰 자신의 취미를 만든다. 제2, 제3의 돈벌이를 찾는다. 그게 나를 위한 것이다. 돈 많이 벌면 그게 최고지 무슨 재미는 재미냐. 인생은 그리 단순하지 않다. 어디서 철 없는 소리를 하고 있는지 모르겠다. 처자식 먹여 살리려면 어쩔 수 없다. 이게 인생이다. 다

들 이렇게 살아왔다. 이렇게 사는 것도 의미있는 것이다. 나는 가족을 위해 열심히 돈 벌 것이다. 가족의 행복이 나의 행복이다. 한가하게 내 재미만 찾을 수는 없다. 들어갈 돈도 많다. 대출금에 부모님 용돈에 첫째가 이제 대학에 가야하고 둘째 학원비도 만만치 않다. 휴가철에 여행도 다녀와야 한다. 다들 그러고 산다. 이정도만 해도 잘 산다고 생각한다.

B는 현실에 순응하되 자신의 재미를 찾는다. 물론 현실적으로 열심히 산다. 회사도 열심히 다니고, 회사에서 나눠준 책도 열심히 읽고, 승진 시험공부도 열심히 하고, 자격증 시험도 보면서 자기계발을 한다. 나 좋아하는 일 하자고 가족을 버리는 것은 아니다. 잠시 짬을 내서 내가 좋아하는 일을 할 뿐이다. 이것으로 나는 궁극의 행복을 느낀다. 가족의 행복도 중요하지만 나의 만족도 중요하다.

물론 시간은 없다. 정말 없다. 그럼에도 불구하고 하루에 5분도 좋고, 10분도 좋다. 나를 위한 시간을 반드시 가지려고 노력한다. 남들 돈 버는데 혈안이 되어서 투잡이다 쓰리잡이다 하지만 나는 그렇게 살고 싶지는 않다. 본업에 충실하되 돈을 더 벌기 위해 하고 싶지 않은 일에 내 시간을 쏟고 싶지는 않다. 회사에서 열심히 달렸으면 됐지, 집에 와서도 왜 밥을 위해 살아야 하는가. 나를 위한 시간이 필요하다.

A도 B도 다 잘사는 사람들이다. 저 정도 살아내기도 힘들다. 좋은 남편, 좋은 아버지, 좋은 자식이다. 훌륭한 사람들이다. 그러나 A는 물론 잘 살고는 있지만 뭔가 허전하다. 열심히 살지만 자신이 없다. 삶 속에 자신이 주인공이 아니다. 돈을 위해, 가족을 위해 살기 때문이다. 남들이 다들 그렇게 사니까 자신을 거기에 맞추면서 만족을 느끼고 있다. 그게 안전

하다고 생각되기 때문이다. 다수를 따라가면 안정감은 있을지 모르겠으나, 다수에 치이는 삶을 살아가야 한다.

왜 사는가? 나는 누구인가? 이에 대한 답을 몰라도 된다. 그냥 살면 된다. 돈을 많이 벌고, 열심히 일하고, 그것에서 성취감을 느끼면 된다. 다만 나중에 후회하지 않을 자신이 있는가? 나를 위한 시간을 가져보지 못한 채 그저 꿀벌처럼 열심히 일만 하지 않았는지. 가족의 행복이 진정 자신의 행복이라는 확신이 있는지. 아들딸 잘 키워서 제 몫을 하는 것이 진정 자신의 행복인지. 후회하지 않을 자신이 있다면 계속 그렇게 살아도 된다.

인생에 있어서 정답이 어디 있나? 자신의 방식대로 사는 게 정답이다. 다만, 필자인 나는 이런 삶도 있으니 참고하시라 하는 생각에서 이 책을 쓴 것이다. 선택은 자신이 하고, 그 감당도 자신이 하는 것이다.

닫는글

재미를 포기하지 맙시다

여기까지 책을 읽어주셔서 감사합니다. 조금이라도 독자분들께 도움이 되었으면 좋겠습니다. 총 99꼭지의 글을 수록하였습니다. 원래는 100꼭지를 쓰려고 했는데, 1꼭지는 독자님들의 몫으로 남겨두었습니다. 자신만의 스토리를 만들어보십시오.

저는 인간은 누구나 재미있게 살 수 있어야 된다고 봅니다. 인생이 얼마나 각박한가요, 또 얼마나 험난합니까? 이런 삶 속에 던져진 채로 우리는 하루하루 버텨내고 있습니다. 어떻게든 잘 살아남기 위해서죠. 그러다보니 자신을 잃고 종종 일과 과업에 매몰되어서 살기도 합니다. 마치 일을 하기 위해 태어난 사람처럼 보이는 겁니다. 인간은 여러 가지를 할 수 있습니다. 일도 하고, 놀기도 하고, 재미를 추구하기도 하는 것입니다. 일만 하기 위해 태어난 것이 아닙니다.

우리가 예전에 하고 싶었던 일, 좋아했던 일, 재미있어 했던 일을 꺼내 봅시다. 그리고 그것을 지금부터 조금씩 해보는 겁니다. 단지 재미를 위해서입니다. 다른 것은 없습니다. 그 일로 출세를, 돈을, 명예를 얻고자 하는 것이 아닙니다. 그 일을 함으로써 자신이 행복해지면 그걸로 된 겁니다. 뭐라도 좋습니다. 남에게 피해만 주지 않는다면 다 괜찮습니다. 앞서 본문에서는 쓸데없는 일은 하지 말라고 했지만 상관없습니다. 자신을 정말로 행복하게 만드는 일을 하면 됩니다. 담배가 그렇다면 피우세요, 술이 좋다면 마시는 겁니다. 도박이 좋으면 하면 됩니다. 대신 후회하지 않기입니다. 후회될 것 같으면 하지 말자고요.

현재 자신이 20대 건, 30대 건, 심지어 80대건 나이를 기준으로 삼지 않았으면 좋겠습니다. **좋은 건 바로 하는 겁니다.** 20대도 내일 죽을 수 있고, 80대도 앞으로 20년 더 살 수 있는 것입니다. 바로 시작하는 겁니다. 누구든 뭐든 재미있는 것이 하나 이상은 반드시 존재합니다. 그걸 찾으십시오. 그리고 그걸 꾸준히 매일 조금씩 계속하면서 행복해지십시오. 인간은 누구나 행복할 권리가 있습니다. 재미있는 일을 하다보면 거기에 궁극의 기쁨과 행복이 있습니다. 그 무엇으로도 채울 수 없는 행복 말이죠. 그걸 찾아서 누리시기 바랍니다.

포기하지 마십시오. 아직 해야 할 일이 많다고, 나이가 너무 들었다고 포기하지 마십시오. 해야 할 일이 많아도 잠시 짬은 낼 수 있습니다. 나이가 많이 들어도 아직 죽지 않았습니다. 포기하는 순간 그걸로 끝나는 겁니다. 나중에 해야지, 라고 말하지도 맙시다. 바로 지금 당장 시작하는 겁니다. 고3이라도 시간이 납니다. 아무리 중요한 시험을 준비 중에 있어도 시간은 있습니다. 미래를 위해 오늘을 완전소비하지 마십시오. 간간이 좋아하는 일을 하면서 행복충전을 하십시오. 하루에 5분도 좋고, 10분도 좋습니다.

본문에서 다소 경박스럽고, 강퍅한 논조와 어투로 글을 써서 독자분들의 심기를 불편하게 만들어드렸다면 여기서 사죄하겠습니다. 약간의 자극을 주기 위해 일부러 그렇게 쓴 것이니 많은 양해 부탁드리겠습니다.

이 원고가 책으로 나올 수 있게 도와주신 마음세상 출판사 사장님과 편집자님께 감사의 말씀을 드립니다. 저를 인간답게 만들어준 아내에게도 고맙다는 말을 전합니다.